民國文學與文化研究

李怡、張堂錡　主編

第一輯

《民國文學與文化研究》

創刊：2015 年 12 月
出刊：2015 年 12 月

通訊地址：台北市文山區指南路 2 段 64 號政治大學中文系
E-mail：minguo1919@gmail.com

發刊詞

■李怡、張堂錡

　　《民國文學與文化研究》終於創刊了。面對這樣一份新的學術雜誌，面對這樣一種新的學術概念，也許讀者不無困惑：在林林總總的文學期刊中，這份由兩岸學術同人共同推出的新雜誌目的何在？究竟是什麼樣的原因促使我們要在「民國文學」的框架裡解說我們的文學？

　　簡言之，《民國文學與文化研究》是立足兩岸、匯聚全球現代文學學者思想的新型學術雜誌，它試圖為我們持續多年的現代文學研究貢獻新的學術空間，為不同思想基礎與人生體驗的華人世界的學者打造一處新的深入對話的平臺。

　　如果從大陸開放、臺灣解嚴算起，兩岸的文學研究交流已經進行了二十餘年，從最早的好奇般的打量，到最近共同策劃各種專題研討，彼此的理解和認知都在不斷加深。但是，即便共同的中國現代文學研究領域，我們也感到，在一些基本的概念、思維和價值定位上，也還存在不少的錯位；同時，我們交流的深度和廣度都嫌不足，目前大家最有深度的交流似乎在一些特殊的「理論」層面，諸如後殖民文化與文學、東亞問題等等，但是這些問題的理論依據恰恰並不是來自兩岸，不過是西方批判理論或歐美（其實主要又是美國）學界「問題」的傳播與回饋，至於涉及彼此文學現象的複雜之處，則基本上歸於自說自話。到目前為止，中國大陸的中國現代文學研究會議邀請到的對岸學者寥寥無幾，而出席對岸文學會議的大陸學人同樣不多，許多時候還是由專門從事台港澳文學研究的少數學者為代表，而他們的臺灣敘述也不時受到臺灣學界的質疑。問題在哪裡呢？拋開一些非學術的意識形態偏見不論，我覺得，重要的是在於我們還沒有能夠進入到一個共同的感受系統當中，通過尋找彼此共同的關注點展開對話。出於一種根深蒂固的「中原文化中心論」的心態，大陸學者自覺不自覺地將臺灣文學作為「旁支」，沒有深入清理其內在的生命理路。只有在生命體察的層面上，文學的解讀者才可能實現跨地域的溝通和連接，文學的闡

釋者也才能通過挖掘自己的感動元素完成有效的表達，畢竟，當代中國的
生存感受與臺灣是大相徑庭的；同樣的情況其實也見於臺灣，歷史波詭雲
譎、滄海桑田，臺灣學者的感受要能夠毫無阻礙地進入中國大陸的悲歡離
合之中，照樣不易。缺乏生命的共振點，彼此都只能是隔靴搔癢。

　　要改善目前的狀況，需要的就是尋找和擴大一種生命體驗的共同性，
並將之散布於文學的感受與學術研究當中。那麼，是否存在這種「共同」
的可能呢？

　　在我們看來，這樣一種「命運共同體」的感受其實早已經深藏在彼此
的歷史記憶與現實際遇之中。

　　我們同樣具有中華文化的傳統，從共同的民族記憶中走出，融入全球
現代化的走向中。

　　文學同樣經歷了農業文明到工業文明、後工業文明的歷史過程，甚至
在其間成為「世界工廠」的遭遇也是一樣。

　　文學同樣經歷了從威權專制到現代民主的過程，雖然後來對民主的理
解和實施形式尚有不同。

　　就文學而言，我們同樣經過了中國古典文學的修養和基礎的積澱，同
樣進入到現代白話文學的時代。雖然因為政治意識形態的介入，中國新文
學傳統的理解和繼承方式有別，彼此有過對新文學傳統的不同的認識——
大陸以左翼文學為正統，臺灣以胡適等自由主義文學為正統，但是作為大
的現代文學系統依然具有相當的同一性。

　　可以說，正視和發掘我們共同的人生命運，才能夠真正加強我們在文
學理解上的溝通。文學是情感的藝術，它本身就是人類溝通的最好形式，
我們在文學方面共同的認識反過來也會加強我們命運一體的感受。

　　命運共同體的存在是我們彼此熟悉、情感溝通的基礎，是學術對話的
前提。作為兩岸命運共同體，在目前最容易認同的文學表達就是「民國文
學」，並且首先是我們共同經歷過的一段民國文學，即 1912 至 1949 年間
的民國文學。

　　前述命運的體驗都在這一文學記憶中有生動的體現。

　　從 1912 至 1949，這本身就是無數海內外華人努力奮鬥的一個時期，
真正的「民國」是告別千年帝制，反對封建專制，走向民主共和的國家，
是全中國人心目中的「新中國」。包括左翼文學，包括臺灣曾經禁止發行

的魯迅等左翼力量在內的作家對民國不僅僅是抨擊、批判，可以說，越是批判民國，心目中恰恰有一個理想的民國，完美的民國。魯迅曾經以這樣激憤的文字捍衛「民國」的理想：「我覺得有許多民國國民反而是民國的敵人。我覺得有許多民國國民很像住在德法等國裡的猶太人，他們的意中別有一個國度。我覺得許多烈士的血都被人們踏滅了，然而又不是故意的。我覺得什麼都要從新做過。退一萬步說罷，我希望有人好好地做一部民國的建國史給少年看，因為我覺得民國的來源，實在已經失傳了，雖然還只有十四年！」[1]

同樣，離開民國時期的歷史記憶，根本無法理解今天臺灣社會、文化與文學的深層基因，更無法深入地認識自己。許多歷史演進的淵源已經包含在 20 世紀上半葉民國歷史文化的深刻記憶當中，包括民國建立之初主權在民的理想，雖然由於後來的威權統治不斷被干擾、破壞與中斷，應當說，民國反對專制、實行憲政的精神脈絡始終延續，始終形成對專制統治者極大的壓力。從知識分子而言，雖然激進的左翼知識分子都留在了大陸，但是如胡適、殷海光這樣的自由主義者依然在臺灣保持了獨立不依的姿態，與專制政府展開持續的抗衡，沒有他們的努力，就不會有後來衝破蔣氏父子的統治，要求民主改革的前仆後繼的浪潮。包括在極端白色恐怖的時期，臺灣社會格局中還能延續那麼一些自由理想的火種，原因都可以追溯到「民國」的理想，追溯到五四新文化運動所探索和建立的現代科學、民主、人權的精神傳統——所謂的「民國風範」與「民國精神」。

「民國文學」曾經是臺灣學者描述現代文學的基本概念，從 1975 年尹雪曼擔任總纂的《中華民國文藝史》到 2011 年陳芳明、林惺嶽等著的《中華民國發展史‧文學與藝術》都是如此；最近數年，又為勘定學科概念的大陸學者重新提出，並已被兩岸現代文學學者開始逐步接受和運用。我們認為，它一方面深深根植於我們的命運體驗，另一方面又足以引導我們邁向學術自主的堅實遠方。

兩岸學界對百年來華文文學的研究，自覺不自覺地長期受制於西方的思想與方法，當然，文化的開放無可質疑，但是作為學術創造的主體性卻

---

[1]　魯迅：〈中山先生逝世後一周年〉，《魯迅全集》第 7 卷 605 頁，人民文學出版社 2005 年。

也因此大受影響。日本學者溝口雄三提出研究中國問題就要反對「沒有中國的中國研究」，提出應該深入把握「作為方法的中國」，[2]這對中國自己的學術選擇無疑也是當頭棒喝。我們應該發現自己問題，理所當然地運用自己的方法，既然有中國人自己的「民國」，那麼就有「作為方法的民國」。民國歲月，一個東亞大陸的古老民族走進現代，如此不同的歷史，如此不同的命運，如此不同人生與文學形態，當然就應該有符合民國的觀察、描述方式。在將來的某一天，來自華文文學世界的「作為方法的民國」日漸成熟，衍生出來種種概念、思維和視野，這將是對世界學術的一大貢獻。

　　這樣的期許當然並不能掩蓋我們彼此可能還存在的認知上的種種分歧（包括兩岸學者對「民國」這一概念的時間定位分歧），但重要的是，分歧再也不是一切，面對依然存在的學術隔膜與體驗隔膜，如果能以「民國時期的文學記憶」為基礎，將可以貢獻更多深入交流的話題。總之，從「民國」的文學與文化出發，特別是從大家都能夠理解的民國文學的經典時期（1912-1949）出發，我們完全可以獲得充分的精神交集。

　　守護我們的共同記憶，這是我們命運的脈搏。

　　珍視我們的歷史話語，這是啟動華人學術獨創性的必由之路。

　　關愛我們這份新生的雜誌，這是走近彼此的精神橋樑。

2　溝口雄三：《作為方法的中國》，孫軍悅譯，北京：三聯書店，2011 年

民國文學與文化研究　第一輯

目　次

經典重刊

應該「退休」的學科名稱

■陳福康

作者簡介

　　陳福康，浙江湖州人。文學博士。現任上海外國語大學文學研究院研究員、中國文學研究所所長。出版有學術專著《鄭振鐸論》、《民國文學史料考論》等多種。

　　當我在 1970 年代末讀研究生時，對「中國現代文學史」這個學科名稱是沒有一點懷疑的。但是後來，特別是近年來，每當有人問起我學過什麼專業時，我簡直不想提這個名稱。並不是我已看不起這個學科，而是問我的不管是中國人還是外國人，只要不是這個專業的或者不是讀中文系的，幾乎誰都不懂「現代文學」指的是什麼。我都必須加上幾句說明，人家才恍然大悟。由此我深感這個名稱已是不很科學的了，或者說，很不方便的了。

　　按我們現在的劃分，在古代文學史以後，再分為近代文學史、現代文學史和當代文學史。其中「近代」約七十年，「現代」約三十年，而「當代」則有五十年了。隨著「當代」的繼續不斷地增延，夾在「近代」與「當代」之中的「現代」，便越來越顯得尷尬。為什麼半個多世紀前的事，還叫「現代」呢？

　　再說，在外文中，也很難找到同我們這樣理解的「近代」、「現代」、「當代」完全對應的單詞。在日語裡，「近代」與「現代」不僅發音相近，而且意思也相近。譬如我們講「四個現代化」，日本人則稱「四個近代化」。在有些外文裡，「現代」與「當代」便是一個詞兒。在我們中國老百姓的口頭上，「現代」與「當代」也是一個意思。

　　有人說，「現代文學」的「現代」不是（或不僅僅是）一個時間概念，而是指文學本身的性質。這如果作為論者的一家之言，但說無妨；如作為對學科名稱的解釋，恐怕未必能得到大家的公認。此說如能成立，那麼又如何解釋「當代」、「近代」呢？這種說法實際將「現代文學」等同於「新文學」（附帶一提，「新文學史」一詞，現在一般人也是聽不懂的），這樣對學科「定性」會帶來某些弊端。（這點此處不多說了。）我還可舉個例證，錢鍾書的父親錢基博便寫過一部《現代中國文學史》，如果硬要用什麼「現代化的文學」之類框子來，是根本套不上的。你也不可以規定他就不得用「現代」二字啊。

　　又有「20 世紀文學史」的提法。這種提法自有不少道理，有的我也理解並贊成，而且這一提法正可免去「近代」、「現代」、「當代」等說法帶來的麻煩。但我覺得有兩個問題。一是此說倡於 60 年代中期，其時「20世紀」畢竟還有十多年還待發展，世事變幻，蒼雲白狗，那麼早就唱「20世紀」，總未免令人感到過於性急。有人說，這是外國人早就用了的，他

們已寫過不少「20 世紀」什麼什麼「史」了。這對我沒有說服力，因為我
只知道這不符合我們中國傳統的修史原則。本世紀尚未結束便問世的這類
書，難道不是市場上「短斤缺兩」的貨？「20 世紀中國文學史」是一個時
間概念明確的專稱，我相信會有這樣的著作出現，但總須在 2000 年以後
（而且還必須有一定的時間距離）寫出的，才可能是「貨真價實」的吧。

　　再一個是，你可以寫一個世紀的文學史，別人也可以寫其中若干年代
的文學史。前者不能剝奪後者研究與寫作的權利。而且，不管對歷史如何
分期，我想誰都承認「五四」到新中國成立這一段是具有相對獨立性的一
段歷史。而與此相對應的一段文學史，也是具有相對獨立意義的。應該有
人對這一段文學史作專門的深入的研究，因此，也應該為這些研究者立一
個專門的學科。當然，我們也提倡研究者擴大視野。三十年或許確實短了
一些，或者再過很多年後，對這三十年文學的研究也夠深入了，因而覺得
單獨為這三十年文學立一個學科有點沒必要了——那是另一回事。

　　問題是現在，大多數有關研究者認為這個學科仍有存在的必要，國家
的教學系統、社科研究系統以及社科社團系統也都正式承認這一學科，然
而這個學科本身的名稱越來越顯得不通，不合適。這個學科是 50 年代初
創立的，應該說，這個學科名稱在當時是科學的，是幾乎不需要作什麼解
釋人們便能理解的。但是，「現代」本身是一個歷史發展中的不定名詞，
各個時期的人都有各自的「現代」，怎麼能讓這三十年永遠獨自佔有呢？

　　記得這門學科的奠基人之一、學會的老會長王瑤先生生前講過一個重
要的觀點，他認為這一學科應該是史學的一個分枝，「中國現代文學研究」
應主要從屬於史學研究，而不是文學研究。我認為王瑤先生的這一見解一
直未受到真正的重視，這一點這裡且不多說，至少我想當我們在說我們這
一學科的名稱時，是必須看看史學界對「近代」、「現代」之類的用法，
而不能關起門來自說自話的。我發現，近年來在史學界以及圖書館學界、
出版界等，已悄悄地以「民國時期」來替代過去常用的「現代」這一詞了。
例如，北京圖書館編的大型書目，便取名《民國時期總書目》，東方出版
社最近出的大型叢書，便取名《民國學術經典文庫》，等等。

　　因此，有一個很現存的又通俗易懂的名稱，可供選換，那就是「民國
時期文學史」。「民國時期」，基本上與這一學科研究的這段歷史是一致
的。那麼，學會名，會刊名，都可以相應改一下，有什麼不好？至於「中

國現代文學館」我意倒可不改，因為它收藏的東西本來就包括所謂「當代」，而且還將不斷地收藏「當代」的東西，名正言順，永遠「現代」下去也無妨。

　　「卑之，毋甚高論，令今可施行也。」（語出《史記·張釋之傳》）我提以上意見，談不出什麼高深理論，只不過希望學科的名稱更科學一點，而免去一點尷尬。人微言輕，不知大家以為如何。不過，我相信，所謂「現代文學」這個名稱再叫下去，是堅持不了多少年的，「必也正名乎」！

　　　　　（本文選自陳福康《民國文壇探隱》，上海書店 1999 年）

從意義概念返回到時間概念
——關於中國現代文學史的命名問題

■張福貴

作者簡介

　　張福貴，1955 年生，文學博士，長江學者特聘教授。現任吉林大學人文學部學部長、文學院教授。主要從事魯迅研究和 20 世紀中國文學、中日文學關係研究。出版有《民國文學：概念解讀與個案分析》等專著十餘種。

　　如何對三十年的中國現代文學稱謂實質上是一種文學史的命名。命名
雖然也包含某種性質判斷，但不是具體研究，只是為了對研究物件內涵和
外延的共同確認，是獲得一種研究的共名。因此，這也是中國現代文學研
究的一個前提。在這樣一種前提的確認下，中國現代文學史的命名就應該
從意義的概念重新回到時間概念上來。

一、意義概念的含義：「現代」的文學

　　一般說來，「現代文學」這一學科命名具有兩種含義：時間的概念和
意義的概念。時間概念是指 1917 年至 1949 年這一期間發生的文學現象。
這一概念並不十分嚴密，因為現代文學不僅是一種歷史的時空存在，而且
是一種性質、一種意義。隨之而提出了一種意義概念：與傳統文學相對而
言，具有「現代意義」的新文學。現代意義包含內容與形式的兩個層次。
第一，內容上表現為思想啟蒙與政治救亡相互交替的文學主題，其中特別
值得重視的是思想啟蒙主題；第二，形式上表現為對傳統文學既定形態的
突破，從文藝復興近代現實主義文學到 20 世紀初現代主義文學，都湧入
中國。中國作家對此進行了超越時空的選擇，從而使中國文學的文學類
型、敘述方式、文體形式等都發生了本質的變化。中國文學從文學觀念到
藝術形式，從作家流派到出版物，都進行了全面變革。一句話，現代文學
要有現代性。

　　關於現代文學的現代性是近年來現代文學界討論的熱門話題之一。現
代文學不僅僅是指一種歷史上時間的界限，也是指文化思想上的界限。通
常所說的「現代文學」，往往不注意文學本身的現代性，而只是關注創作
的時間，由此而分為「近代文學」、「現代文學」和「當代文學」。就文
學作品來說，時間的差異雖然表現出性質的差異，但是，時間並沒有絕對
性，彼時和此時的界限並沒有帶來太大的本質差異。只有在既定的時間背
景下，對作品本身進行性質判斷，才有比較準確的把握。

　　毫無疑問，文學現代性首先是思想的現代性。中國現代文學的變革實
質上是人的精神世界變革，文學的思想內容主要表達了這一變革。這一認
識表現出半個世紀以來人們注重思想革命的一貫性評價尺度。近年來，人
們關於中國現代文學現代性的討論，實質上也是對中國現代文學的現代性

本質的深刻認識。但是，文學的形式也是具有傳統與現代之分的。因此對於文學形式的判斷也必須納入到現代文學的性質判斷之中去。現代文學的性質界定應該包括從內容的判斷到形式的判斷。

形式的現代性是一個過去曾經被強烈關注過，而現在又被相對忽略的問題。特別是在近年來文學和文化上的復古主義興盛，使這種關注甚至走向了反面。在傳統的思想被賦予現代化的理解的同時，傳統的形式也被賦予了新的價值。現代詩的產生，在內容和形式上都使文學發生了現代化的轉化。自由的形式並不僅僅是單純的詩歌形式變革，而且也是意義變革。例如，五四時期的白話詩運動，說到底是一個思想運動，思想往往需要自由的形式來配合。過去，中國古體詩的嚴格格律本身就是對自由思想的嚴格的限制，白話詩的努力就是要在思想和藝術上都獲得自由。郭沫若的《女神》如果改用古體詩的形式就不能充分表達詩人的那種激情澎湃、衝決一切的情感，就不能充分表達出破壞與創造的時代精神。詩中那排山倒海式的鋪排的句式，特別適合詩人那自由奔放、隨意性極大的精神氣質。而到了晚年，郭沫若一改初衷，作詩多採用了古體詩的形式，無論怎樣與時代乃至時事緊密相連，無論怎樣「革命」，都消失了青年郭沫若的新銳氣質，給人以古舊之感。而郁達夫的舊體詩在現代文學作家中是負有盛名的，但是這些詩所表達的多是個人的情懷，而且再加以舊的形式，成為了傳統色彩遠遠濃於現代色彩的文本。

當然，形式的現代性與內容的現代性不可同日而語，形式具有超越性，可以承載不同的思想內容。而且形式具有脫離思想內容的繼承性，所以，文學形式的現代性不同於內容的現代性。後者的繼承性較前者的繼承性明顯，它甚至可以是橫移的，可以沒有縱的關聯；而形式的過渡性要比思想的過渡性要長。從這一角度來說，又必須看到古體詩的舊形式與現代的新思想之間的一定和諧性。由此可見，中國現代文學在藝術形式上對西方文學的引入，使中國文學與世界文學發生了聯繫，促進了傳統文學的演變。

現代文學作為一種意義概念已經得到人們的普遍認同。無論是對現代文學的整體界定還是具體的思潮、作品的評價，實質上都是以意義概念為著眼點的。

二、時間概念本質：「民國時期」的文學

　　我過去一直堅持認為，中國現代文學史不是單純的藝術史和學術史，首先是一種具有現代意義的文學。一切不具有現代意義的文學如鴛鴦蝴蝶派等，均不屬於現代文學。其實，這是使用了一種單一的價值尺度，或者說是一種主流價值尺度來定位文學史。主流價值尺度雖然也是一種尺度，但實質上也是對時代文學的豐富性、對於多數讀者群的否定和輕視。一種具有現代意義的文學首先應該是多元和寬容意識的文學。這是一種文學觀念，也是一種文學史觀念。文學史的判斷和命名不可要求唯一性，物件可有多種理解，個別性的理解是規範性理解確立的基礎和前提。學術規範的確立不應以思想個性的喪失為代價。意義的概念應該僅僅是對現代文學的具體思潮傾向、作家意識和作品主題的價值判斷，而不能成為現代文學存在空間的外延界定。

　　時間概念具有多元性，其內涵遠遠比意義概念的涵蓋要寬廣，而且經過歷史的證明，以時間為界限，確定斷代的文學史外延。只有時間的概念能包含一切，正像時間可以證明一切一樣。一切生命和存在最終都要以時間來界定。站在歷史長河的一個個終點，反觀百年文學史，一切新論點、新概念的發生和爭論，包括 20 世紀中國文學等都只是歷史的一瞬，都可能是沒有意義的。

　　文學史的命名，不同於文學評論，也不同於文學史本身，應該獲得最大限度的認同。從這一點上來說，作為一種存在事實的陳述，文學史應該儘量淡化命名的傾向性，而突出中間性。時間概念具有中間性，不包含思想傾向，沒有主觀性，不限定任何的意義評價，只為研究者提供了一個研究的時空邊界。當我們說「新文學」時，實質上是與舊文學相對而言的，其本身就具有既定的文化價值取向；而我們對五四以來文學性質作出「反帝反封建的新民主主義文學」的界定時，就更有了明確而單一的政治傾向性；而近年來，關於「20 世紀中國文學」的命名和討論，也是立足於文學的整體性，著眼於文學觀念和文學主題的一貫性而有意發生的。所以說，現在已有的關於百年文學的所有命名和界定，都已有了傾向性。文學史命

名的中間性並不妨礙文學史研究和評價傾向性，在時間的框架下，一切主體意識都可以發生。

　　時間概念具有歷史的慣性，是最無爭議的命名。縱觀中國文學發展史，對於文學史的分期都是以朝代和時代為分界點的。「先秦文學」、「兩漢文學」、「魏晉南北朝文學」、「唐代文學」、「宋代文學」、「元代文學」、「明清文學」等等，都已經被廣泛認同。在這種概念的慣性作用下，現代文學也絕不會例外。「現代文學」作為一種時間概念也是缺少恆定性的，「現代文學」區區三十年，其實僅僅是當事人的命名和感覺，僅僅是對當代人有意義。如果把「現代」作為一個永遠沒有窮盡的命名，試想過幾百年、幾千年之後，「現代」就會又有不斷更新的時間界定。因為它是一個可以被無限延伸的概念，在這種認識的基礎上，現代文學最後必將被定名為民國文學。

　　確定了以「民國文學」為現代文學的時間概念之後，就可以明確無誤地把一直並稱、並且近年來被學者們努力將其一體化的當代文學從現代文學中剝離出去，而稱之為「中華人民共和國文學」。這樣，一方面可以免去關於二者關係的許多爭論，另一方面，可以更加準確地把握二者之間的異同。其實，即使是從意義概念的角度來看，二者之間也具有本質的差異性。文學的性質和觀念以及思想體制、作品的主題傾向、作家的組織機制、文藝運動的形式、出版機構和出版物的存在形態、作家作品的評價模式等等，在主流文學形態上都存在著根本的不同。

　　在中國現當代文學發展過程中，每一類型的文學在這段或那段時間內的存在都被納入了一個總的歷史進程，每種文學在一定的條件下都對文學進步作出了自己的貢獻。但每一時代都有體現其時代精神的作品，即「標準作品」。標準作品的發展形態便是文學史區分的主要依據。文學史的規律（因果關係）就集中表現在這種顯示社會時代本質的典型或標準作品中。魯迅風的雜文在兩種不同政治時代的不同功能和命運，就是一個歷史的證明。面對紛紜變化的文學史，不能僅僅從某種文學思潮或意識形態出發而認定現當代文學之間的整體聯繫。當然，一種思想的提出，都必然有一個線性的思想積累過程。但是，思想到達一個點時就必然發生轉折。20世紀中期，中國兩種國家政體或政治時代的更迭，無論是對中國社會還是中國文學來說都是這樣一個質變的點。

　　以政治時代作為標準來對現當代文學進行區分，不僅具有時間的明晰性，而且適應中國現代歷史的發展軌跡並且符合中國文學發展的本質規律。文學史的時間界定，是為了更好的把握文學史發展過程中的連續性和整體性。一種文學時代實質上是相互聯繫的社會現象的一個獨立的綜合體，文學史劃分的基本思想應該是尋找文學與時代關係的因果律。

　　毋庸置疑，以兩個政權——中華民國和中華人民共和國的時空存在作為兩種文學史的命名，其本身就不可迴避地包含有政治性因素。過去，我們對於「民國文學」稱謂的迴避，除了學術理念的原因外，也包含有政治上的忌諱。中國文學史的分期與西方文學有所不同，它具有自己的價值標準。對於中國現當代文學的分期，過去一般都是以政治時代的交替來劃分的，到了 20 世紀 80 年代，隨著對重寫文學史的認識，人們提出了以文學發展的自身規律為標準來劃分文學史發展階段的觀點，而且這一觀點在理論上被廣泛接受。毫無疑問，這種劃分方法對過去單一的政治史標準是一種糾正或者補充。但是文學史的命名和分期除了依據一種普遍的理論原則之外，還應根據具體的文學發展過程和特徵來作具體的分析。以政治時代為標準，來對中國現當代文學發展歷史進行分別命名，雖說可能淡化了文學史自身的特徵和規律，但卻把握住了中國文學的本質特徵。中國文學先天的與政治密不可分，渾然一體，所以以政治時代為分期標準是一種預定的事實存在。

　　文學史的命名本來不是一個很複雜的問題，而且學術有時並不需要高深的理論和複雜的論證，少一些學理之外的忌諱和限制，回歸於簡單和直接，可能會更接近於事實本身。以「民國文學」來命名現代文學，也許就是這樣一種簡單。

（原文發表於香港《文學世紀》2003 年第 4 期）

專題論文
國民革命與民國文學

主持人語

■李怡

　　「國民革命」是民國發展史上一個重大的歷史事件，其影響涉及了政治、經濟、軍事、社會與文化等不同層面，同時對現代知識分子的精神歷程也有深遠的影響，要研究「民國文學」，「國民革命」是一個重要且必要的切入點，這也是本刊之所以策劃「國民革命與民國文學」專題的學術動機。

　　1924 年，黃埔軍校在廣州創立。1925 年 8 月，國民政府軍事委員會將轄下各地方軍隊統一名為「國民革命軍」，並在 1926 年起誓師北伐，展開與軍閥作戰的國民革命，至 1928 年底，東北易幟，北伐成功，全國統一。期間還發生了寧漢分裂、清黨（四‧一二）等事件。國民革命不僅改變了中國的歷史進程，對現代文學的寫作題材、主題與思想也產生了直接的影響。當國民革命浪潮席捲全國之際，包括茅盾、謝冰瑩、郭沫若等作家都直接參與了革命的軍事、政治工作中，這段特殊且複雜的經歷，使他們在文學創作和思想觀念上都有了新的體認和轉變，甚至於 30 年代興起的革命文學，追溯其歷史譜系，也與國民革命密切相關。

　　基於這樣的歷史認知與學術探索，我們在本次專題中一共刊發了李怡、胡昌平、張武軍、張堂錡、倪海燕、羅維斯等人的 6 篇論文，以國民革命為中心，分別探討「革命」一詞概念的複雜內涵，國民革命與浪漫主義、革命文學、性別想像的糾葛，以及在國民革命的歷史浪潮中，作家謝冰瑩、茅盾的革命經驗及其文學中的反思。透過這些各具觀點的論文，國民革命的歷史意義將被進一步挖掘，民國文學的豐富性與複雜性也可以得到充分的印證。

多重「革命」內涵的重合與混雜

■李怡

作者簡介

　　李怡，1966 年生，四川重慶人，文學博士。現為北京師範大學文學院教授、民國歷史文化與文學研究中心主任、博士生導師。主要從事中國現代詩歌、魯迅及中國現代文藝思潮研究，著有《中國現代新詩與古典詩歌傳統》、《日本體驗與中國現代文學的發生》等書。

內容摘要

　　「革命」是 20 世紀中國文學的關鍵字之一，然而，「革命」的內涵卻往往因為歷史背景的不同而呈現出深刻的差異性。從梁啟超以文學諸界「革命」到胡適、陳獨秀的「文學革命」再到 1920 年代後期的「革命文藝」、大陸中國的「紅色經典」，各自選擇的意指都大有差別，到 1990年代「告別革命」呼聲興起，「革命」及「革命文化」已經發生了翻天覆地的演變，乃至人們對此的態度也是千姿百態。在這個前提下討論中國文學，最重要的是理解其中的混雜性與變異性，並能夠透過詞語的表述洞悉歷史與人心真正變遷。

關鍵詞：革命、20 世紀中國文學、重合、混雜

　　從梁啟超以文學諸界「革命」拉開近代文學序幕，陳獨秀以〈文學革命論〉、胡適〈建設的文學革命論〉拉開現代文學序幕，到以「革命文藝」為主旋律的新中國文學，20 世紀中國文學就籠罩了十分濃重的「革命」色彩。同樣，從以「革命」作為文化與文學「時尚」的標榜到今天「告別革命」之後對所謂「激進主義」的質疑與批判，「革命」的命運起起伏伏、波瀾壯闊。問題是，貫穿了整整一個世紀的「革命」的內涵究竟可能存在多少的差異？我們今天對「革命」的頌揚或者質疑能否以一個籠統的「革命文化」作為基礎？這都期待我們對百年來中國文化與文學的更多細節性的揭示。

　　在我看來，解讀 20 世紀中國文學與革命的關係，最重要的起點應當是劃清「革命」之於政治與之於文化的不同含義，同時，還應當看到，從晚清到當代中國，對中國文學發展影響甚深的「革命」也包括了多重不同的意義指向。這似乎正與「革命」一詞在近代中國複雜的生成過程相適應。

　　「革命」一詞，既是中國「古已有之」（一般認為其源自於《易經》「湯武革命，順乎天而應乎人」），又與流行於近代留日界中的日文新詞「革命」大有關係，只不過，中國傳統與日本文化的在這裡的結合卻是格外的複雜。

　　《易經》「湯武革命，順乎天而應乎人」，其基本意思是以武力改朝換代，「革其王命」、「王者易姓」，日本在譯讀了西方文明中代表歷史前進的 revolution 之時，啟用了中國《易經》中的「革命」一詞，日本雖然借用了中國《易經》以武力改朝換代的「革命」一詞，但它那「萬世一系」的天皇政治模式卻排斥了中國固有的「武力」內涵，取而代之的是一種尊王改革的意義，「革命」也就是明治維新的「維新」。這樣的理解不僅有別於中國《易經》的本義，而且也剔除了西方文明 revolution 中應有的暴力激進的一翼。值得注意的是，這樣的理解恰恰構成了梁啟超對「革命」的理解和理想。剛剛經歷了宮廷維新的梁啟超到了日本，首先引起他共鳴的自然是日本式的「革命」內涵。1902 年的〈釋革〉一文，梁啟超考察了當時日文中所用的「革命」一詞，他結合日本的維新事實提醒我們：

「聞『革命』二字則駭，而不知其本義實變革而已。革命可駭，則變革其可駭耶？」[1]

革命，也就是非暴力的變革，雖然這樣的思維在充滿政權顛覆意味、以政治關懷為基準的 20 世紀的中國並非主流。

不過，當梁啟超擱置政權更替問題，將「革命」引入文化建設與文學發展的層面上加以討論，這也給我們帶來了從純粹思想文化的意義上認知「革命」的可能。在這個意義上，無論是漸進的「變革」還是激進的 revolution 本身都不足證明其思考的合理性與否，因為，思想文化問題本身就不是「暴力」所能夠解決的，同樣，非暴力的漸進式改革也不足以證明文化建設本身的成功與失敗，文化的發展與文學的發展最終必須通過其精神產品的「精神征服力」來加以確定。相對五四新文學而言，梁啟超文學諸界「革命」的局限並不是他不夠「激進」，不夠暴力，而是他尚未貢獻出具有更大藝術魅力的產品。在這裡，「革命」之與政治與之於文化的不同的意義，已經得到了比較重要的顯現。

就是在梁啟超時代，出於對國內政治與政權的失望，對「革命」的暴力性的內涵的指認也已經存在。馮自由在他著名的《革命逸史》中這樣交代「革命二字的由來」：

> 在清季乙未（清光緒二十一年）年興中會失敗以前，中國革命黨人向未採用「革命」二字為名稱。從太平天國以至興中會，黨人均沿用「造反」或「起義」「光復」等名辭。及乙未九月興中會在廣州失敗，孫總理、陳少白、鄭弼臣三人自香港東渡日本，舟過神戶時，三人登岸購得日本報紙，中有新聞一則，題曰支那革命黨首領孫逸仙抵日。總理語少白曰，革命二字出於《易經》「湯武革命順乎天而應乎人」一語，日人稱吾黨為革命黨，意義甚佳，吾黨以後即稱革命黨可也。[2]

孫中山這裡所理解的「革命」顯然與梁啟超有異，「革其王命」、「王者易姓」的中國本義在「革命黨」孫中山這裡是獲得了重新的認同。

1　梁啟超：〈釋革〉，《梁啟超全集》（北京出版社，1997 年版）第 2 冊 760 頁。
2　馮自由：《革命逸史》初集，商務印書館，1939 年 6 月版。

　　儘管包括梁啟超、康有為、章太炎等知識分子都一度對「革其王命」的中國傳統與包含了暴力激進的 revolution 頗為戒備，但近代中國的憂患現實與改革挫折卻催使人們更多地容忍、理解乃至最終認同和激賞著改朝換代的「革命」概念，傳統中國的「革其王命」與西方文明的激進式前進實際上構成了某種複雜的配合。章太炎曾經在《時務報》上撰文提倡「以革政挽革命」[3]，但他終於還是成為了「順天以革命者」[4]。就是梁啟超主辦的《清議報》與《新民叢報》上，也不乏蔣智由這樣的「革命」語彙：「世人皆曰殺，法國一盧騷。民約昌新義，君威掃舊驕。力填平等路，血灌自由苗。文字收功日，全球革命潮！」[5]可以說，正是對「革命潮」的感奮，激進「革命」的概念最終進入了留日中國學界的主流，成為鄒容所謂的 20 世紀中國社會變遷的「天演之公例」[6]。顯然，這樣從政權顛覆的意義出發對「革命」的暴力性的理解到後來便成為了 20 世紀中國思想的主流，也直接進入了左翼中國作家的視野，成為他們反抗現實政權、設計文學運動的重要動力，較之於一般的所謂自由主義作家，他們更具有政治上的暴力革命的理想。不過，在這裡，同樣存在一個政治上的暴力革命理想與文學上的革命更新的差異問題，我們能否因為他們政治態度上對暴力的認可而斷定他們文學活動的暴力性？進而得出現代激進主義的新文學割裂了傳統文化與文學這樣的結論？顯然，左翼中國文學無論在從「文學革命」到「革命文學」的過程中出現了怎樣的歷史轉折，都不能改變中國現代文學經驗持續進行的事實。

　　類似的問題我們也可以在五四新文學運動中發現。90 年代以後對五四激進主義的質疑也包括了對其「文學革命」之「革命」理想的質疑，我們將五四文學的某些簡陋歸結為他們「割裂」文化傳統的「革命」的鹵莽，更將以後中國現代文學的局限視作「革命」思維的持續性影響。這樣的指責其實都是混淆了政治形態的暴力革命與文化形態的革命話語的根本不同，在文化與文學的層面上，無論五四先驅有過怎樣激進的批判性言辭，都無法改變他們在創作經驗上延續文學傳統的事實。顛覆性的革命足以造

---

[3]　章太炎：〈論學會有大益於黃人，亟宜保護〉，原載《時務報》19 冊，1897 年 2 月。
[4]　章太炎：〈正仇滿論〉，原載東京《國民報》1901 年 8 月第 4 期。
[5]　蔣智由：〈盧騷〉，原載《新民叢報》1902 年 3 月第 3 號。
[6]　參見鄒容：《革命軍》，《辛亥革命（二）》，上海人民出版社，1957 年版。

成「政權」斷裂的現實，而一時間文化批判的激烈卻並不足以真正形成文學創作的歷史終止，中國現代文學創作實績的某些不如人意之處可能更應該從作家的個人才能與其他複雜的社會文化因素中尋找解釋。

新中國建立之後的文學曾經在「革命」的道路上經歷了前所未有的曲折，然而，一個重要的問題，即便是在政治的層面上，這裡「革命」的含義都已經發生了重大的變化。它已經從對現存政權的反抗顛覆轉而為對政權的認同與鞏固，在這個意義上，建國後三十年間的「革命」含義既不同於梁啟超的改良，也不真正等同於孫中山與共產黨人在建國前的「革命」指向。如果依然稱為「革命」當屬於一種具有中國特色的「革命」，其本質上應該是對新的國家主義原則與秩序的認同。在這個意義上，我們很難將新中國文學的問題簡單納入到左翼革命文化的邏輯中加以統一分析，更沒有理由將五四文學革命與文化大革命等量齊觀。在這裡，與其說是「革命文化」造成了新中國三十年文學的某種損害，不如說是政治體制的重塑力量與限制力量規範和壓制了文學的正常生長，特殊的「革命」體制壓抑了包括文學發展自身的「革命」性。

當然，就是在這個時候，文化與政治不同領域的差異依然存在。新中國文學並沒有因為政治的壓力完全中斷了與自身傳統的聯繫，文化與文學的自我生長的能量依然存在，剝離政治概念的外衣，我們還是能夠從十七年文學的具體寫作中感受到中國現代文學三十年經驗積累的延續作用，在今天，「十七年文學」正在成為當代文學重讀的一個熱點話題：熱便熱在人們試圖從中讀出為當時政治體制所不能解釋的藝術本身的魅力，這也充分說明了 20 世紀中國文學與「革命」的複雜關係。

中國新文學究竟承受了「革命」文化的何種遺產？這些遺產究竟帶給我們文學什麼樣的影響？應該說這都是一些尚未充分展開的課題，而進入課題的第一步便是將「革命」的政治內涵與文化內涵相剝離，也將不同時期的「革命」內涵嚴格區別開來。

國民革命與浪漫主義

■胡昌平

作者簡介

　　胡昌平，1972 年生，四川德陽人。文學博士。現任塔里木大學人文學院副教授。主要從事中國現當代文學研究。

內容摘要

　　文學和政治中的浪漫主義在喚醒民眾中為國民革命奠定了基礎。國民革命催生了革命浪漫諦克文學，為革命者演繹浪漫悲情故事提供了機會。浪漫主義具有革命傾向也具有「反動」傾向，它在文學和政治不斷召喚現實主義之際走向衰落。本文從「民國視野」分析了國民革命與浪漫主義的關係，並探討了浪漫主義衰落的原因。

關鍵詞：國民革命、浪漫主義、革命浪漫諦克

　　浪漫主義文學在 1920 年代前期的中國文壇掀起一股潮流，但很快便走向分化而衰落。浪漫主義未能在中國得到充分發展，不僅與其自身密切相關，更與當時的社會現實緊密相聯。回到民國現場，從「民國視野」[1]來看浪漫主義，探討其與國民革命的關係，也許能呈現它的複雜形態及其衰落的內在原因。

一、國民革命的浪漫主義基礎

　　1924 年 1 月召開的國民黨一大，標誌著國民革命的開始。經過工農運動和北伐戰爭等一系列革命活動，到 1928 年東北易幟，國民革命結束。從打倒軍閥統一全國來看，國民革命在形式上是成功的；但國民革命並未完成其全部任務，因而也是失敗的。一切革命都有其經濟、政治和文化基礎。國民革命的政治基礎是國共合作，文化基礎以「五四」新文化為主。浪漫主義不僅體現在文學中，也體現政治中，可以說，它是國民革命的一個基礎。中華民國成立後，國民整體上仍未覺醒，因此，要進行國民革命必須喚醒國民。浪漫主義文學積極參與喚醒國民的思想啟蒙運動，並力圖為現代民族國家描繪藍圖。

　　浪漫主義文學喚醒國民的一個策略是敘述主人公或抒情主體受到傳統和現實的種種束縛而失去了自由、壓抑了個性、喪失了戀愛，遭遇了挫折，因而或自傷自悼或作悲憤的控訴，以警醒國民反叛傳統反抗現實。陳翔鶴的〈西風吹到了枕邊〉、林如稷的〈流霰〉、滕固的〈壁畫〉等小說都描寫了舊式婚姻對主人公的折磨猶如酷刑；田漢的話劇〈獲虎之夜〉敘述了一個舊式婚姻釀成悲劇的故事；陶晶孫的小說〈木犀〉寫一個初中生與女教師相親相戀而流言四起，最終導致女教師的逝世與男學生的哀傷。上述作品中，封建禮教、舊式婚姻成為自由戀愛、純潔愛情的枷鎖。而黑暗的現實則壓抑個性、限制自由，給人帶來更多的挫折感和失敗感。郁達

---

[1]　周維東在〈中國現代文學研究中的「民國視野」述評〉（《文藝爭鳴》2012 年第 5 期）中將近年來中國現代文學研究界出現的「民國文學史」、「民國史視角」和「民國機制」等三種聲音統稱為「民國視野」。筆者認為，「民國視野」作為中國現代文學研究的一種新範式，力圖返回民國現場，注重對民國歷史的全面挖掘，以凸現被掩蓋的「民國」話語，從而獲得對歷史和文學的新的闡釋。

夫〈茫茫夜〉中的于質夫追求個性解放和純真愛情,失敗後沉入煙酒女色的泥潭,只能在茫茫黑夜中哀歎;王以仁的〈孤雁〉寫一個青年教師失業後在舊家族制度和社會制度的束縛與壓迫下消沉而病逝,揭示了「金錢制度是萬惡的根源」。這些作品中,挫折、失敗、貧窮、苦悶等人生體驗都指向黑暗的現實,從而達到了警醒國民反抗現實的目的。

　　敘述弱國子民的遭際,反對帝國主義的壓迫,表達愛國主義情感,是浪漫主義文學喚醒國民的又一策略。郁達夫在〈懺餘獨白〉中說:「眼看到故國的陸沉,身受到異鄉的屈辱,與夫所感所思,所經歷的一切,剔括起來沒有一點不是失望,沒有一處不是憂傷,同初喪了夫主的少婦一般,毫無氣力,毫無勇毅,哀哀切切,悲鳴出來的,就是那一卷當時很惹起了許多非難的〈沉淪〉。」[2]這篇小說敘述留日學生「他」因弱國子民身分的拖累而在友情和愛情上處處碰壁,最後跳海自殺。在〈南遷〉、〈銀灰色之死〉等小說中,郁達夫將主人公生活上的貧窮、愛情上失敗乃至肉體的消亡都與弱國子民身分聯繫在一起,揭示了帝國主義對中國人的壓迫與歧視。郭沫若的〈喀爾美蘿姑娘〉中的留日學生單戀日本姑娘,卻連自己中國人的身分都不敢告訴對方;小說儘管沒有鋒芒畢露,但也批判了帝國主義的民族歧視。

　　浪漫主義文學蔑視傳統倫理道德,大膽描寫愛欲,肯定人的自然欲望,充滿了反封建、反傳統的精神,張揚了個性主義與自由精神。同時,它又彌漫著感傷情緒,敘寫在封建傳統束縛下或帝國主義壓迫下愛與美幻滅的悲劇;這更能警醒國民。費約翰認為:「中國現代故事的覺醒,也是種種關於向下沉淪的故事:它們為讀者預告的不是即將到來的輝煌,而是即將面臨的恥辱,如果他們不在當前立即覺醒,而要延遲到未來的某個時候的話。」[3]只有國民認識到自身的悲慘境遇時,他們才會覺醒;浪漫主義文學敏銳地抓住了這一點,從對負面的否定來描繪現代民族國家的未來,即沒有壓迫、沒有束縛、沒有貧窮、沒有民族歧視等。

---

[2]　郁達夫:《郁達夫全集》(第5卷),杭州:浙江文藝出版社,1992年版,第542頁。

[3]　【美】費約翰:《喚醒中國:國民革命中的政治、文化與階級》,李霞等譯,北京:三聯書店,2004年版,第93頁。

　　直接宣揚革命精神，或描繪浪漫之愛而將愛人共同體與民族共同體的想像融合起來，為現代民族國家勾劃美好藍圖，是浪漫主義文學喚醒國民的又一策略。郭沫若的劇本〈王昭君〉、〈聶嫈〉和〈卓文君〉對封建倫理道德造成了巨大的衝擊；他的〈天狗〉、〈立在地球邊上放號〉、〈鳳凰涅槃〉等詩歌昂揚著激烈的反抗、破壞和創造精神，並以「新鮮」、「淨朗」、「華美」等最美的言辭來想像中國的未來。〈爐中煤〉一詩，郭沫若更是將對祖國的眷戀之情比為對年輕女郎的愛戀之情，把愛人共同體與民族共同體的想像融合起來，以浪漫之愛來激發國民的愛國熱情。

　　1920 年代前期的浪漫主義文學具有強烈的自由精神和反抗意識，而且往往由浪漫之愛上升到反帝反封建的主題。「五四新文學也通過直面自我意識和疏離問題，通過探索束縛、解放和浪漫之愛等主題，幫助塑造了覺醒的民族。」[4] 浪漫主義文學在喚醒國民的啟蒙運動中表現出激進的姿態而具有革命的傾向，它為國民革命打下了基礎。國民革命結束之際，時人就清醒地意識到了革命與文學的關係：「文學是革命的先鋒，革命是文學的後盾。革命若不用文學去廣為傳播，喚醒人民，革命是永無成功的希望；但有文學的宣傳，不能見諸事實，這種叫做空言，毫無價值。」[5] 因此，浪漫主義文學的理想需要通過革命去實現，而在革命中，政治家或革命家同樣具有浪漫主義氣質。

　　中國革命的先行者孫中山就是一位浪漫主義革命家。孫中山及其領導的革命黨人在辛亥革命中帶有明顯的個人主義和英雄主義色彩。後來，孫中山似乎走出了浪漫主義，這體現在國民黨一大時他對過去革命的總結中。然而，在這次大會的閉幕式上，孫中山滿懷浪漫激情地說道：「從今以後拿了好辦法去革命，便可一往直前，有勝無敗，天天成功，把三民主義、五權憲法宣布到全國的民眾。在今年之內，一定可把革命事業做到徹底的大成功！」[6] 浪漫主義的方式具有很強的鼓動力，有利於調動民眾的革命積極性，因此，隨後的幾個月裡，孫中山在一系列的演講中也以浪漫主義的方式來闡釋新三民主義。

---

[4]　【美】費約翰：《喚醒中國：國民革命中的政治、文化與階級》，李霞等譯，第
　　140 頁。
[5]　張天化：《文學與革命》，上海：民智書局，1928 年版，第 1 頁。
[6]　孫中山：《孫中山全集》第 9 卷，北京：中華書局，2011 年版，第 180 頁。

　　勃蘭兌斯指出：「浪漫主義運動不僅通向民族感情，而且幾乎同樣強烈地產生世界大同的感情。」[7]新三民主義就是如此。孫中山將民族主義解釋為國族主義，希望以此來救國和強國，這是現實主義的。但他又以浪漫主義的方式構想了民族主義的理想願景：「我們要將來能夠治國平天下，便先要恢復民族主義和民族地位。用固有的道德和平做基礎，去統一世界，成一個大同之治，這便是我們四萬萬人的大責任。」[8]孫中山認為民權主義就是由人民來管理國家政事，而「民生主義就是社會主義，又名共產主義，即是大同主義。」（《孫中山全集》第 9 卷，第 355 頁）孫中山以浪漫主義方式糅合了各種主義與學說：「我們三民主義的意思，就是民有、民治、民享。……就是國家是人民所共有，政治是人民所共管，利益是人民所共用。……人民對於國家不只是共產，一切事權都是要共的。這才是真正的民生主義，這就是孔子所希望之大同世界。」（《孫中山全集》第 9 卷，第 394 頁）孫中山的浪漫主義在對新三民主義的闡釋中表現得淋漓盡致。這些浪漫主義的革命觀點，被整合進了國民黨的政治宣傳之中，「國民黨的宣傳和新文化運動時期的文學創新，都持浪漫主義的姿態」（《喚醒中國：國民革命中的政治、文化與階級》，第 483 頁），這對喚醒國民、推進國民革命起了重要作用。

　　共產黨早期領導人陳獨秀是一位充滿浪漫悲情的革命家。他自幼便具叛逆性，雖然參加了科舉考試，卻從書齋走向革命。陳獨秀受「父母之命，媒妁之言」與高曉嵐結婚，又與妻妹高君曼「自由戀愛」而結為夫妻，以浪漫行為向傳統禮教「宣戰」。陳獨秀早年曾與浪漫主義文學家、「情僧」蘇曼殊合作翻譯雨果的浪漫主義小說《悲慘世界》，為中國現代文學撒播浪漫主義的種子。在「五四」新文化運動、傳播共產主義和組建共產黨之中，陳獨秀搖旗吶喊時都滿懷浪漫主義的革命激情。陳獨秀「不承認行政及做官、爭地盤、攘奪私的權利這等勾當可以冒充政治」[9]，他否認權力與利益之爭是政治和革命的目的而將政治理想化了。陳獨秀曾將暗殺、暴動和不合作都貼上浪漫主義的標籤而加以反對，他認為：「在每個革命運動

---

[7]　勃蘭兌斯：《19 世紀文學主流》（第 2 分冊），劉半九譯，北京：人民文學出版社，1997 年版，第 317-318 頁。

[8]　孫中山：《孫中山全集》第 9 卷，第 253 頁。

[9]　陳獨秀：《陳獨秀文章選編》（中），北京：三聯書店，1984 年版，第 9 頁。

中，浪漫的左傾觀念和妥協的右傾觀念都能妨礙革命進行。」[10]反對浪漫
主義的陳獨秀自身卻是浪漫主義者，他「似乎更適合於做政治理想的憧憬
者，國家藍圖的描繪者和政治主體的催生者」[11]，而不適合於做革命的實
踐者。

　　孫中山和陳獨秀是國民黨和共產黨的領導人，他們以浪漫主義的方式
為國民革命確立了理想、描繪了藍圖，也促進了國共合作。浪漫主義文學
在反封建反傳統的啟蒙運動中憧憬現代民族國家的未來，革命的傾向使其
匯入了革命潮流之中。如果沒有文學上和政治中的浪漫主義，國民革命的
目標必然缺少美麗的色彩而難以吸引更多的國民加入；如果沒有革命的浪
漫許諾，革命的激情、意志和力量必然大打折扣，因此，浪漫主義為國民
革命奠定了基礎。

二、國民革命與革命浪漫諦克

　　現代民族國家的理想、藍圖，若僅是浪漫主義文學的想像或政治的鼓
吹而無實踐，就只能是一種烏托邦。國民革命為浪漫主義提供了實踐的機
會，然而，它又逐漸被拋棄，乃至從革命走向了「反動」。

　　國共兩黨建立革命統一戰線後，國民革命運動蓬勃展開，然而國民革
命並非一帆風順，國共合作中的鬥爭持續不斷。在國民黨一大上，國民黨
右派就反對共產黨員加入國民黨，但因為孫中山極力維護「聯俄、聯共、
扶助農工」的三大政策而從中調節，國民黨右派陰謀未能得逞。此後國民
黨右派一直叫囂排共，對擔任國民政府要職的共產黨員毛澤東、周恩來、
沈雁冰、郭沫若等深表不滿。蔣介石原本反對三大政策，但也因孫中山而
持中立態度。1925 年孫中山逝世後，國民黨右派排共、反共情緒更加激烈，
蔣介石則表現出鮮明的左派姿態及親蘇、容共的立場，即使在中山艦事件
後也是如此，這有利於國民革命的進行。陳獨秀的政治浪漫主義使其對國
民黨的反共採取了退讓，在蔣介石公然反共之際，他仍然對汪精衛國民政
府有所幻想：「當反動分子以公開的反叛行動集合他們的力量時，國民黨

---

[10]　同上註，第 259 頁。
[11]　張寶明、劉雲飛：《飛揚與落寞——陳獨秀的曠代悲情》，北京：東方出版社，2007
　　　年版，第 39 頁。

和國民政府倘不果決的領導勞苦群眾向反革命勢力作殊死的革命戰鬥，則一切反革命勢力得有更多機會放膽集合發展其勢力向革命進攻，革命前途將陷於危險！」[12]浪漫的書生革命家在革命的生死關頭對現實缺乏清醒的認識，不能採取有效的措施防止悲劇的再演。至「寧漢合流」時，國共合作完全破裂，共產黨損失慘重，國民革命只在形式上完成了，沒有兌現浪漫主義政治家許下的諾言。

　　浪漫主義文學家描繪的現代民族國家藍圖同樣未能在國民革命中實現，但他們中一些人參加了國民革命。創造社在國民革命風起雲湧之際轉而提倡革命文學，並參加到實際的革命工作之中。1926 年成仿吾、郭沫若、郁達夫、王獨清、鄭伯奇、穆木天等先後到國民革命中心廣州，他們在廣東大學「一方面當『紅教授』，教書育人；一方面寫文章，辦刊物，宣導革命文學。」[13]創造社的新成員周全平、倪貽德、潘漢年、蔣光慈等都積極投身於革命文學之中，他們與創造社的元老們一起以各種方式參加革命活動。郁達夫在廣州所待時間不長即離開，並於 1927 年宣布退出創造社，他沒有真正地融入國民革命實踐之中，但浪漫主義的革命傾向使他在抗日戰爭中最終走上革命道路並獻出了生命。成仿吾、鄭伯奇在黃埔軍校任教，實際上擔任了革命工作。潘漢年曾任國民革命軍政治部宣傳科科長、《革命軍日報》總編輯。郭沫若是創造社成員中最具革命性的，1926 年 7 月，他投筆從戎參加北伐戰爭，並擔任國民革命軍政治部副主任，1927 年又參加了南昌起義。郭沫若在實際的革命鬥爭中從革命的浪漫主義轉向了革命的現實主義，但也丟掉他的藝術個性，此後的文學成就與影響也沒有《女神》時期大。

　　在創造社的新成員中，蔣光慈是革命文學活動中最為耀眼的一顆流星，如此說，一是因為他後來另立太陽社，二是因為他過早逝世。蔣光慈於 1924 年夏天從蘇聯回國在上海大學任教，還參加工人運動與學生運動，1925 年加入創造社。蔣光慈與宋若瑜相戀同居，演繹自身的浪漫故事，也創作浪漫小說。「浪漫派」在當時已經受到指責和「圍罵」而含有貶義色彩，轉向後的郭沫若即反對浪漫主義，但蔣光慈卻對他說：「我自己便是

12　陳獨秀：《陳獨秀文章選編》（下），北京：三聯書店，1984 年版，第 417 頁。
13　黃淳浩：《創造社通觀》，武漢：崇文書局，2004 年版，第 23 頁。

浪漫派，凡是革命家也都是浪漫派，不浪漫誰個來革命呢？」「有理想，有情熱，不滿足現狀而企圖創造出些更好的什麼的，這種精神便是浪漫主義。具有這種精神的便是浪漫派。」[14]事實上，浪漫主義既是革命的基礎，也是革命的動力，如果沒有浪漫精神，革命在很大程度上將難以進行。

蔣光慈在理論上主張革命文學，在創作上則採用浪漫主義方法，他的中篇小說〈野祭〉及長篇小說《衝出雲圍的月亮》等形成了「革命＋戀愛」的敘述模式。〈野祭〉中的章淑君愛上了革命文人陳季俠，但陳卻喜歡貌美的鄭玉弦。章淑君求愛失敗後發憤閱讀革命書籍，積極從事工人運動；鄭玉弦則在革命形勢發生逆轉之際怕受牽連而與陳斷絕關係。章淑君被祕密殺害後，陳季俠為她舉行深情的野祭。陳季俠和章淑君雖然沒有達到肉體的融合，但達到了精神的融合，他們「在革命這一最高的能指上實現了最終的共同的結合」[15]。〈野祭〉從愛情的角度來觀察革命，又從革命的角度來審視愛情，既反映了國民革命的現實如清黨反共、屠殺革命者等，又表現了革命青年苦悶、彷徨和憤激的感傷心理。《衝出雲圍的月亮》敘述了王曼英參加革命、在革命低潮中走向墮落及再度踏上革命征程的故事。王曼英與革命引路人柳遇秋相戀，柳是理想的革命者和愛人。柳遇秋變節後，王曼英在迷茫中墮落，憑姿色玩弄富家子弟和傲慢政客，失去了革命者與戀人的雙重身分。後來，王曼英遇到一直追求自己的革命者李尚志，她拋棄放蕩的生活而進了工廠，終於重新獲得了戀人和革命者的身分，就如衝出雲圍的月亮般仍然皎潔明亮。蔣光慈以浪漫主義的方法來創作革命文學，形成遭人詬病的「革命＋戀愛」的模式和革命浪漫諦克的文風。

然而，受蔣光慈的影響，丁玲、胡也頻、洪靈菲、孟超等左翼作家也創作了大量「革命＋戀愛」小說，使其形成了波瀾壯闊之勢，幾乎「執了中國文壇的牛耳」[16]。茅盾的《蝕》，巴金的《滅亡》、《新生》和《愛情三部曲》都敘述了青年革命者在愛情與革命之間的苦悶、徘徊和艱難選擇，也可歸為「革命＋戀愛」小說。丁玲的長篇小說《韋護》敘述了革命者韋護與麗嘉相戀最後又因革命而分手的故事，韋護在革命與愛情間的艱

---

[14]　郭沫若：《創造十年續編》，上海：北新書局，1946 年版，第 145 頁。
[15]　曠新年：《1928 革命文學》，濟南：山東教育出版社，1998 年版，第 97 頁。
[16]　曠新年：《1928 革命文學》，第 95 頁。

難選擇成為小說敘述的重點。韋護始終處在焦慮、痛苦和煩躁之中，因為
革命與戀愛不可兼得：他在幹革命工作時想著麗嘉，覺得是對革命信仰的
不忠實，與麗嘉廝守時又牽掛革命工作，則感到是對麗嘉的不忠實。如果
他繼續在革命與戀愛之間徘徊，就有雙重犯罪的感覺，所以他痛苦地拋棄
了戀愛而選擇了革命。丁玲在陷入「光赤式的陷阱」中又努力地掙扎，希
望通過革命戰勝愛情來喻示現實主義戰勝浪漫主義。

　　「革命＋戀愛」小說通過對浪漫之愛的描寫來傳達對民族和國家的
愛，通過對革命的敘述來表現革命中的苦悶、彷徨及繼續革命的堅定信
念。它也將愛人共同體與民族共同體的想像融合起來，然而，無論是由戀
愛而革命還是戀愛失敗而革命，亦或戀愛阻礙革命，最終都指向革命。郁
達夫曾說：「一種革命職業的出現，可能只是因為微不足道的情欲，它的
培育與一位溫柔純潔女子的愛無法分開。那種情欲如果擴展開來，其熱情
足以燒毀暴君的宮殿，其強烈足以摧毀巴士底獄。」（《喚醒中國：國民
革命中的政治、文化與階級》，第 143 頁）浪漫的戀愛或情欲成為革命的
一個出發點，這是符合人類的心理，也符合時代的特點。1920 年代末 1930
年代初，革命成為一種「時尚」；戀愛則與「時尚」緊密相連，當時就是
對革命的嚮往和追隨，但在革命之後又帶有濃厚的幻滅和感傷情調。葉永
蓁的長篇小說《小小十年》就因幻滅與感傷情調受到指責：個然認為主人
公因婚姻問題而走向革命，是「消極的辦法」，「不是民族意識的積極行
動」，是動機不純；沈端先也認為小說的故事沒有社會意義，「只是對於
男女主人公戀愛的關心，而絕對不是主人公對於革命的關係。」[17]對此，
魯迅則認為：「書中的主角，究竟上過前線，當過哨兵（雖然連放槍的方
法也未曾被教），比起單是抱膝哀歌，握筆憤歎的文豪們來，實在也切實
得遠了。倘若要現在的戰士都是意識正確，而且堅於鋼鐵之戰士，不但是
烏托邦的空想，也是出於情理之外的苛求。」[18]個然、沈端先以一種理想
的狀態和觀念來批評《小小十年》，其本身是非現實主義的；魯迅以現實
主義的精神來審視《小小十年》卻表現出了對革命羅曼蒂克的某種包容。
儘管革命的動機千差萬別，但不滿現狀，憧憬未來，追求自由和解放，是

---

[17]　倪墨炎：《現代文壇內外》，上海：漢語大詞典出版社，1998 年版，第 34 頁。
[18]　魯迅：《魯迅全集》（第 4 卷），北京：人民文學出版社，2005 年版，第 231-232 頁。

所有革命動機的共同之處，這與浪漫主義的自由精神、想像性、主觀性等是一致的。

　　「革命＋戀愛」小說大多出現於國民革命失敗前後，是有其原因的。藝術上，它承繼了 1920 年代前期浪漫主義文學的衣缽，沿用了敘述浪漫之愛來傳達反帝反封建的革命題旨，是浪漫主義文學「分化」後的堅持與調整。時代因素上，國民革命失敗，幻滅、迷惘和痛苦的情緒適宜於借用浪漫感傷的藝術形式來表達；同時，國民革命的失敗只是暫時的革命低谷，為迎接新的革命高潮，需要浪漫主義的搖旗吶喊，需要將浪漫主義納入革命宣傳之中。然而，「革命＋戀愛」小說描寫戀愛細膩生動，敘述革命則粗糙枯燥，且以浪漫主義的方式簡單地處理現實的革命，故被貼上了「革命浪漫諦克」的標籤而受到批判。

三、國民革命與浪漫主義的衰落

　　當浪漫主義走在時代的前面，為未來描繪美好藍圖時，它傾向於革命；當其留戀過去或感傷現實而走在時代後面時，則傾向於「反動」。1920 年代前期的浪漫主義傾向於革命，後期則傾向於「反動」。1920 年代前期的浪漫主義文學以自由精神、個性解放和浪漫之愛的許諾來推動思想啟蒙喚醒民眾，為國民革命打下了基礎。1920 年代後期的浪漫主義文學繼續了前期的自敘傳抒情小說和心理小說的一些技巧，如洪靈菲的《流亡》三部曲、葉永蓁的《小小十年》等帶有自敘傳特點，一些革命浪漫諦克小說對人物心理的細膩描繪帶有心理小說的特點。這些技巧的承續，使得革命浪漫諦克文學仍然具有很大的吸引力和較強的藝術性。1920 年代前期的浪漫主義在喚醒民眾時關注的是個體，但隨著國民革命的發展，政治、軍事和文化領域關注、宣傳和鼓動的物件從個體轉向了集團和階級，個性解放、自由主義等啟蒙話語逐漸被拋棄，政黨、集團主義、新三民主義、階級鬥爭、打倒軍閥、打倒帝國主義等成為革命宣傳中的主流話語。國民革命的主流話語雖然進入了 1920 年代後期的革命浪漫諦克小說中，但並未成為小說的主要話語，集團和階級也不是其敘述的重要對象。儘管 1920 年代後期的革命浪漫諦克小說以走向革命結束故事，但它的革命是浪漫主義的，非現實的，故容易被看作是「反動」的。

　　革命浪漫諦克小說的作者大多並未投入到轟轟烈烈的國民革命鬥爭
之中，他們是想像者而不是行動者，對正在進行或剛剛過去的國民革命的
體驗是破碎的、不完整的，故對革命的描繪以想像為主。洪靈菲《流亡》
中的沈之菲在流亡途中無法開展具體的革命工作，革命只能是其難以忘卻
的理想；小說在異國情調和對戀人的思念中給革命披上了浪漫和理想化的
外衣。葉靈鳳的〈神跡〉將革命描繪為冒險的羅曼史，刺激、驚險、浪漫、
新奇，但離革命本身相去甚遠而失去了藝術的真實感。革命浪漫諦克小說
把革命當作觀念，革命者就是擁有「普羅列塔利亞意識」的人，而且從「布
爾喬亞意識」向「普羅列塔利亞意識」的轉變也是輕而易舉的。所以，它
對革命的描繪只能是間接的、虛擬的，這種間接和虛擬化的處理不是藝術
技巧上的錘鍊，而是作者對革命認識的局限。陳季俠、李尚志、韋護等人
的革命活動就是開會、散傳單、寫文章、出版進步刊物等。雖然這也是革
命的一種反映，但它無疑把革命簡單化了，如果將其納入國民革命的宣傳
中，顯然是有害的。當然，在剝離浪漫的、做作的情感後，革命浪漫諦克
小說對革命信念和愛國主義等的探索也可能被編織進革命的宣傳之中，不
過其宣傳、鼓動的效果不及 1920 年代前期的浪漫主義小說對國民的喚醒。

　　從啟蒙話語到革命話語、從喚醒個體到喚醒集團、階級和民族，浪漫
主義文學調整了敘事策略，將「戀愛」與「革命」結合起來，以一種新的
姿態參與現代民族國家的構建。但這種策略並不成功，它以浪漫主義的方
式來審視革命現實，既未真實地反映現實的革命，又未對下一次革命高潮
的到來勾劃令人信服的藍圖，只能在幻滅、感傷情調中以「走向革命」的
模式化敘述許諾一個虛幻的未來。「戀愛」與「革命」相結合的敘述策略
在當時不成功是必然的，它隨國民革命而起，也隨國民革命而落。

　　1927 年，一系列的政治事變導致國共合作澈底破裂，國民革命事實上
的失敗，反而促成了文壇對革命文學的大力宣導與持續的論爭。1927 年秋
天，蔣光慈、錢杏邨、孟超、楊邨人等發起成立太陽社，成員還有洪靈菲、
戴平萬等。同年底，從革命前線退下來的李一氓、陽翰笙和從日本留學歸
國的馮乃超、李初梨、朱鏡我、彭康等參加了後期創造社的工作。太陽社
和後期創造社成員在宣導革命文學時，一方面創作革命浪漫諦克文學，一
方面又對其進行批判。

　　馮乃超認為：「Rmoausique 或許是孤獨的巡禮者，或許是情熱的異端者，雖然，他們的寂寞和悲憤——也許是崇高的心情——是深刻不過的，然而，他不追求它的社會的根據，卻在頭腦中製造最高的審判官。他們也有發見民眾的，然而，只發見他們的厭世精神，不能發見他們的歷史的責任。」「浪漫主義以奔狂的革命的熱情要拖歷史『向後走』，這就是它在歷史上盡的責任。浪漫文學家可以讚美革命的熱情，然而，不能理解革命的現實。」[19]面對殘酷的革命現實，浪漫主義無法清醒地認識和理解，容易「向後走」而趨向「反動」，但馮乃超對浪漫主義的批判誇大了一端而忽略了另一端，即它的革命性。浪漫主義文學即使在革命的低潮期也可以為革命服務而不是必然的「反動」。錢杏邨指出革命浪漫蒂克文學完全複演著「馬查所謂『前代剩下來的要素』，『傷感的和浪漫的心情』，『傷感主義與革命的浪漫主義』等等不健全的心理與情緒的描寫。」[20]錢杏邨的口吻似乎比馮乃超溫和，但他同樣將浪漫主義視為「不健全」的，是需要批判和清算的。

　　對革命浪漫諦克文學有著清醒而深刻認識的莫過於魯迅。他說：「革命是痛苦，其中也必然混有汙穢和血，決不是如詩人所想像的那般有趣，那般完美；革命尤其是現實的事，需要各種卑賤的，麻煩的工作，決不如詩人所想像的那般浪漫；革命當然有破壞，然而更需要建設，破壞是痛快的，但建設卻是麻煩的事。所以對於革命抱著浪漫諦克的幻想的人，一和革命接近，一到革命進行，便容易失望。」[21]魯迅指出了革命浪漫諦克文學的弱點，即不符合革命的現實，經不起革命現實的考驗，因而他呼喚現實主義的革命文學，呼喚從事實際革命工作的革命文學家。

　　國民革命失敗後，共產黨領導了南昌起義和秋收起義，國共兩黨的鬥爭成為抗日戰爭前主要的政治和軍事鬥爭。國民政府在形式上統一了中國，但新軍閥的出現及各地事實上的割據，使得全國人民仍處在各種壓迫

---

[19]　馮乃超：〈冷靜的頭腦——評駁梁實秋的《文學與革命》〉，收入中國社會科學院文學研究所現代文學研究室編，《「革命文學」論爭資料選編》（下），北京：人民文學出版社，1981 年版，第 563-564 頁。

[20]　錢杏邨：〈中國新興文學中的幾個具體的問題〉，收入中國社會科學院文學研究所現代文學研究室編，《「革命文學」論爭資料選編》（下），北京：人民文學出版社，1981 年版，第 934 頁。

[21]　魯迅：《魯迅全集》（第 4 卷），第 238-239 頁。

之下，階級鬥爭成為左翼文學的主流話語。無論是國民革命，還是此後共產黨領導的革命，都要求集團行動，要求嚴明的紀律，自由主義和個性主義是革命的阻礙，浪漫主義文學也成為新興革命文學的阻礙，因此，對其清算成為左翼革命文學的重要任務。丁玲創作的《韋護》、《一九三〇年春上海（二）》等步入了「光赤式的陷阱」，但她後來的中篇小說《水》，終結了革命浪漫諦克而走上了現實主義道路。1932 年，華漢（陽翰笙）的長篇小說《地泉》再版時瞿秋白（署名易嘉）、鄭伯奇、茅盾、錢杏邨等四人的序言集中從理論上清算了革命浪漫諦克的影響。

國共合作中，共產黨放棄了領導權，這很大程度上是受共產國際的影響，作為共產黨的領導人，陳獨秀雖然多次表示不同意見，但無法掌控局面。國民革命失敗後，陳獨秀進行了深刻的反思，但對他的政治生涯毫無補益。1927 年 7 月後，陳獨秀不再擔任中共中央總書記，1929 年 11 月他被開除黨籍，這是政治上現實主義對浪漫主義勝利的標誌。

蔣光慈雖然是共產黨員，但他本質上是一位浪漫主義作家：在文學上表現為創作「革命＋戀愛」小說；在個人情感上表現為宋若瑜亡故後又與吳似鴻過著浪漫的生活；在革命工作上表現為不服從紀律，個人主義思想較為嚴重，甚至還寫了「退黨書」。1930 年 10 月 20 日，蔣光慈被開除黨籍，這可以看作是革命浪漫諦克文學衰落的標誌，是現實主義文學對浪漫主義文學的勝利。自此，無論是政治上還是文學上，浪漫主義都走向了衰落。

文學浪漫主義與政治浪漫主義構成了國民革命的一個重要基礎；國民革命則催生了革命浪漫諦克文學，並為政治家和革命者演繹浪漫悲情故事提供了機會。隨著國民革命的推進及最後的失敗，現實主義得到不斷的召喚，最終戰勝浪漫主義而成為文學與革命的主流。浪漫主義雖然衰落了，但它並未「壽終正寢」。毛澤東等共產黨人在國民革命失敗後對中國革命的規劃、對中國未來的構想，仍然帶有浪漫主義的革命豪情；國民革命後的文學在現實主義主流之外，仍然有浪漫主義的支流。

主要參考文獻

一、專著

中國社會科學院文學研究所現代文學研究室編，《「革命文學」論爭資料選編》，
　　北京：人民文學出版社，1981 年。

郁達夫：《郁達夫全集》，杭州：浙江文藝出版社，1992 年。

孫中山：《孫中山全集》，北京：中華書局，2011 年。

郭沫若：《創造十年續編》，上海：北新書局，1946 年。

倪墨炎：《現代文壇內外》，上海：漢語大詞典出版社，1998 年。

陳獨秀：《陳獨秀文章選編》，北京：三聯書店，1984 年。

張天化：《文學與革命》，上海：民智書局，1928 年。

張寶明、劉雲飛：《飛揚與落寞——陳獨秀的曠代悲情》，北京：東方出版社，
　　2007 年。

黃淳浩：《創造社通觀》，武漢：崇文書局，2004 年。

魯迅：《魯迅全集》，北京：人民文學出版社，2005 年。

曠新年：《1928 革命文學》，濟南：山東教育出版社，1998 年。

二、外文著作

勃蘭兌斯：《19 世紀文學主流》，劉半九譯，北京：人民文學出版社，1997 年。

費約翰：《喚醒中國：國民革命中的政治、文化與階級》，李霞等譯，北京：三
　　聯書店，2004 年。

國民革命與革命文學的歷史譜系重構
——以武漢《中央日報·副刊》為考察對象

■張武軍

作者簡介

張武軍，1977 年生，陝西大荔人。文學博士。現任西南大學文學院教授、重慶抗戰大後方研究中心教授。主要從事民國文學和抗戰文學研究，曾在《文學評論》、《中國現代文學研究叢刊》、《文藝爭鳴》、《鄭州大學學報》、《西南大學學報》、《社會科學研究》等刊物發表論文 30 多篇，出版有《民國語境與左翼文學民族話語考釋》、《從階級話語到民族話語——抗戰與左翼文學的話語轉型》等專著。

內容摘要

回到歷史語境中考察和分析革命文學、左翼文學，這已成為左翼文學研究領域的一個新氣象，可是大家卻很少關注國民革命之於革命文學、左翼文學的意義。大革命時期武漢的《中央日報·副刊》是一個很好的切入點，它有助於我們更好地理解革命文學、左翼文學的發生和發展，以及其豐富性和複雜性。《中央日報·副刊》也是我們重構革命文學譜系不可或缺的一環，藉由此，我們才能更好地實現對革命文學與左翼文學的歷史檢視，也會帶給我們對這一老命題全新的理解。

關鍵詞：革命文學、左翼文學、中央日報副刊、民國視野

　　革命文學、左翼文學是研究界的老話題，卻屢屢被視為「一個學術的生長點」[1]。新世紀以來，隨著革命文學、左翼文學研究的不斷深入，不少學者開始注意到了這些概念自身的含混，邊界的不清晰不確定。洪子誠提出：「進入『當代』之後，左翼文學或革命文學，成為惟一的合法存在的文學。這就必須先討論中國的『革命文學』或『左翼文學』這樣的概念，究竟指的是什麼。這個問題看起來好像是不言自明的，事實上要講清楚，並不是十分容易。……通常，我們在使用『左翼文學』、『革命文學』這些概念時，有時內涵並不很清晰，指涉的對象、範圍也不總是很清楚。」[2]頗有意味的是，洪子誠的這一追問是從當代文學研究的視角來提出，即提醒研究者需要正視「左翼文學」、「革命文學」等概念在現代文學和當代文學研究領域的差異。與此同時，引領新世紀以來左翼文學研究熱的王富仁也提出了這個問題，「第一個問題關於主流意識形態和左翼文學的問題」，在他看來，我們不能用 1949 年之後所謂主流意識形態去理解 30 年代的左翼文學。[3]

一、回到歷史語境的革命文學和左翼文學

　　在洪子誠和王富仁的追問提出之後，注意辨析 1949 年前後「革命文學」、「左翼文學」的不同內涵，並回到歷史語境對「革命文學」、「左翼文學」及其相關概念進行重新考察和界定，這成為左翼文學研究領域的一個新氣象。程凱明確提出：「就歷史研究而言，『革命文學』、『左翼文學』、『社會主義文藝』等概念應有各自的歷史規定性。我傾向於將 20 世紀 20 年代以鼓動革命為目的的文學言論稱為『革命文學』，將三、四十年代以對抗資產階級政權、宣揚無產階級革命或其他革命理念為特徵的文學實踐稱為『左翼文學』，尤以『左聯』為其代表。」[4]

---

[1]　王富仁：〈有關左翼文學研究的幾點思考〉，《東岳論叢》2006 年第 5 期。

[2]　洪子誠：《問題與方法──中國當代文學史研究講稿》，北京：三聯書店，2002 年，第 259 頁。

[3]　王富仁：〈關於左翼文學的幾個問題〉，《中國現代文學研究叢刊》2002 年第 1 期。

[4]　程凱：〈尋找「革命文學」、「左翼文學」的歷史規定性〉，《鄭州大學學報》2006 年第 1 期。

　　「左聯」和「左翼文學」的複雜關係自然引起不少學者的關注。早在
2000年西南師範大學召開的中國現代文學研究會第8屆理事會上,「左聯
和左翼文學」議題是大會的一個重點,不少學者如錢理群等人就提出,「左
聯與左翼文學這兩個概念應該有所區分。有的左聯成員的作品不帶左翼色
彩,有的非左聯成員的作品卻是左翼文學」[5]。葛飛也提出了這樣的質疑,
並追問何謂左翼、何處是它的邊界:「1930年代的『左翼文藝運動』、『左
翼思潮』、『左翼文化人』是學界慣用的概念,這些彷彿是不證自明的名
稱,一旦具體化就成了問題:哪些人可以稱得上是左翼文化人,哪些作品
是左翼作品,哪些文化組織可謂左翼組織?左聯、劇聯盟員『當然』是左
翼文化人,但是,左翼文化人卻不止於盟員。──蕭紅、蕭軍等人雖然沒
有加入左聯,一般仍被視為『左翼的』。如果說馬克思主義者皆可稱作左
翼,那麼,我們如何處理胡秋原和被視為『第三種人』的杜衡?他們在30
年代也承認文學有階級性,卻拒不接受黨/左聯的領導,或許可以稱之為
非主流的左翼文化人?」[6]曹清華在〈何為左翼,如何傳統──「左翼文學」
的所指〉一文中,「試圖把『左翼文學』一詞放回到1930-1936年的文學
歷史中,具體地分析與『左翼』相關聯的文學活動和寫作實踐,梳理『左
翼文學』的多重所指」,並分析了「『左聯』對『左翼』的規訓」。[7]

　　很顯然,這些回到歷史語境中對左翼文學、革命文學的重新考察和界
定,為左翼文學研究、革命文學研究打開了新的天地,尤其是對左翼文學
和左聯機構、左翼作家和黨團身分的辨析,是左翼文學研究走向深入的標
誌。但是左翼文學和革命文學究竟是怎麼樣的關係?我們究竟要重返怎樣
的歷史語境?除了程凱[8]之外,大多數研究者也只是把左翼文學放置在左聯

[5]　秦弓:〈左翼文學的歷史地位〉,《光明日報》2000年7月20日。
[6]　葛飛:〈何謂左翼?何處是它的邊界?〉,《鄭州大學學報》2006年第1期。
[7]　曹清華:〈何為左翼,如何傳統──「左翼文學」的所指〉,《學術月刊》2008
　　年第1期。
[8]　迄今為止,完整而又細緻地把革命文學的譜系考察和左翼文學的發生推進到國民大
　　革命歷史中的是程凱,他2004年的博士論文答辯稿《國民革命與「左翼文化思潮」
　　發生的歷史考察》,到最近在博士論文基礎上 大量增刪而出版的著作《革命的張
　　力──「大革命」前後新文學知識分子的歷史處境與思想探求(1924-1930)》(北
　　京大學出版社,2014年),都展示了他在這一命題探索上所取得的成就。不過,在
　　程凱的論著中,他一方面試圖清晰地勾勒革命文學、左翼文學的歷史發展變遷,另
　　一方面又沉迷於革命的張力下文學和思想的複雜性探求,所以儘管他對國民革命不

成立到解散這一時段之內，即在 1930-1936 年的文學歷史中考察左翼文學的豐富和多重所指，而把左聯成立之前的 1928 開始的革命文學視為左翼文學的準備期。「左聯」成立就成了一個分水嶺，之前為革命文學，之後為左翼文學，或者說之後革命文學和左翼文學就合二為一。「左翼文學開始稱為『革命文學』，只是到了左聯成立前後，才有『左翼文學』的稱謂。從本質上來說，左翼文學就是革命文學，就是『無產階級革命文學』、『社會主義文學』，是『普羅塔納尼亞（proletariat）文學（簡稱普羅文學），它是與布爾喬亞（bourgeois）文學（資產階級或小資產階級文學）相對立的。」[9]

事實上，不論是對 1928 革命文學發生作為左翼文學準備期的闡述，或是對 1930 年「左聯」成立及其之後左翼文學內部複雜性的探究，這樣歷史語境重返都是基於同樣的史觀邏輯，即從共產黨人單一的革命史觀來審視革命文學、左翼文學，革命文學的發生到左翼文學形成和共產黨人介入文學大體同步。過去大家普遍認為 1928 年為革命文學的起點，其實並不在於後期創造社和太陽社的成員提供了多麼新穎的理論，而在於這個時期宣導革命文學剛好和共產黨獨立革命的歷史進程相符，儘管當時宣導革命文學的創造社諸多成員還並非共產黨員。現在也有研究者把革命文學發生的上限追溯到 1920 年代初早期共產黨人鄧中夏、惲代英、蕭楚女、沈澤民等人相關論述，但這一切都被描述為共產黨人個體意見表達，並不是具有整體指導意義的組織行為，同時也表明，即便早期的不成系統的革命文學提倡依然和共產黨人相關。「左聯」成立之所以成為分水嶺，成為從革命文學到左翼文學質的變化，同樣並不在於革命文學理論建構上有了多麼大飛躍，而在於共產黨黨團組織對文學的介入程度更深。據此我們就不難勾勒出一條清晰的革命文學和左翼文學發生、發展、變遷的脈絡，從共產黨人個體性、零散性地提倡革命文學到最後由黨組織系統領導和建立「左聯」這樣的機構從而形成左翼文學。可問題是，左聯時期並非共產黨人第一次介入文學，在大革命時期從廣州到武漢，作為實際控制國民黨宣

同時期的革命理念和文人心態做了極其精彩的闡述，但總體框架上仍然體現出共產黨人革命觀下的革命文學到左翼文學譜系構造。

[9] 方維保：《紅色意義的生成：20 世紀中國左翼文學研究》，合肥：安徽教育出版社，2004 年，第 13 頁。

傳部的共產黨人，曾更系統更完整地介入和掌控了文學和宣傳，尤以武漢政府時期更為顯著，那為什麼我們不能回到大革命的歷史語境中重新檢視革命文學和左翼文學的來龍去脈呢？

　　另一方面，在左翼文學研究中，學界還是更多從理論的角度來考察革命文學和左翼文學的發生和變遷，艾曉明的《中國左翼文學思潮探源》是這方面最具有代表性的成果。在 2007 年再版的引言中作者明確指出，「左翼文學幾乎一開始就是一場理論運動，投身於這場運動的著作家們留下了大量的理論文字」[10]。當我們只是關注到革命文學理論的時候，我們很容易去把思考的中心投向這些理論的來源——蘇俄的或者日本的。艾曉明的著作就是詳細考察和分析了蘇俄、日本的文學理念如何構成了中國革命文學和左翼文學的理論來源，陳紅旗的《中國左翼文學的發生（1922-1933）》[11]，也著重分析了「俄蘇體驗」、「日本體驗」之於中國左翼文學發生發展的意義。尤其是日本的福本主義和後期創造社的轉變，藏原惟人的新寫實主義和太陽社的理論建構，這常常被視為革命文學發生的主要依據，不少學者都會援引胡秋原的說法，「在中國忽然勃興的革命文藝，那模特兒完全是日本，所以實際說起來，可以看作是日本無產階級文學的一個支流」[12]。可事實上，1928 年之前，中國共產黨人大革命時期的革命組織和革命理論，革命力量和革命實踐都遠超日本。為什麼我們不能把中國的大革命歷史實踐作為中國革命文學、左翼文學的理論依據呢？

　　這一切只是因為我們接受了「大革命失敗」這一前提，所以儘管這一時期共產黨人曾系統介入文學和宣傳，也只能是反思和迴避；只因為我們接受了「大革命失敗」這一前提，所以寧願把革命文學的興起完全歸功日本理論的輸入，也不願意在大革命的歷史中來檢視中國革命文學發生、發展。這種「大革命失敗」的前提，構成了學界忽視大革命之於革命文學的重要因素，也是學界凸顯「革命文學理論」而不是革命實踐的主要原因。

　　但是，我們真的可以把「大革命失敗」作為一個不加質疑的前提麼？

---

[10] 艾曉明：《中國左翼文學思潮探源》，北京：北京大學出版社，2007 年，第 7 頁。
[11] 陳紅旗：《中國左翼文學的發生（1922-1933）》，廣州：暨南大學出版社，2010 年。
[12] 梁若容：〈日本文學對中國文學的影響〉，《中日文化交流史論》，商務印書館，1985 年，第 30 頁。

二、民國視野與武漢《中央日報‧副刊》

　　對於大革命這一複雜的歷史事件，國共雙方至今仍然分歧巨大。從國民黨方面來說，1927 年 4 月 12 日，上海清黨及其後武漢分共是國民黨在危難時刻挽救了革命，是對革命的維護，是引領中國國民大革命走向了最終的勝利；從共產黨方面來說，四‧一二政變及其後武漢事件是國民黨背棄了「聯俄、聯共、扶助農工」三大政策，背叛了革命，是不折不扣的「反革命」行為，此後，共產黨人真正地並獨立地扛起了中國革命的大旗。直至今日，這種巨大的分歧和各自針鋒相對的判定依然主導著各界對國民大革命的闡釋。因此，正視這種複雜的多維的大革命，是我們理解革命文學和左翼文學豐富性、多維性的前提。

　　其實不僅國民黨方面從未認為 1927 下半年到 1928 是大革命的失敗，共產黨人當時也並不認為大革命失敗了，相反他們也認為 1927 年下半年以後正處於革命的高潮期，最終的勝利即將到來。鄭超麟提到：「《布林塞維克》創刊號裡，我寫了一篇文章，題目大意是：〈國民革命失敗後我們應當怎樣？〉，從題目可以知道文章內容。我是認為革命已經失敗了，我們應當從頭做起。出版之後，我們接到了中央通告，彷彿革命並非失敗，而是更進一層發展的。我們離勝利是更加近的。」[13]由此可見，「大革命失敗」說在當時並不為國共兩黨所認可，或者說，在當時國共兩黨對大革命都持一種複雜的甚至是極為混亂的態度。後來兩黨對大革命越來越清晰的評判都是建立在各取所需的遮蔽之上，因此，我們不只是回到大革命的歷史時段，更應回到多維革命史觀下的大革命中來檢視革命文學和左翼文學，即回到民國歷史視野下的大革命中去，擺脫過去單一的革命史觀，正視大革命的含混、複雜、多重可能性，這才是我們探究革命文學、左翼文學豐富性的邏輯起點。

---

[13] 鄭超麟：《鄭超麟回憶錄》，東方出版社，2004 年，第 273 頁。根據《布林斯維克》創刊號原文核對，鄭超麟發表的文章題目為〈國民黨背叛革命後中國國民革命運動如何？〉，文章題目和鄭超麟回憶有出入，但是文章確實表達了國民革命已然失敗的主旨。

　　回到民國歷史文化視野下重新考察大革命和革命文學的關係，避免以論代史，最好的切入點莫過於武漢國民政府時期的《中央日報》及其副刊。1926 年底國民政府及其中央黨部遷往武漢，標誌著武漢國民政府時期的開始，1927 年 3 月 20 日武漢國民政府正式宣告成立，3 月 22 日《中央日報》在武漢創刊。儘管武漢國民政府和《中央日報》存續時間並不長，但對我們瞭解當時革命的複雜性以及之後革命走向卻至關重要。

　　然而，在後來歷史記述中，國共雙方都有意迴避武漢時期的《中央日報》，偶有論及也大都作反面評價。

　　臺灣新聞史家只認可 1928 年 2 月 1 日上海《中央日報》作為始刊，有意迴避武漢《中央日報》的存在，「民國 16 年 3 月，漢口曾有中央日報之發刊，自 3 月 22 日起至 9 月 15 日停刊，計共發行 176 號，因為當時武漢政治局勢，甚為混淆，報紙亦無保存可供查考，故本報仍以 17 年 2 月 1 日為正式創刊之期。」[14]很顯然，「報紙亦無保存可供查考」只是個說辭，而「政治局勢，甚為混淆」則是史實，更明確說，當時的大革命是那樣的複雜和豐富，而各黨各派總是按照自己後來的需求擇取或者規避。曾經參與過武漢《中央日報》編委會並在《中央日報‧副刊》發表過不少文章的胡耐安，後來在臺灣回憶這份報紙時頗多尷尬：「此之所談的『中央日報』，如果仿照朱家的『紫陽綱目』例來寫，可不應該冠之以『僭』或『偽』，才可免於有悖乎『正統』的道統？然乎否耶？暫不苟論。轉思：此一《中央日報》（在漢口出版的《中央日報》），確實是前乎其『時』的為現代中央日報『先河』之導；書僭書偽，又未免有激濁揚清的慊疚於心。」[15]

　　武漢《中央日報》是國民黨中央和國民政府創辦的真正意義上的第一份黨報，之前國民黨曾以上海《民國日報》作為其機關黨報，但它當時影響力有限，也沒有成立相應的國民政府，並且很快就降格為上海市黨部的地方性報紙，同樣《中央日報》創刊之前，武漢《民國日報》也只是湖北省黨部機關報而已。在國民革命即將澈底勝利並將一統全國之際，以國民

---

[14]　上官美博：〈六十年大事記〉，胡有瑞主編：《六十年來的中央日報》，臺北：中央日報社，1988 年，第 246 頁。

[15]　胡耐安：〈談漢口發行的《中央日報》〉，臺北：《傳記文學》第 29 卷 1 期，1976年 7 月。

黨中央的名義，創辦一份全國性的領導報紙，是《中央日報》第一次使用「中央」之名的緣由，也是其創辦的主旨所在。《中央日報》創刊時曾在武漢《民國日報》上刊登啟事：「本報為中國國民黨中央黨報，職在作本黨的喉舌，指示國民革命之理論與實際，以領導全國民眾實行國民革命。」[16]

　　照理來說，作為國民黨喉舌的《中央日報》不應被國民黨否認和迴避，「指示國民革命之理論與實際」的《中央日報》，更不應該用「僭」或「偽」的稱號，除非這個「革命」並非國民黨後來所界定的革命，或者遠比國民黨人後來的「革命觀」更複雜、更豐富。

　　和國民黨人一樣，共產黨人和左翼人士後來的敘述中，也刻意迴避《中央日報》。武漢國民政府時期從事報刊宣傳工作的親歷者茅盾，在後來的記敘中這樣描述：「《中央日報》是國民黨中央宣傳部的機關報，部長顧孟余原是北京大學教授，中山艦事件後，被蔣介石請去當了宣傳部長，因此在他領導下的《中央日報》是國民黨右派的喉舌。雖然主筆陳啟修也是個共產黨員。《漢口民國日報》名義上是國民黨湖北省黨部的機關報，但實際上是共產黨在工作。」[17]因為茅盾自己是《漢口民國日報》的主筆（總編），他自然無法否認《漢口民國日報》，於是就肯定其革命性，並稱讚「《漢口民國日報》是共產黨辦的第一張大型日報」。的確，從上海《民國日報》到廣州《民國日報》，再到漢口《民國日報》，我們可以看出中國國民革命包括共產黨人革命觀的發展變遷，這些報紙的副刊也是我們重構革命文學譜系不可或缺的環節，目前學界還少有人論及。但是，茅盾由此來貶低武漢《中央日報》及其副刊，並指稱其為「國民黨右派的喉舌」，則和事實大相徑庭。要知道，茅盾自己曾在《中央日報‧副刊》中主編「上游」特刊，發表了〈最近蘇聯的工業與農業〉、〈《紅光》序〉、〈《楚辭》選釋〉等文章，即便在所謂的「七一五政變」發生之後，茅盾辭去了《民國日報》的工作，仍在《中央日報‧副刊》發表了不少作品，如署名「玄珠」的〈雲少爺與草帽〉（1927 年 7 月 29 日）、〈牯嶺的臭蟲——致武漢的朋友們（二）〉（1927 年 8 月 1 日）、詩歌〈留別〉（1927 年 8 月

[16] 武漢市地方誌編撰委員會主編：《武漢市志‧新聞志》，武漢：武漢大學出版社，1991 年，第 58-59 頁。

[17] 茅盾：《我走過的道路》上，北京：人民文學出版社，1997 年，第 358 頁。

19 日），還有署名「雲兒」的〈上牯嶺去〉（1927 年 8 月 18 日）。尤其是最後一篇〈上牯嶺去〉，從目前資料來看是茅盾的一篇佚文，《茅盾全集》中沒有收錄，最近出版的《茅盾全集·補遺》也沒有，包括最後一篇文章在內的詩文是茅盾大革命時期文藝創作活動的開始，值得我們去特別關注。即便到了 1927 年的 7、8 月，茅盾和《中央日報》及副刊關係仍很密切，因此茅盾所謂「國民黨右派的喉舌」很顯然是後來立場的主觀呈現。

　　事實上，從 1925 年 10 月毛澤東任國民黨中宣部代理部長以後，共產黨人就進一步掌控了文宣領域，整理黨務案後，毛澤東雖然辭去代理宣傳部長，但共產黨人在宣傳領域的實際權力並未減弱。武漢國民政府時期，隨著恢復黨權運動的展開，共產黨人就更加系統更加完整地掌控了輿論宣傳、報紙雜誌。當時負責湖北宣傳工作的鄭超麟曾說道：「當時武漢所有的報紙都是共產黨員當編輯，或者能受共產黨指揮的。」[18]共產黨員身分的軍人部宣傳科主任朱其華也印證了這一說法：「武漢的中央日報與武漢民國日報，那時還全在共產黨手中」[19]。武漢國民政府時期共產黨人對報紙的全面掌控，不免引起國民黨右派的抱怨：「1927 年初，滯留在武漢的吳稚暉，有一次見到張太雷，就以開玩笑的口吻說：『國民黨的報紙，按共產黨的編輯方針辦，真是自己養的女兒在家偷野漢子，天下少有，妙也乎？妙矣哉！』後來太雷轉告秋白，秋白笑說：『我們幹的本來就是自古未有的事。』」[20]很顯然，這一記敘帶有很強的藝術加工成分，但大體意思應該不差。在當時，國民黨內一些右派的確對共產黨人在文宣領域中風生水起表示了某種擔憂。

　　國民黨人抱怨共產黨人控制了《中央日報》從而極力迴避，共產黨人卻也因為它是國民黨的黨報而不願談及，從雙方都本該重視卻又極力迴避的姿態中，我們不難看出武漢《中央日報》及副刊是中國革命史和革命文學史上多麼複雜的一個存在。因此，在民國的歷史語境中，考察武漢《中央日報·副刊》既是對革命文學、左翼文學在歷史語境中的重新檢視，也是對中國革命文學譜系的重新構造。

---

[18] 鄭超麟：《鄭超麟回憶錄》，東方出版社，2004 年，第 251 頁。

[19] 朱其華：《1927 底回憶》，上海新新出版社，1933 年，第 258 頁。

[20] 羊漢：〈1927 秋白在武漢的情況片段〉，瞿秋白紀念館編：《瞿秋白研究》（1），學林出版社，1989 年，第 384 頁。

三、「醬色的心」：革命的顏色和心態

在討論《中央日報・副刊》有關革命文學的論述之前，我們首先應該關注武漢《中央日報》及副刊的主要參編人員——報紙的主編陳啟修，副刊的主編孫伏園，副刊星期日特刊「上游」的主編茅盾。儘管他們在當時並非純粹在文學領域活動，正如《中央日報・副刊》並不是純粹的文藝刊物，文學家的「茅盾」那時還只是一個叫做「沈雁冰」的政治活動家；但是他們都是我們瞭解革命文學不可或缺的人物，從他們身上我們可以看出革命文學的豐富和複雜，以及革命文學和左翼文學之後的歷史走向。

《中央日報》主編陳啟修曾是北大教授，和李大釗等早期共產黨人關係密切，是中國翻譯《資本論》的第一人[21]，1923 年遊學蘇聯，在羅亦農、彭述之等人的推薦下，經由蔣介石介紹加入國民黨，後又加入中國共產黨。武漢國民政府時期，陳啟修在國民黨中宣部工作，成為中央宣傳委員會主要成員之一，參與武漢《中央日報》創刊並任主編。陳啟修曾在《中央日報》撰寫了大量宣揚革命的社論，也在《中央日報・副刊》上系統地刊登了他的一系列革命理論。例如第二天的副刊就開始刊登他在中央軍事政治學校 4 次演講整理而成的《革命的理論》[22]，在第八軍政治訓練班講授的《革命政治學》[23]，這些演講和言論涉及革命理論的方方面面，其中也有關涉到如何認知和理解革命文化、革命文藝。

當然從直接的文學理論建構和文學實踐來看，陳啟修這些言論並不值得我們以革命文學的名義來展開討論，但是考慮到陳啟修從事革命宣傳和黨報主編的經歷構成了他後來革命文學理論譯介和文學創作實踐的素材來源，他的革命經歷以及後來的革命文學思考又極具代表性，所以，我覺得我們目前對陳啟修之於中國革命文學和左翼文學的意義，仍缺乏應有的關注。

---

[21] 劉南燕：《陳啟修——第一位翻譯《資本論》的中國學者》，《前進論壇》2003年第 9 期。

[22] 陳啟修：〈革命的理論〉，《中央日報・副刊》，1927 年 3 月 23、4 月 2 日、4 月 9 日。

[23] 陳啟修：〈革命的政治學〉，《中央日報・副刊》，1927 年 4 月 18 日。

日本學者蘆田肇曾對陳啟修有較為系統的研究，他在《中國現代文學研究叢刊》發表了〈陳啟修在東京的文學活動——關於他的詩論、文學評論和文學作品的翻譯、「新寫實主義」論等〉，文章論述了陳啟修在中國無產階級革命文學發展中的意義，並以此「見證中國無產階級文學與日本無產階級文學運動之間的聯繫」[24]。不過，讓我更感興趣的是陳啟修對日本無產階級革命文學的譯介中明顯夾雜了自己大革命時期的個體體驗，甚至他因此對藏原惟人的新寫實主義有不少修正、不少反思。因為他自己曾有在大革命中非常豐富的宣傳工作實踐，也歷經了 1927 政黨政策混亂而又多變的現實，這就使得陳啟修再次宣導革命文學時更多一份冷靜和全面，對文藝和革命的複雜性有著較為清醒的思考，不像後期創造社以及太陽社一些成員那樣簡單、激進，他特別不同意把文學歸結為宣傳或政黨政策的傳聲筒，而是小心翼翼地捍衛並追尋革命文學中的主體性建構。

尤其值得我們注意的是陳啟修圍繞著大革命時期的經歷創作了一系列小說，發表在《樂群月刊》，後結集出版名為《醬色的心》。陳啟修曾這樣跟茅盾解釋「醬色的心」：「『醬色的心』是比喻他自己在武漢時期，共產黨說他是顧孟余（當時的國民黨中央宣傳部長）的走狗，是投降了國民黨的（陳原是共產黨員），所以他的心是黑的；但在國民黨方面，仍把他看成忠實的共產黨員，他的心是紅的；他介於紅、黑之間，那就成了醬色。」[25]陳啟修用力最多的一部小說〈小大腳時代〉堪稱是他自己大革命時期的寫實自傳，主人公姚武城曾是北大教授，遊學蘇聯，回國後在漢口擔任「中央黨報」主編，投入國民大革命，這一段經歷幾乎和陳啟修自己完全相符。更相符的是主人公在作品中大段大段的內心獨白，完全是陳啟修後來自我意識的完整投射，作品中姚武城因為對過激的群眾運動和婦女運動稍有些怠慢，馬上被人攻擊為宣傳部 G 部長的忠實走狗，很顯然 G 部長就是顧孟余，《中央日報》的社長。主人公在這混亂而又茫然的革命現實中開始了自我的反思：

---

[24] 蘆田肇：〈陳啟修在東京的文學活動——關於他的詩論、文學評論和文學作品的翻譯、「新寫實主義」論等〉，《中國現代文學研究叢刊》2007 年第 1 期。
[25] 茅盾：《我走過的道路》上，北京：人民文學出版社，1997 年，第 403 頁。

> 他想：自己的末路，也太可憐了，簡直無力資助一個投懷的小鳥！
> 自己辛苦了兩年，只弄得一個病體，加上一個走狗的美名，大的走
> 狗也好了，偏只是一個 G 部長的走狗，一個走狗的走狗！呸……渾
> 蛋！走狗分什麼大小？根本錯誤，只在太過於忠實服從，太過於以
> 半路出家人自居了。早應該主張自己的意見，如果主張不行，早應
> 該引去呢。……[26]

的確，顧孟余接任宣傳部長後，啟用了不少和他一同從北京來的熟人
進入宣傳領域，引起其他宣傳人員的不滿和嘲諷，如共產黨員朱其華諷刺
顧孟余「染滿了北京的官僚的習慣」，在宣傳部「完全換上了他自己的一
批人」，「他所帶來的人，都是他的高足，這些人不知道幹了些什麼事，
中央宣傳部簡直工作也沒有做」[27]。陳啟修以及孫伏園等人就是在這種情
形下被顧孟余拉入到宣傳和黨報的編輯工作中，因此，陳啟修不論說什
麼、做什麼，都無法改變他屬於「顧孟余的人」的事實，朱其華曾多次表
達「最使我不滿意的是中央日報」，原因僅僅是針對人而不是報紙本身，
「笨拙」的陳啟修和「布爾喬亞文學家的典型」孫伏園，不管他們身分是
否為共產黨員，在朱其華一些人眼裡都是來自北京的顧孟余的人，因而對
《中央日報》及副刊就報之以「其內容是不待說了」、「不用說了」的鄙
棄[28]。

可是，作為顧孟余的人，甚至被罵為顧孟余的走狗，然而讓陳啟修最
難釋懷的是顧孟余並未把他真正當作自己人，在和茅盾的交談中，陳啟修
談到了顧孟余做好隨時撤逃的準備卻讓前來打聽消息的陳啟修不要擔
心，正如作品中的 G 部長自己找好了退路卻並未告知姚武城。

這種被紅的看做黑，被黑的看做紅，被後來的紅黑雙方都拋棄，淪為
不紅不黑；或者說這種紅黑分明的劃分都是後來的返觀而已，在大革命時
期紅黑原本就交織在一起。革命文學就是在紅與黑的交織中發生、發展
著，呈現出醬色。無獨有偶，武漢《中央日報》停刊後，1928 年上海復刊

---

[26] 陳啟修（陳勺水）：〈小大腳時代〉，《樂群月刊》1 卷 6 號，第 96 頁。
[27] 朱其華：《1927 底回憶》，上海新新出版社，1933 年，第 25-26 頁。
[28] 朱其華：《1927 底回憶》，上海新新出版社，1933 年，第 118-119 頁。

的《中央日報》也有一個非常重要的文藝副刊，名稱就是《紅與黑》[29]，主編這一副刊就是大名鼎鼎的胡也頻、沈從文、丁玲。可見紅與黑交織融合的醬色在革命文學發展中是多麼重要的一種顏色，醬色的心是作家們多麼普遍的一種心態。

因為有了對「醬色」的自我體認，陳啟修也自己選擇了脫黨，在之後的革命家和理論家眼裡，這種「醬色的心」無疑是小資產階級心態的體現，脫黨是小資產階級背叛革命的行為。不過，陳啟修自己把這種「醬色的心」看成找回自我的開始，不再盲目的追隨所謂的紅與黑，尋找自己的道路，不再一味的服從他人或政黨政策，「醬色的心」並非只是一種幻滅的悲哀，而是一種重新發現「自己」的喜悅。「他（姚武城，筆者注）同時發見出他自己的長處了。他覺得，找出一條應走的新路了。他看見獨立走路的自己了。他看見他自己變成完全的大大腳了。他反而發見 G 部長和許多自命為革命行家的人是小大腳了。」[30]

和陳啟修同樣選擇的還有《上游》特刊主編同時也是武漢《民國日報》主編的茅盾，茅盾也選擇了脫黨。過去，學界常常認為茅盾回到上海後，與黨組織失去了聯繫，因此思想極端苦悶，於是開始了文學的創作，這種苦悶感、幻滅感也在《幻滅》、《動搖》、《追求》等作品中集中體現，爾後引起了一些革命文學提倡者如錢杏邨等人的批評，茅盾據此寫〈從牯嶺到東京〉來進行自我辯護和對批評的回應。這樣的描述有諸多邏輯上的錯誤。事實上，茅盾脫黨並非是聯繫不上黨組織，而是和陳啟修一樣是他自己的主動選擇，在茅盾後來的回憶錄中分明記載著他回到上海後報告黨組織處理丟失支票的事情[31]，同時茅盾的回憶和鄭超麟的回憶都可以相互印證鄭超麟和茅盾、陳獨秀和茅盾往來的事實，由此可見和黨組織失去聯繫唯一合理的解釋就是茅盾自己的主動選擇。同時，根據趙璕的考證，「〈從

---

[29] 具體論述上海《中央日報》文藝副刊「紅與黑」交織的意義，參見拙作〈紅與黑交織中的摩登──1928 上海《中央日報·副刊》之考察〉，《文學評論》，2015 年第 1 期。

[30] 陳啟修（陳勺水）：〈小大腳時代〉，《樂群月刊》1 卷 6 號，第 105 頁。

[31] 茅盾在回憶錄有這樣的記載：「至於我失掉的抬頭支票，當時報告黨組織，據說他們先向銀行『掛了失』，然後由蔡紹敦（也是黨員，後改名蔡淑厚）開設的『紹敦電器公司』擔保，取出了這二千元。」由此可見，茅盾回到上海不存在聯繫不上黨組織一說。見茅盾：《我走過的道路》上，北京：人民文學出版社，1997 年，第381 頁。

牯嶺到東京〉乃同樣是茅盾主動選擇用以表達自己的主張的結果」[32]，因為在〈從牯嶺到東京〉發表之前，茅盾的《幻滅》、《動搖》並未受到多少責難，自然也不存在茅盾回應批評和指責這樣的說法，它也不是茅盾被動的表達對革命文學的意見，而是茅盾追尋自我主體性的體現。

我們過去往往只是把「幻滅」、「動搖」之類的字眼用作對茅盾的批評，而事實上，和陳啟修對「醬色的心」的自覺認知並尋找獨立走路的自我一樣，茅盾對「幻滅」、「動搖」的自覺書寫，同樣有一種發現自我找回自我的喜悅感和滿足感。多年以後，儘管茅盾不停地為曾經的脫黨做各種辯護的、悔恨的說辭，但仍有一種抹不掉的主體性情懷。「自從離開家庭進入社會以來，我逐漸養成了這樣一種習慣，遇事好尋根究底，好獨立思考，不願意隨聲附和。這種習慣，其實在我那一輩人中間也是很平常的，它的好處，大家都明白，我也不多講了；但是這個習慣在我的身上也有副作用。這就是當形勢突變時，我往往停下來思考，而不像有些人那樣緊緊跟上。」[33]

陳啟修（陳豹隱）和沈雁冰（茅盾），武漢國民政府時代最主要的兩大報紙主編，也是同為《中央日報‧副刊》上宣導革命文化和文學的重要人物，他們相逢在日本一定有太多共同的話題和想法，當茅盾聽到陳啟修有關「醬色的心」的闡述時，他會心有戚戚焉，一個是改名取「君子豹變」而隱的陳豹隱，一個是改名為矛盾而來的「茅盾」。他們卻並不是逃避、退隱，「停下來思考」是為了再一次的前行，為了重新出發。今天我們從多維的革命視野來觀照，就可以發現像陳啟修、茅盾這樣脫黨者並沒有放棄革命的理念，他們只是無法認同當時混亂而又多變的政黨政策，由此開始通過文學上的譯介或者創作來表達自己對革命的獨立思考。中國的革命文學正是建立在這種獨立思考革命的基礎上，建立在對大革命實踐的深切體悟和反思基礎上，由此中國的革命文學以及後來成立的「左聯」雖受到日本的啟發，但很顯然，革命文學、左翼文學包括新寫實主義等諸多命題在日本越來越沒落，而在中國卻呈現出不斷繁榮的迥異局面，這一切均得益於中國的國民大革命，得益於像陳啟修、茅盾這樣的主體性價值追尋者。

---

[32] 趙璕：〈《從牯嶺到東京》的發表及錢杏邨態度的變化──《幻滅‧書評》、《動搖‧評論》和《茅盾與現實》的對勘〉，《中國現代文學研究叢刊》2007 年第 1 期。
[33] 茅盾：《我走過的道路》上，北京：人民文學出版社，1997 年，第 382 頁。

　　當然，茅盾和陳啟修並非是個例，有太多和他們同樣經歷和感受的文人，例如武漢《中央日報‧副刊》的主編孫伏園、發表〈脫離蔣介石以後〉以及在隨後革命文學爭論中的重要人物郭沫若、創作〈從軍日記〉紅遍中國堪稱革命文學代表人物的謝冰瑩，等等。根據和茅盾一起被黨組織派往《民國日報》的張福康回憶，《中央日報‧副刊》主編孫伏園，「當時是中共黨員，後來也脫黨了」[34]。限於目前材料的匱乏，還沒有孫伏園加入共產黨的直接證據，不過根據後來很多武漢政府時期的人士回憶，共產黨在那個時候極力發展黨員，街頭群眾大會、學校工廠常有大規模集體入黨的情形，不少國民黨人士只要思想稍微激進（事實上，武漢國民政府時期不激進的國民黨人士太少了），也會被動員加入共產黨，成為跨黨黨員，跨黨在當時也是很普遍的情形。孫伏園顯然屬於思想特別激進的，不管從其在副刊上發表的文章還是組織的稿件我們都不難看出這一點，例如大家都較為熟悉的毛澤東的〈湖南農民運動考察報告〉就被孫伏園登在《中央日報‧副刊》上，所以孫伏園加入共產黨或者成為跨黨分子並非沒有可能，當然這都需要繼續尋找資料做更進一步的論述。還有一個明顯的例子是郭沫若，他在《中央日報‧副刊》上刊登的〈脫離蔣介石以後〉中所提到：「說我是投機呢，我的確是一個投機派：我是去年 5 月中旬才加入國民黨的，而且介紹我入黨的是我們褚公民誼。所以我自己才僅僅是一個滿了一周年的國民黨員，或者可以說是『投機嬰兒』罷。至於說我跨黨呢，那我更不勝光榮之至了。現在『跨黨』二字差不多成了『革命』的代名。只要是革命的，便是跨黨的。」[35]頗有意思的是，郭沫若後來的改寫中刪掉了加入國民黨和跨黨的這些字眼，只留下他和共產黨接近的事例以證明其革命性。此外大革命時期最引人注目的作家謝冰瑩，她是被《中央日報‧副刊》捧紅的一個作家，堪稱《中央日報‧副刊》在文學方面最大的成就。如果翻閱當時的報紙雜誌，回到歷史的現場來看，革命文學中最有影響力，可以說是革命文學第一人的當屬女兵身分的謝冰瑩，尋找發現、討論分析「我們的冰瑩」是當時一個熱門的話題，其人其作都成了革命的代名

---

[34]　張福康：〈回憶漢口《民國日報》、《中央日報》〉，《湖北文史資料》，1987 年第 4 輯，第 53 頁。

[35]　郭沫若：〈脫離蔣介石以後（七）〉，《中央日報‧副刊》第 60 號，1927 年 5 月 23 日。

詞。估計謝冰瑩在武漢大革命時期加入了共產黨，不過目前我們仍然沒有這方面的直接資料，只有一些間接的證明，如謝冰瑩後來作為發起人之一創建北方左聯並擔任組織領導工作，楊纖如回憶謝冰瑩曾被「開除出黨」[36]，再比如武漢中央政治軍事學校的絕大部分學生都加入共產黨，著名的共產黨人左翼作家符號，也是謝冰瑩的丈夫，曾多次提到他們互相稱呼對方為革命伴侶。從以上諸多跡象來看，謝冰瑩的黨員身分基本可以確定。[37]

　　郭沫若要極力剔除他在大革命時期和國民黨的關係，謝冰瑩要掩飾和迴避她大革命時期和共產黨人的關聯，他們都只想把自我描繪為一種單純的色彩而非紅黑交織在一起的醬色。郭沫若、謝冰瑩、孫伏園、茅盾、陳啟修等等在《中央日報‧副刊》常露面的重要人物，他們大革命時期的政黨身分歸屬直到今天仍然撲朔迷離。「醬色」正是當時革命顏色的一種很好的描述，它既指涉被分裂的國共雙方都無法真正體認的脫黨者，也指涉紅黑沒有像後來那麼涇渭分明時國共兩黨交織的跨黨分子。他們的革命實踐、思考、心態是中國革命文學生成、發展、演變的主導因素。畢竟，陳啟修、茅盾、郭沫若、孫伏園、謝冰瑩這些或被記住、或被疏忽、或被改寫的人，是我們在民國的多維的革命視野中探討革命文學所無法繞過的，他們的言行和創作也帶給我們對革命文學和左翼文學新的認知、新的界定。

四、結論：從東京回到武漢

　　「從東京回到武漢」，這是錢杏邨後來批評茅盾時所用的標題，而且是不止一次使用的標題。茅盾主動發表〈從牯嶺到東京〉以後，錢杏邨迅速撰寫〈從東京回到武漢──讀了茅盾的《從牯嶺到東京》以後〉來做答覆。正如前文所提及，錢杏邨對茅盾的《幻滅》、《動搖》評價原本多是肯定和讚揚，但在這篇答覆文章中，則明顯是針鋒相對和嚴厲批判。頗有

---

[36] 見楊纖如〈北方左翼作家聯盟雜憶〉中記載，「1931 年初，謝冰瑩參加了非常委員會領導下的北平新市委籌備處，被以籌備分子開除出黨」，《新文學史料》第 4 輯，人民文學出版社，1978 年，第 218 頁。

[37] 具體論述參見張堂錡：〈論謝冰瑩的左翼思想及其轉變〉，《淡江中文學報》，淡江大學中文系，2015 年 6 月。

意思的是，錢杏邨最後的責問是要求茅盾恢復武漢的革命精神，回到武漢時期的無產階級革命文學宣導，並列舉了茅盾發表在《中央日報・副刊》上的〈《紅光》序〉為正面例證。「嗚呼，茅盾先生的走入歧途已經不成問題，事實已經很明白的放在我們的眼前了。我們為著無產階級文藝前途的發展而戰鬥，我們在『事實上』不能不揭穿，批駁他的主張，使革命的青年不致因他的甘言蜜語為他所惑。同時，我們認為每一個唯物論者誰都應該是一個勇於檢點自己的錯誤的人。無論如何，茅盾先生曾經相信過無產階級的唯物論的哲學的，如果他能以幡然悔悟，那我們指出他的錯誤，也就是希望他能夠把革命的現狀重行考察一下，把自己的理論重行檢定一回，認取自己的錯誤，勇敢的回到無產階級文藝的陣營裡來，依舊的為著無產階級文藝勝利的前途而戰鬥。」[38]1930 年 3 月，錢杏邨編輯出版自己的《現代中國文學作家》第 2 卷，涉及對葉紹鈞、張資平、徐志摩、茅盾四個人的評論，有關茅盾部分的題目是從《新流月報》上發表的〈茅盾與現實──讀了他的「野薔薇」以後〉[39]而來，但是在本書茅盾論述的頁面頁眉上，保留了「從東京回到武漢」的字樣，並在文章後面有「附記」部分，專門解釋他直到付印前仍有使用「從東京回到武漢」作為茅盾評論的總題目的意思：「本卷第 4 篇內容，原分上下二部，上部批評茅盾君的三部曲。下部是答覆他的『從牯嶺到東京』的論文。當時便用了這論文的題目『從東京回到武漢』作全篇題目。在付印的時候，感到那篇論文放在這裡不相宜，故把它抽去，加上『野薔薇』一文。並改排了『序引』。因此，在本篇上還留著『從東京回到武漢』的題目，恐怕讀者誤會，特附記於此。」[40]錢杏邨結集出書時有關茅盾論的前後變化、差異以及改排、改寫，前文提到趙璕先生已經做了很好的考證，在此更值得我們關心的是錢杏邨對「從東京回到武漢」這一標題的迷戀。「從東京回到武漢」，這是「茅盾與現實」應該有的姿態和立場，也就是說即便在批評茅盾時，錢杏邨仍

---

[38] 錢杏邨：〈從東京回到武漢──讀了茅盾的《從牯嶺到東京》以後〉，伏志英編：《茅盾評傳》，開明書店，1936 年，第 313 頁；另見《阿英全集》，安徽教育出版社，2003 年，第 368 頁。

[39] 錢杏邨：〈茅盾與現實──讀了他的「野薔薇」以後〉，《新流月報》第 4 期，1929 年 12 月 15 日。

[40] 錢杏邨：〈茅盾與現實・附記〉，《現代中國文學作家》第 2 卷，上海泰東書局，1930 年，第 177-178 頁。

然和茅盾有一個共同點就是回到武漢的革命現實中來，恢復武漢的革命精神，再現大革命時期茅盾和大家同宣導無產階級革命文學的事業中來。這再一次說明，不論我們從哪個層面來思考、辨析中國革命文學、左翼文學，我們都應該也必需「回到武漢」，回到國民大革命的歷史中來檢視。

「從東京回到武漢」，在民國的歷史中重新檢視革命文學和左翼文學，武漢《中央日報》及其副刊的確是一個很好的切入點，在這一份時間並不長的報紙副刊上，有太多的話題值得我們進一步討論，有太多的作家作品值得我們進一步關注。例如，30 年代紅色革命文學成為主流是否和一個強力的武漢革命政府和革命黨報支撐與培育相關？《中央日報・副刊》有關托洛斯基革命文學觀念的提倡和 30 年代之後革命文學觀念究竟有怎樣關聯和差異？「左聯」立場是否是對武漢政府時期左傾文化立場的一種回歸？除了前面提到的陳啟修、茅盾、孫伏園、郭沫若、謝冰瑩之外，《中央日報・副刊》上宣導革命文學的作家作品我們該怎麼來重新審視和分析，並探討他們之於中國革命文學、左翼文學的意義。像傅東華的〈什麼是革命文藝〉（1927 年 3 月 23 日）的演講，譯作〈文學與革命〉（1927 年 3 月 25 日開始連載）、顧孟余的〈學術與革命的關係〉、張崧年的〈革命文化是什麼〉（1927 年 4 月 1 日）、鄧演達的〈新藝術的誕生——致《中央日報副刊》〉（1927 年 4 月 5 日）、淦克超的〈建設革命的文藝——呈孫伏園先生〉、顧仲起的〈紅色的微芒〉（1927 年 5 月 8 日）、李金髮的〈革命時期就不顧文藝了嗎？〉（1927 年 5 月 12 日）、曾仲鳴的〈藝術與民眾〉（1927 年 5 月 19 日）、樊仲雲的譯作〈無產階級的文化與藝術〉（1927 年 6 月 10 日開始連載）、黃其起的〈無產階級文藝的建設〉（1927 年 6 月 20 日）、采真的〈關於無產階級文藝園地底創造〉（1927 年 6 月 29 日）、符號的〈無產階級與文藝〉（1927 年 7 月 5 日）等等，不勝枚舉；此外還有像向培良、陳學昭、王魯彥、潘漢年、張光人（胡風）等都有不少重要作品或著述刊登在《中央日報・副刊》上。上述並不完全羅列的作家作品在我們討論 1928 革命文學或之後的左翼文學時很少被關注、被提及，由此不難看出我們的革命文學譜系建構中曾經缺漏了多少重要的東西。借用錢杏邨的標題，「從東京回到武漢」，這才能更好地實現對革命文學與左翼文學的歷史檢視，也定能帶給我們對這一老命題全新的理解。

主要參考文獻

方維保：《紅色意義的生成：20 世紀中國左翼文學研究》，合肥：安徽教育出版
　　社 2004 年。

艾曉明：《中國左翼文學思潮探源》，北京：北京大學出版社，2007 年。

朱其華：《1927 底回憶》，上海新新出版社，1933 年。

胡有瑞主編：《六十年來的中央日報》，臺北：中央日報社，1988 年。

茅盾：《我走過的道路》（上），北京：人民文學出版社，1997 年。

陳紅旗：《中國左翼文學的發生（1922-1933）》，廣州：暨南大學出版社，2010 年。

程凱：《革命的張力——「大革命」前後新文學知識分子的歷史處境與思想探求
　　（1924-1930）》，北京：北京大學出版社，2014 年。

鄭超麟：《鄭超麟回憶錄》，北京：東方出版社，2004 年。

民國女兵謝冰瑩的國民革命經驗及其意義

■張堂錡

作者簡介

張堂錡，1962 年生，台灣新竹人。文學博士。現任政治大學中文系副教授、民國歷史文化與文學研究中心主任。主要從事中國現代文學、台灣文學與澳門文學研究。著有《白馬湖作家群論稿》、《現代文學百年回望》等學術專著十餘種。

內容摘要

在「民國」的新政體下，誕生了第一批有思想、有主義、有信念的現代化女兵，身為具代表性的民國女兵，謝冰瑩的女兵經驗和《從軍日記》的書寫因而有了民國史與民國文學的雙重意義與價值。在民國歷史方面，意義有二：首先，這是第一批現代軍事體制訓練下的正規女兵，以救護和宣傳為主要任務，和在戰場上與敵軍正面決戰的部隊軍人不同，但卻同樣扮演著救國愛國的重要角色；其次，體現了民國體制下，男女平等、全民參與的民主共和特性。在民國文學方面，意義有二：首先，她創作以北伐國民革命為題材的女兵文學，在民國文學史上具有開創性價值，對報告文學、女性文學的發展有突破性的意義；其次，《從軍日記》充滿革命性、激進性，可以視為民國早期「革命文學」的典型之作。不論從真實記錄北伐時期女兵革命經歷的歷史文獻角度，還是生動報導女兵生活、情感、思想的文學藝術角度，謝冰瑩和她的女兵書寫都具有不應該被忽視的學術價值。

關鍵詞：謝冰瑩、民國女兵、國民革命、從軍日記、女兵自傳

一、前言

　　謝冰瑩（1906-2000）的女兵經驗已然是民國史的一頁傳奇。

　　民國十五年（1926），由蔣介石率領的國民革命軍由廣東出發，克復了湖南、湖北，在武漢招考中央軍事政治學校（即黃埔軍校前身）第六期，同時招收女生兩百多名，成立黃埔軍校女生隊，謝冰瑩正是其中之一[1]。從參加國民革命的北伐戰爭開始，她就以有史以來第一批女兵的身分寫進了民國史，這第一批兩百多名女兵，雖然都有其個人特殊而精彩的戎馬經歷，但只有謝冰瑩，以她的才氣、文筆和毅力寫出了《從軍日記》、《女兵自傳》[2]等膾炙人口的紀實文學，而使她同時走進了現代文學史頁中。正如香港文學研究社出版的《謝冰瑩選集》所言：「在現代中國作家群中，當過兵成名的男性作家為數不少，可是馳騁於沙場後闖入文壇而名滿天下的女性作家，至今卻似乎還只有一位謝冰瑩。」[3]在槍林彈雨中振筆疾書的女兵身影，無疑地是過去未曾見過的動人畫面。林語堂在為《從軍日記》寫的序言中就以他充滿想像的文筆為我們描繪了這個動人的畫面：「只看見一位年輕女子，身穿軍裝，足著草鞋，在晨光稀微的沙場上，拿一根自來水筆靠著膝上振筆直書，不暇改竄，戎馬倥傯，束裝待發的情景。或是聽見在洞庭湖上，笑聲與河流相和應，在遠地軍歌及近旁鼾睡的聲中，一位蓬頭垢面的女子軍，手不停筆，鋒發韻流的寫敘她的感觸。」[4]正因如此

---

[1]　武漢的中央軍事政治學校於 1927 年 2 月 12 日舉行開學典禮，根據資料，女生隊最初錄取 195 人，以兩湖、四川人數較多，實際入學則是 183 人。1927 年 3 月底，南湖學兵團的 30 名女生編入軍校女生隊，人數擴增為 213 人。參見于穎慧：〈黃埔軍校首屆女生隊始末〉，《黨史文匯》2010 年第 6 期，頁 32-33。

[2]　《從軍日記》最早是由上海春潮書局於 1928 年出版，1931 年上海光明書店也出版此書；《女兵自傳》上卷為《一個女兵的自傳》，最早是由上海良友圖書公司於 1936 年出版，中卷《女兵十年》是在 1946 年 4 月於漢口自行出版，同年 9 月在北平紅藍出版社再版，次年春天，在上海北新書局出版。1948 年台北晨光出版公司徵得謝冰瑩同意，將上中兩卷合在一起出版，並改名為《女兵自傳》。1949 年以後，在台灣有台北的力行書局於 1956 年印行過《女兵自傳》；1980 年台北的東大圖書公司出版獲得謝冰瑩授權的《女兵自傳》增訂本，也是目前在台灣唯一通行的版本，內容增加了三部分資料：〈我的青年時代〉、〈女兵生活〉、〈大學生活〉。

[3]　謝冰瑩：《謝冰瑩選集‧前言》，香港：文學研究社，1978 年。

[4]　林語堂：〈冰瑩從軍日記序〉，《從軍日記》（上海：光明書店，1933 年），頁 2。

特殊的從軍經歷，使這位來自湖南新化的奇女子，和陳天華、成仿吾被譽為「新化三才子」。

謝冰瑩於 1921 年秋天考入湖南省立第一女子師範，但未畢業即投筆從戎，於 1926 年冬考入中央軍事政治學校女生隊，次年參加北伐，這段參戰的經歷體驗，她以日記體的方式寫成《從軍日記》，刊載於武漢《中央日報·副刊》，林語堂讚賞之餘譯為英文發表，獲得國內外讀者歡迎，「女兵作家」的形象與地位由此奠定。她曾於 1931 年、1935 年兩度赴日，入東京早稻田大學研究，目的是想學會日文，「把托爾斯泰、迭更斯、羅曼羅蘭、巴爾扎克……幾位我最崇拜的作家底全部傑作，介紹到中國來。」[5] 然而，她因拒絕歡迎偽滿皇帝溥儀朝日，遭到日警逮捕，囚禁三週，遭受各種酷刑，幸得柳亞子營救而脫險，後來她將這段經歷寫成《在日本獄中》；1937 年對日抗戰開始，謝冰瑩再度發揮女兵精神，組織湖南婦女戰地服務團，赴前線為負傷戰士服務，這段出生入死的經歷被她寫成《新從軍日記》、《第五戰區巡禮》[6]。從北伐的《從軍日記》到抗戰的《新從軍日記》，謝冰瑩強烈的愛國意識與鮮明的女兵形象可謂深入人心。

1948 年秋，謝冰瑩來台擔任台灣省立師範學院教授（後改制為國立台灣師範大學），1973 年因腿傷退休，次年與丈夫賈伊箴赴美，定居舊金山，過著簡單規律的生活。2000 年 1 月在舊金山平靜走完她 93 年的一生。和大陸時期的蜚聲文壇、享譽盛名相比，來台後的謝冰瑩雖然依舊筆耕不輟，陸續出版了《冰瑩遊記》、《我的回憶》、《舊金山的霧》、《冰瑩憶往》、《碧瑤之戀》、《空谷幽蘭》、《在烽火中》等多部散文、小說集，但她給讀者的印象主要仍停留在《從軍日記》、《女兵自傳》的女兵書寫。1976 年，台灣的中央電影製片廠將《女兵自傳》拍成電影，片名為《女兵日記》，港台明星凌波、徐楓等演出，其中唐寶雲飾演的「謝冰英」，

　此書最早於 1931 年初版，1933 年則是第五版。本文參考的是 1933 年版。
[5]　謝冰瑩：《女兵自傳》（台北：東大圖書公司，1980 年），頁 295。
[6]　《新從軍日記》最早是 1938 年由漢口天馬書局出版；《第五戰區巡禮》則是 1938 年由廣西的廣西日報社出版。後來這兩部書再加上以服務於傷兵招待所經歷寫成的《在火線上》，以《抗戰日記》為名於 1981 年由台北的東大圖書公司出版，謝冰瑩並對內容作了一些修改、潤飾。

就是作者謝冰瑩的化身。此片發行海內外，上映後頗受歡迎，如此一來，謝冰瑩幾乎和「女兵」劃上了等號。

二、永遠的北伐女兵

　　謝冰瑩的女兵形象應該說在北伐時期即已建立，儘管她後來在抗戰時期依然不改女兵本色，在長沙發動婦女到前線為傷兵服務，雖然沒有和日軍直接拼命作戰，但在抗戰烽火中，她跑遍黃河流域、長江南北，漢口、重慶、徐州、西安、成都、北京等地都留下了她奔波的足跡，而這段既艱苦又悲壯的經歷，使她完成了《新從軍日記》。從書名看來，顯然是因為《從軍日記》給讀者留下了太深刻的印象，因而沿用此名。許多評論或回憶性文章都以「永遠的女兵」來形容謝冰瑩，但我認為「永遠的北伐女兵」可能更準確地說明她女兵形象的由來與特性。

　　謝冰瑩的作品保留了北伐時期國民革命的諸多真實歷史面貌，她自己就將《從軍日記》定位為「北伐時代的報告文學」[7]，特別是她以女性、女兵的角度來描寫國民革命，為我們理解民國歷史的進展與國民革命的真實面貌提供了第一手的材料。例如和她同時受訓的兩百多名女同學中，有小姐、太太，也有生過三、四個孩子的母親，甚至還有姑嫂、姊妹、母女兩代人，而且其中不少人是纏過小腳，「她們穿著軍服，打著裹腿，背著槍，圍著子彈，但是走起路來像鴨子似的一扭一拐」[8]，這是多真實而動人的畫面！這些新女性犧牲舒適的生活來部隊接受嚴格而規律的鍛鍊，謝冰瑩說：「我們的生活是再痛快沒有了，雖然在大雪紛紛的冬天，或者烈日炎炎的夏季，我們都要每天上操，過著完全和士兵入伍一般的生活，但誰也不覺苦。」「平均每天至少要走八、九十里路，晚上有時睡在一張門板上，有時睡在一堆稻草裡。」[9]無懼於生活條件的惡劣，也不怕戰火的威脅，這群滿懷革命熱血的女兵們，「不知道是苦，只覺得明天就是暖和的晴日，

---

[7]　謝冰瑩：〈怎樣寫《從軍日記》和《女兵自傳》〉，《我的回憶》（台北：三民書局，1967年），頁157。

[8]　引自閻純德：〈謝冰瑩：永遠的「女兵」〉，《女兵謝冰瑩》（閻純德、李瑞騰編選，北京：人民文學出版社，2002年），頁131。

[9]　同上註。

血紅似的太陽，前面是光明的大道，美麗的花園。」[10]這樣的心情是完全的誠懇真摯，接近於宗教的信仰，對女兵而言，為了革命的信仰，就是犧牲性命也在所不惜的。1927 年，謝冰瑩隨中央獨立師葉挺副師長率領的討伐楊森、夏斗寅的革命軍西征，一個月零四天，犧牲了七十多位同學、一百多位教導隊的同志，然而，「我們獲得了好幾千槍枝，建立了革命的基礎，⋯⋯我們最大的勝利，就是從軍閥手裡得到整千整萬認識我們，信仰我們的民眾。革命的種子，散布在我們到過的任何地方。」[11]國民革命的勝利是建立在許多流血犧牲的基礎上，這是當時北伐軍共有的不可動搖的信念，包括謝冰瑩在內的女兵們也是如此。

在革命的面前，不僅是生命可拋，愛情也同樣可以捨棄。這群中央軍事政治學校的女兵們，在受訓時都會唱〈奮鬥歌〉，歌詞是：

> 快快學習，快快操練，努力為民先鋒。
> 推翻封建制，打破戀愛夢；
> 完成國民革命，偉大的女性！

謝冰瑩說，每次唱到「打破戀愛夢」時，她們「總是把嗓子特別提高，好像故意要喚醒自己或者警告別人在革命時期不應該戀愛似的。」她很清楚知道，「她們把狹義的愛的觀念取消了，代替著的是國家的愛，民族的愛！⋯⋯她們最迫切的要求，只有兩個字──革命！她們把自己的前途和幸福，都寄託在革命事業上面。」[12]即使有人偷偷談戀愛，也是一種「革命化的戀愛」。可以說，革命凌駕一切，身為國民革命的北伐軍，她們感到驕傲，也有一種責無旁貸的使命感。這是中國幾千年來的女性所不曾有過的激昂心理，也是不曾發出的集體怒吼。

謝冰瑩以草地為凳，以膝蓋為桌，每天利用行軍休息的二十分鐘，或是犧牲睡眠在油菜燈下所寫的日記，是北伐時期國民革命的一個真實側面，謝冰瑩用她發自肺腑的赤忱，平實而不誇張地予以呈現，女兵題材的新鮮加上激昂的愛國情緒，使謝冰瑩和她的《從軍日記》轟動一時，從而締造了一個革命時代的女性典型和文學風潮。

---

[10]　謝冰瑩：〈寫在後面〉，《從軍日記》，頁 69。
[11]　謝冰瑩：《女兵自傳》，頁 91。
[12]　謝冰瑩：《女兵自傳》，頁 77。

三、謝冰瑩女兵書寫的民國史意義

正如謝冰瑩所說：「『兵！』這一個多麼有力的字！真想不到數千年來，處在舊禮教壓迫之下的中國婦女，也有來當兵的一天！」[13]在「民國」的新政體下，在婦女解放、男女平等的思潮孕育下，中國誕生了第一批由國家公開招募、訓練，有思想、有主義、有信念的現代化女兵。身為具代表性的民國女兵，謝冰瑩的女兵經驗和《從軍日記》的書寫因而有了民國史與民國文學的雙重意義與價值。從民國史的角度而言，其意義有二：

（一）這是第一批現代軍事體制訓練下的正規女兵，以救護和宣傳為
　　　主要任務，和在戰場上與敵軍正面決戰的部隊軍人不同，但卻
　　　同樣扮演著救國愛國的重要角色。

這批女兵和明末率軍作戰的著名女將秦良玉、沈雲英不同，也非代父從軍的巾幗英雄花木蘭，更不是小說、戲曲中的楊門女將穆桂英、唐初西涼國女將樊梨花等或真實或虛構的女將。這些傳統女將以個人的勇氣和武藝留名青史，但民國女兵是以集體組織的方式建構而成。傳統女將多為家族聲譽、君王利益而戰，許多是迫於情勢無奈上戰場，但民國女兵或為逃避包辦婚姻，或為爭取男女平等，多是主動加入部隊，且積極接受國族思想、主義教育的洗禮，以成為現代女兵自豪。至於太平天國的女兵，誕生於洪秀全金田起義的 1851 年，設立女營，招募女兵，鼎盛時期擁有十萬女兵，這應該是中國歷史上有史可考的第一支真正意義上的女兵部隊，但這批女兵其實是洪秀全「拜上帝教」的宗教狂熱信徒，多來自廣西貧困農村，最終成為太平天國女將洪宣嬌的私人武力，在盲目個人崇拜下犧牲於戰場。當然，標榜「人人平等」的太平天國女兵，以及清軍攻陷天京時英勇作戰、自焚而死的表現，都改寫了傳統以男性為主的權力格局，但這批女兵終究不是現代意義上的革命女兵。北伐時期的女兵，多為知識女性，從軍不是為個人崇拜或宗教信仰，而是具有國族觀念、婦女解放的劃時代

---

[13]　謝冰瑩：《女兵自傳》，頁 74。

意義。她們是傳統「娘子軍」和現代「革命軍」的綜合體，也是國民革命戰場上新的生力軍。

從民國肇建到北伐前後，有關女子婚姻、教育、經濟、家庭等議題，一直是社會上討論和文學作品中呈現的焦點之一。隨著國共兩黨分合，政黨強力宣傳和爭取，青年女性加入政黨的人數急遽增加，婦女運動開始被革命化，強調國民革命是婦女解放的前提，婦女力量因此被視為國民革命的一股重要力量。而女性之所以願意投入軍旅，一方面固然是婦女解放運動的推波助瀾，另一方面則是當時社會對軍人產生一種崇拜心理和集體氛圍。國民革命軍北伐的順利成功，相對於腐敗的北洋軍閥而言，南方的黃埔軍讓現代軍人的地位和角色大幅提昇。一個有趣的現象是，1926 年至1927 年間，在南昌、武漢地區，流行崇拜軍人的風氣，只要男性擁有皮帶、皮靴、皮包、皮裹腿、皮鞭子、牛皮等「六皮」，往往會讓許多女性著迷，女學生嫁給軍人甚至成為一種時髦現象[14]。同樣的，在濃厚的革命風潮下，女性也流行掛斜皮帶、拿皮公文包、皮馬鞭、穿皮靴、打皮裹腿的「五皮」，並因此成為男性追逐的對象[15]。謝冰瑩投考的就是武漢的中央軍校的女生隊，這種崇拜軍人的心理，使她對民初流行的一句口頭禪：「好鐵不打釘，好男不當兵」深不以為然，進而高喊：「好鐵要打釘，好女要當兵」[16]！

女性從軍，在當時無可避免的遭受許多質疑，先天體能的生理條件、容易感情用事等，成為女兵性別弱勢下的成見，對此，謝冰瑩並不否認，但是，她同時強調，女兵也有其先天上的優勢，特別是傷兵救護工作、戰地文宣工作，女性溫柔的天性往往能發揮意想不到的作用：「為了我們的性情溫柔，即使有少數傷兵脾氣壞的，也都不願向我們發洩。」身為救護女兵，她為「受傷的戰士洗傷口、敷藥、繃扎、倒開水、餵飯；用溫柔的語言安慰他們，用激昂慷慨的話鼓勵他們，為他們寫家書，尋找舊衣服給他們禦寒，募集書報給他們看，講述時事給他們聽……」無論是長官或士

---

[14] 柯惠鈴：《性別與政治──近代中國革命運動中的婦女（1900-1920）》（台北：政治大學歷史所博士論文，2004 年），頁 274。

[15] 胡蘭畦：〈一段難忘的曲折的女兵生活〉，《武漢文史資料》（武漢：中國人民政治協商會議湖北省武漢市委員會文史資料研究委員會，1980 年），頁 138-139。

[16] 謝冰瑩：〈北伐時代的女兵生活〉，《冰瑩憶往》（台北：三民書局，1991 年），頁 33。

兵,「只要經過我們醫治過或者慰問過的,大家都有很好的感情,很深刻的印象。」[17]這是女兵的性別優勢,在謝冰瑩的筆下,可以看到她們充分發揮了這方面的特點。

正因為對女兵存在許多誤解與質疑,身為第一批女兵,謝冰瑩的使命感和責任心尤勝過男性,軍中女性的愛國意識和男性相比可謂毫不遜色。在 1927 年 2 月隨軍出發鄂西擔任救護隊前,謝冰瑩曾寫了一篇充滿革命情緒的〈出發前給女同學的信〉,發表於武漢的《革命日報》,勸女同學們要把感情武裝起來,為國捐軀在所不惜,信的部分內容如下:

> 我們現在正式武裝起來了,直接踏上了革命之途,我們的生命,都交給了國家民族,我們的鮮血,都準備著為痛苦的民眾而流。……
> 我們應該很清楚地知道:我們來學軍事是應時代的需要;現在是什麼時代?是革命的北伐時代,革誰的命呢?革軍閥與帝國主義者的命,革土豪劣紳、貪官污吏、買辦階級的命,革一切封建勢力的命。我們來學軍事政治的目的,是要學習革命的理論,鍛鍊我們的身體,團結我們的精神,統一我們的意志,使我們成為中國婦女解放的領導者,領導她們都來參加國民革命,因此我們要做一個完美的革命模範女軍人。……
> 我們革命首先要從自己革起!一切不良的習慣、不正確的思想、不規則的言語行動,都要重新改造,成為一個服從紀律、思想革命化的新我。……
> 要知道我們之所以投筆從戎,一方面固然是為自己謀求自由平等幸福;但是革命的真正意義,是為全國同胞謀求自由平等利益幸福。[18]

這些言詞顯現了一位民國女子對革命殷切的期待與對國家前途的關注,這樣的體認與訴求,完全是現代化革命體制下的嶄新思想,換言之,謝冰瑩所代表的北伐女兵,是一個有思想、有主義、有組織、有紀律的群體。在她所寫的〈女兵生活〉中提到,進武漢分校的第一課就是學會唱一

---

[17] 謝冰瑩:〈在野戰醫院〉,《女兵自傳》,頁 313。
[18] 謝冰瑩:〈半世紀前的一封信〉,《冰瑩書信》(台北:三民書局,1991 年),頁 3-8。

首雄壯的革命歌曲,歌詞是:「三民主義,／始終一致,／國民革命導師:／推翻君主制,／建設共和時,／聯合被壓民族,／努力相扶持;／完成國民革命,／偉大的先知!」她說,在三民主義指導下的國民革命,「像一陣暴風吹倒了滿清帝國,吹醒了夢裡的人們,吹開了革命的鮮花!」[19]在現代革命思想薰陶下,她們表現出和封建帝王時代與軍閥時代截然不同的國家意志與革命精神。入伍訓練時的步兵操練、閱兵、打野外、放步哨,以及上政治教育課程,聽名人演講、分組討論等等,都是現代化的軍事基礎訓練,這群女兵因此脫胎換骨,成為民國第一批正式訓練下的女兵。謝冰瑩提到,教官經常勉勵她們:「妳們是中國有歷史以來,第一次的女兵,妳們要做個好榜樣,將來軍校要不要招收女生,完全看妳們的表現如何。」[20]值得一提的是,武漢分校的軍事教育強調政治教育與軍事訓練並重,教導學生「不僅知道槍是怎樣放法,而且知道槍要向什麼人放」,因此對這批史無前例的女生隊,特別安排了三十一門政治教育科目,如三民主義、建國方略、國民革命軍歷史及戰史、中國國民黨黨史、帝國主義侵略中國史、國民革命軍之軍事政治組織、建國大綱等[21]。從提倡剪髮、放足到婦女解放,從反帝反封建到打倒列強反軍閥,邊打仗邊學習,既救護又宣傳,這批女兵就是在這樣特殊的教育實踐中成長茁壯,為國民革命盡了一份國民的力量。

　　黃埔軍校女生隊在中國是破天荒的,在世界也是開先河的創舉,史達林(斯大林)聽說女生隊成立,曾指示鮑羅廷給予關注,還要求全體女生拍一張合照送給他,後來這張照片送到了史達林的辦公桌上。[22]世界知名作家羅曼羅蘭在讀了《從軍日記》後,竟然寫信給遠在東方、初執文筆的謝冰瑩,滿懷熱情地說:「我從汪德耀先生譯的法文《從軍日記》裡面,我認識了妳——年輕而勇敢的中國朋友,妳是一個努力奮鬥的新女性,妳現在雖然像一隻折了翅膀的小鳥;但相信妳一定能衝出雲圍,翱翔於太空

---

[19] 謝冰瑩:〈女兵生活〉,《我的回憶》,頁59。
[20] 謝冰瑩:〈女兵生活〉,《我的回憶》,頁62。
[21] 參見于穎慧:〈黃埔軍校首屆女生隊始末〉,《黨史文匯》2010年第6期,頁35。
[22] 參見于穎慧:〈黃埔軍校首屆女生隊始末〉,《黨史文匯》2010年第6期,頁38。

之上的。」[23]這當然不是從文學藝術成就角度予以肯定，而是對中國這一批身著軍裝「新女性」的出現表示感動與鼓舞。

（二）體現民國體制下，男女平等、全民參與的民主共和特性。

謝冰瑩和「五四」一代女作家一樣，對父權傳統、封建禮教、包辦婚姻表現出強烈的女性自主意識，幾次逃婚的反抗勇氣使她成了那個時代一個「叛逆的女性」；但她又和「五四」女作家不同，她為了逃避婚姻，投考軍校，馳騁沙場，使她成了一個「革命的女性」。她身上所具有的「革命性」，不僅是精神上、思想上的，更是身體的、性別的。儘管她曾自言：「在這個偉大的時代裡，我忘記了自己是女人，從不想到個人的事，我只希望把生命貢獻給革命，只要把軍閥打倒了，全國民眾的痛苦都可以解除」[24]，似乎女性主體意識被民族革命意識給沖淡、遮蔽，但事實上這兩者在謝冰瑩身上並沒有如此對立、衝突。她並非不承認自己是個「女人」，而是不承認自己是個「怯懦無能的女人」[25]。她放棄戀愛以追求革命的純粹性，但她並不曾抹滅女性的性別特徵與獨特的生活方式；她試圖與男性一樣從軍報國，但她也體認到女性擅長的是救護與文宣；正因為女性的身分，使她在出征途中看到農村婦女的生活而有較男性更多的同情，因此而對女性解放更為關心。

謝冰瑩強烈的女性意識表現在她對男女平等的追求上。她回憶北伐時期的女兵生活，「是和男兵完全一模一樣：穿草鞋，打裹腿，一身灰布軍服，腰間束著一根小皮帶，背著步槍，走起路來，雄赳赳，氣昂昂，一點

---

23 羅曼羅蘭於 1930 年 8 月在法國著名的《小巴黎人日報》頭版發表了對《從軍日記》的評論文章，題為〈參加中國革命軍的一個女孩子〉，對此書內容作了詳細的介紹，但這篇文章並未譯成中文。參見徐小玉：〈《從軍日記》、汪德耀、羅曼羅蘭〉，《新文學史料》1995 年第 4 期，頁 97。同時，羅曼羅蘭又寫了一封語多勉勵的信給謝冰瑩，引自朱嘉雯：〈沙場女兵──謝冰瑩〉，《追尋漂泊的靈魂──女作家的離散文學》（台北：秀威出版公司，2009 年），頁 23。

24 引自閻純德：〈謝冰瑩：永遠的「女兵」〉，《女兵謝冰瑩》，頁 131。

25 謝冰瑩以對女生隊的口吻說：「妳們根本不承認自己是個女人──怯懦無能的女人」，然後回憶了許多女生隊受訓及隨軍出征時的振奮與辛勞的情景。見〈寫在後面〉，《從軍日記》，頁 73。寫於 1927 年的〈給女同學〉中也勉勵女生隊成員要「去女子習性」，「所謂女子習性者，就是依賴性與精神衰弱之表現」，強調的不是「去女性化」，而是要與男子平等的公平對待。見《從軍日記》，頁 117。

也沒有女人扭扭怩怩的姿態。」她特別提到一件有趣的小事，由此可以充分看出謝冰瑩力爭與男兵平等的積極心態：「那時我們唯一與男生有區別的，便是在左臂上用兩分寬的紅布縫成一個 W 形的記號；這記號真害苦了我們，男同學都向我們大開其玩笑，說我們女同學是他們未來的 Wife，把我們氣壞了！我曾經冒險代表全體女同學向楊連長請求，希望他能把 W 改為三道直線，代表真、善、美。他說：『這是上級命令，不能改的！』」[26]這裡的男女平等，並非要使女性男性化，也不是完全泯滅性別界線，而是強調女性自身的覺醒與獨立價值。新時代與舊時代的差異之一，就是女性不再是無聲的一群，更不是男性的附庸。「民國」的建立，讓女性自主、男女平等成為一種可能。

　　謝冰瑩在 1979 年接受採訪時明確提到，當初會志願成為女兵的動機有三：第一、參加國民革命；第二、爭取女權平等；第三、反對婚姻制度。可見男女平等的意識很早就在她心中萌芽，她說在學校接受三民主義的課程時，就已經體認到：「在這樣理想的社會裡，女子和男子一樣享有人生樂趣，再也不受封建思想的壓迫，那該是多麼幸福。真要感謝國父給婦女們開闢了一條光明大道，從此，我們的人格獨立，思想自由，像男子一樣，可以把智慧、能力貢獻給國家，為社會人群謀福利。」[27]她之所以反對「父母之命，媒妁之言」的婚姻制度，也是源自於她力爭婚戀自主的反抗意念，認為女子應該和男子一樣受教育，而不是在家繡花縫針線等著出嫁。

　　對於國家的未來，身為女性不應無動於衷，置身事外，她意識到新的國家是屬於全體國民，而不是以男性父權為主的封建政體。這種新的思想來自對「國民革命」的認識與嚮往。孫中山對「國民革命」的本質有明確的闡釋，認為是「由全國國民發之，亦由全國國民成之」，這和古代革命由英雄發之、帝王成之迥然不同，也和近代歐洲革命，如英法之資產階級革命，俄國的無產階級革命差異極大，正因其不同於帝王革命和階級革命，其主體是全體國民，故稱為「國民革命」。[28]謝冰瑩加入的革命女兵，成員來自農民、工人、軍人、教師、醫生、商人、地主家庭，說明了這是

---

[26]　謝冰瑩：〈女兵生活〉，《我的回憶》，頁 58。
[27]　秦嶽：〈女兵回響曲——作家謝冰瑩訪問記〉，原載台灣《明道文藝》1979 年第 1 期，收入《女兵謝冰瑩》，頁 187。
[28]　參見《中華百科全書》線上典藏版「國民革命」詞條，中國文化大學製作，1983 年。

一批由不同出身、不同階級的女性所組成的革命隊伍，和民主共和的新政
體一樣，這就體現出不分性別、階級、全民共同參與的民國特性。

　　這批女兵的出現，不論在軍事、教育、婦女解放等方面，都產生極大
的轟動效應，也開創了歷史的先河，雖然只是曇花一現，但「卻留下了鏗
鏘的時代迴響」，因為，「女生隊不僅在黃埔校史中有特殊意義，在大革
命中做出一定貢獻，也標誌著婦女解放發展到了一個新的高度，開闢了中
國軍事教育史的新紀元。」[29]

四、謝冰瑩女兵書寫的文學史意義

　　謝冰瑩的女兵書寫，既是慷慨激昂、戰場素描的「兵」的文學，也是
婦女解放、獨立自主的「女」的創作。整體而言，謝冰瑩的女兵書寫看不
到「五四」女作家如冰心、凌叔華、盧隱等的溫柔委婉，而是接近於丁玲
的豪爽率真。在內容上，以北伐、抗戰前線的戰鬥經歷見聞為主，建構出
女性文學中少有的女兵文學；在體裁上，她的女兵書寫主要是日記體和傳
記體，兼具文學與報導的藝術表現，使這些作品成為出色的報告文學。而
她以文學表達出對革命的熱烈追求與嚮往，特別是《從軍日記》，可以視
為 1928 年以後革命文學興起前的一個先兆。不論從女性寫作、報告文學
或革命文學的成就來看，謝冰瑩的女兵書寫都有著鮮明的文學意義與豐富
的歷史內涵。

（一）創作以國民革命為題材的女兵文學，在民國文學史上具有開創性
　　　價值，對報告文學、女性文學的發展有突破性的意義。

　　謝冰瑩一生出版的作品計七十餘種，字數有一千多萬，但她留給讀者
最深刻的作品依然是早期的《從軍日記》和《女兵自傳》。《從軍日記》
使她北伐女兵的形象建立，從文學藝術的角度看，這些日記不免過於粗
糙、平面，但由於時代浪潮的激盪與新思想的需求，這部作品成功了。謝
冰瑩回憶道：「封面是豐子愷先生的女兒軟軟畫的，剛出來不到一個月，

---

[29] 于穎慧：〈黃埔軍校首屆女生隊始末〉，《黨史文匯》2010 年第 6 期，頁 37。

一萬本早已賣光，於是再版、三版一直到十九版，銷路還是那麼好。」[30]因為這本書的成功，使謝冰瑩決心走上寫作之路，才有後來《女兵自傳》的誕生。

　　謝冰瑩對自己的處女作《從軍日記》顯然並不滿意，她多次提到這些日記在文學藝術表現上的缺失與不足：「每次遇到有人提起《從軍日記》，我便感到怪難為情，真的，這本書是我的處女作，論文字，寫得太幼稚了，一點也談不到結構、修辭和技巧」[31]；在寫給林語堂的信中，她也直言「那些東西不成文學」，認為並無出版的價值。但林語堂有他的見解：「自然，這些從軍日記裡頭找不出『起承轉合』的文章體例，也沒有吮筆濡墨，慘澹經營的痕跡；……這種少不更事，氣概軒昂，抱著一手改造宇宙決心的女子所寫的，自然也值得一讀。」[32]其實謝冰瑩後來也意識到所寫日記的時代價值，她說：「對於前線的生活和當時的民眾，那種如火如荼的革命熱情，很少有報導的，除了我那十幾篇短短的文字外，很難找到當時的材料。」[33]

　　謝冰瑩將《從軍日記》定位為「北伐時代的報告文學」，儘管一般研究者的共識是要到 1936 年夏衍〈包身工〉、宋之的〈一九三六年春在太原〉、蕭乾〈流民圖〉等作品出現，報告文學才算達到成熟的水準，但她的北伐書寫，因為是以其親身經歷為素材，個人的主觀性、寫實性較強，同時其文字也充滿激情、具有可讀性，因此雖然當時還未出現嚴謹定義下的報告文學，但就題材、體例和表現手法而言，這部作品可以和 1920 年代瞿秋白的《餓鄉紀程》、《赤都心史》、茅盾〈五月三十日的下午〉、鄭振鐸〈街血洗去後〉、朱自清〈執政府大屠殺記〉等視為早期報告文學的先驅之作，從這個角度看，這部作品已經具備了開創性的文學史意義[34]。

---

[30] 謝冰瑩：〈怎樣寫《從軍日記》和《女兵自傳》〉，《我的回憶》，頁 164。

[31] 謝冰瑩：〈怎樣寫《從軍日記》和《女兵自傳》〉，《我的回憶》，頁 157。

[32] 林語堂：〈冰瑩從軍日記序〉，《從軍日記》，頁 2。

[33] 謝冰瑩：〈關於《從軍日記》〉，《謝冰瑩文集》（艾以、曹度主編，安徽文藝出版社，1999 年）上卷，頁 287。

[34] 研究報告文學的學者謝耘耕就肯定《從軍日記》的報告文學特質與成就：「作品沒有固定的形式，有日記、書信，也有敘事或抒情散文，但組成一體卻是一部長篇報告文學。……較之《餓鄉紀程》等作品，《從軍日記》更具文學特徵，也更具報告文學的文體特徵。作品帶有脫胎於新聞通訊的痕跡，以敘事為主，其敘事也都是新聞報道式的，但作品在敘事中運用了描摩、議論、抒情等藝術手法，也運用了形象

　　《從軍日記》的戰場速寫，以日記、書信的形式表現，報告文學應該具備的真實性獲得充分的保證，但在行文技巧的文學性則相對弱化。謝冰瑩說：「我只有一個希望，那就是把我所見所聞的事實，忠實地寫出來。……當時我寫從軍日記，腦子裡根本沒有任何希望，並不想拿來發表，只覺得眼前所看見的這些可歌可泣的現實題材，假如不寫出來，未免太可惜了。」[35]也就是說，從動機上就不是從文學出發，這決定了她的北伐書寫必然是史學價值要大於文學價值。以時效性而言，由於這些日記都是她在行軍途中利用休息空檔，靠著膝蓋搶時間寫出來的，「那時我的腦子根本沒有推敲字句的念頭，只管想到什麼就寫什麼，看見什麼就寫什麼」[36]，對前方戰事的情況、民眾的革命熱情、救治傷患的處理、心理的衝擊和思考等，都是第一手的迅速報導，她扮演了戰地記者的角色，寫完就寄給孫伏園發表，讓讀者第一時間了解北伐的進展，而且不管是故事或人物，她都保留生活原型，因而能帶給讀者最真切的感受。

　　《從軍日記》之後，謝冰瑩的報告文學書寫一直持續到抗戰結束，僅1938年，她就出版了《在火線上》、《戰士的手》、《第五戰區巡禮》、《新從軍日記》四部報告文學作品，足見她對報告文學寫作的高昂熱情。寫於1942年的長篇報告文學《在日本獄中》，詳細紀錄了他於六年前在日本因愛國反日而被捕入獄的經歷，對日本警察局、法院的陰險毒辣、日本平民的反戰思想、生命受到的威嚇，透過具體的事例娓娓道來，既發洩了她的滿腔悲憤，也深刻地表露出對國家富強的渴望，不論是材料取捨、情節安排、語言運用等方面，都使這部作品具有報告文學動人的深度與力度。從北伐到抗戰，謝冰瑩同時扮演了戰地女兵與戰地記者的角色，直到她不再親上前線，才中止了報告文學的寫作。整體來看，《從軍日記》使1920年代剛萌芽的報告文學創作留下珍貴的成果，而寫於抗戰時期的那些戰地題材的報告文學作品，則擴大了報告文學的創作格局，使謝冰瑩成為當時眾多報告文學作家中出色的一位。

思維，因而，從它的犀利深刻的議論、酣暢淋漓的敘事以及繪情繪景的形象描寫，使其成為中國初期報告文學的佳作。」見謝耘耕：《從新興文體到文學大國——中國20世紀報告文學流變史論》（武漢：長江文藝出版社，2002年），頁20。
[35] 謝冰瑩：〈怎樣寫《從軍日記》和《女兵自傳》〉，《我的回憶》，頁161。
[36] 謝冰瑩：〈怎樣寫《從軍日記》和《女兵自傳》〉，《我的回憶》，頁162。

　　謝冰瑩的女兵書寫沒有閨閣風、女兒氣，但字裡行間流淌的仍是女性的視角與思索角度，從女性文學的角度觀察，這些作品揭示了女性不再被個人小我情感所左右，而是走出傳統女性狹隘的世界，將個人命運與國家危亡、時代風雲一起融入筆端，從而確立女性在新時代中的人生價值與位置。研究 20 世紀中國女性文學的學者喬以鋼就反對以「雄化」來概括包括謝冰瑩這類在戰亂頻仍時期創作中忽略自己性別角色的現象，她認為：

> 就其本質言，這些女作家主體意識結構及創作面貌的改觀，並不是來自以男性思維、男性風采為範式的一種趨同，而是女性自身由「人」的覺醒所必然帶來的社會參與意識在特定歷史條件下與現實劇烈碰撞的結果。應該說，她們身上的女性意識於此並未消失，而是注入了政治、經濟、文化等多重內涵，從而變得更為豐滿。[37]

　　這樣的見解是令人省思的，因為以傳統性別眼光中所隱含的男性尺度，確實很容易對女性這類創作做出錯誤的判斷。

　　當《從軍日記》於 1928 年出版的同時，另一位女作家丁玲於《小說月報》發表了對女性意識覺醒影響深遠的小說〈莎菲女士的日記〉，同樣是採用日記體，同樣觸及女性解放議題，但莎菲式的女性雖然力圖掙脫封建牢籠，卻仍醉心於個人幸福愛情的謳歌，掙扎於婚姻、家庭和情慾的矛盾困擾之中。反觀《從軍日記》則體現出更為強烈的女性覺醒意識，從反封建禮教出發，到反封建軍閥、反日本帝國主義，她的女性書寫明顯地走在時代的前端，和「五四」女作家的作品相比，更為堅決，更為徹底，和傳統女性文學的纖秀柔弱相比，更是一種超越與反叛。

　　主編《女兵謝冰瑩》一書的學者閻純德也認為：「這些日記體、書信體的文章，表現了當時轟轟烈烈的偉大時代，反映了青年們的愛國熱忱、人民對革命的支持和擁護，表現了新時代女性的思想、感情及其艱苦的生活。」儘管如謝冰瑩自己所批判的存在許多缺失，「但《從軍日記》在讀者中確實產生了巨大影響，它不僅在作者的生命史上留下了痕跡，而且攝

---

[37] 喬以鋼：《低吟高歌——20 世紀中國女性文學論》（天津：南開大學出版社，1998年），頁 18。

下了歷史風暴的一個側影，作者那顆對民眾的愛心和對土豪劣紳、地主、軍閥的仇恨，還是表現得明明白白的。」[38]和近代許多以戰爭為題材的小說如《西線無戰事》、《戰爭與和平》、《齊瓦哥醫生》等相比，謝冰瑩的女兵書寫和這些以男性為主體，強調戰略兵法、壯烈犧牲、英勇殺敵、時代風雲的書寫模式不同，而是以強烈的自我意識、女性追求主體自由的精神和特殊的女兵題材，突出於世界戰爭書寫的作品之列，展現了獨特的文學魅力。

（二）民國早期「革命文學」的典型之作

「五四」所掀起的文學風潮，激昂中帶著新鮮銳氣，洶湧中有著共同的理想，思想解放，文化革命，締造了一個「大時代」，一個衝破網羅、翻天覆地的時代，在此來勢洶洶的狂潮下，作家無不受到衝擊和影響，張愛玲在寫於 1944 年的一篇文章〈談音樂〉裡就真實地描繪了她對「五四」的感受：

> 大規模的交響樂自然又不同，那是浩浩蕩蕩五四運動一般地衝了來，把每一個人的聲音都變了它的聲音，前後左右呼嘯喊嚓都是自己的聲音，人一開口就震驚於自己的聲音的深宏遠大；又像在初睡醒的時候聽見人向你說話，不知道是自己說的還是人家說的，感到模糊的恐怖。[39]

謝冰瑩寫《從軍日記》時，正是文壇從「文學革命」向「革命文學」轉向的階段，儘管「五四」對於「個人的發見」是它「最大的成功」[40]，但不可否認的，它也同時形成了一種集體的氛圍，透過民主、科學、啟蒙、解放等名詞共構出了一種時代的共名，而在文學上也追求一種宏大敘事的姿態，這種姿態在革命文學到來時更加確立，到了抗戰時期則巨大到成為

---

38 閻純德：〈謝冰瑩：永遠的「女兵」〉，《女兵謝冰瑩》，頁 132、133。

39 張愛玲：〈談音樂〉，《流言》（台北：皇冠出版社，1981 年），頁 196。

40 郁達夫說：「五四運動最大的成功，第一要算『個人』的發見。」見《中國新文學大系‧散文二集‧導言》（台北：業強出版社重印本，1990 年），頁 5。這套大系原由趙家璧主編，1935 年至 1936 年間由上海良友圖書印刷公司出版，業強出版社於 1990 年根據原版重印。

無所不在的使命感。這從謝冰瑩的《從軍日記》到《抗戰日記》，就可以清晰地看到這條路線的轉變。

郭沫若於 1926 年發表的〈革命與文學〉，慷慨激昂地呼籲青年：「我希望你們成為一個革命的文學家，不希望你們成為時代的落伍者，……你們要把自己的生活堅實起來，你們要把文藝的主潮認定！你們應該到兵間去、民間去、工廠間去、革命的漩渦中去，你們要曉得我們所要求的文學是表同情於無產階級的社會主義的寫實主義的文學……。」[41]「到兵間去」的謝冰瑩，以行動證明了自己是時代的先鋒者，而非落伍者。在對母親的告白中，她激動地說：「親愛的母親呵，我只想弄個炸彈將整個舊社會炸毀」，「母親，你不要聽了革命兩字就害怕，要知道革並不是兒子革父母的命，弟弟革哥哥的命，而是根本推翻整個的舊社會，掃盡一切惡勢力！」[42]以「舊社會的破壞新社會的創造者」自居的謝冰瑩，其《從軍日記》完全打破了傳統女性文學的婉約格局，堅決徹底地擺脫以往女性的束縛，其「革命性」、「反叛性」是無庸置疑的，由在愛國情操、戰鬥氣息文字底下的革命活力來看，完全可以將它視為早期的「革命文學」典型之作。

《從軍日記》卷首〈編印者的話〉就清楚指出：「革命文學到底是怎般的風味，卻始終叫人感到隔著一層障翳似的，不能體會得分明。文學如果是以情感為神髓的，而革命文學又是革命者情感的宣露，那這一部《從軍日記》的內容，庶幾當的住革命文學的稱號。」[43]林語堂更是語帶勉勵地肯定謝冰瑩是寫作「革命文學」的最適合人選，他說：

> 我想「革命文學」只有兩種意義。一是不要頭顱與一切在朝在野的黑暗，頑固，腐敗，無恥，虛偽，卑鄙反抗的文學，一是實地穿丘八之服，著丘八之鞋，食丘八之糧，手掌炸彈，向反革命殘壘拋擲，夜間於豬尿牛糞的空氣中，睡不成寐，爬起來寫述征途的感想。不要頭顱的文學既非妙齡女子所應嘗試，而保守頭顱的「革命文學」

---

[41] 郭沫若：〈革命與文學〉，原載 1926 年 5 月 16 日《創造月刊》第 1 卷第 3 期。引自王訓昭等編：《郭沫若研究資料》（北京：知識產權出版社，2010 年），頁 187。

[42] 謝冰瑩：〈給 KL〉，《從軍日記》，頁 95、96。

[43] 〈編印者的話〉，謝冰瑩：《從軍日記》，頁 2。

也未免無聊。至於實地描寫革命生活的文字，唯有再叫冰瑩去著上
武裝去過革命健兒生活。[44]

　　謝冰瑩的革命文學作品，既無閨秀之氣，更不是在租界洋樓中想像虛
構，而是烽火下以真實血肉交織而成的生命戰歌。在《從軍日記》裡處處
可見謝冰瑩對階級革命運動的熱烈嚮往，例如〈一個可喜而又好笑的故事〉
中對湖南農民運動的熱烈讚揚：「軍閥不倒，帝國主義更難以使他消滅了！
所以我們真正想革命成功，只有希望每個農民都暴動起來打倒軍閥的基礎
土豪劣紳地主等，每個工人都暴動起來打倒壓迫他的店主，資本家，買辦
階級等。親愛的工農朋友呵，你們只管猛力的打，猛力的殺，你們的自由
和幸福就是在刀槍裡面奪取喇！」[45]激進的階級話語，讓人領略到她身為
革命女兵內心不可遏止的戰鬥豪情；還有〈寄自嘉魚〉中對自己寫作的反
省與期許：「伏園先生，可惜我的情緒不是從前那種幽美的纏綿的，而是
沸騰騰的革命熱情，殺敵衝鋒的革命熱情，我再也寫不出什麼美的文章美
的詩歌來了。」[46]又如〈從峰口至新堤〉中借朋友季黎之口道出：「我們
要把我們自己的生命看得很寶貴的，我們的一個生命，就是我們黨的一個
細胞，死了我們一個，就是死了黨的一個細胞。」[47]稍早前寫的〈出發前
給三哥的信〉也有一段真實的自剖：「我決不是為慕虛榮而參加北伐，我是
決不為升官發財而參加北伐，我決不是想出外瀏覽風景而參加北伐，……
我實在是因為我確實認清了我出發的目標，所以才敢不顧一切的往血路奔
去。」那目標就是看護傷兵、宣傳革命，以期北伐早日成功。[48]正是這顆
赤裸的革命之心，真誠的革命之情，使她拿起筆來敘寫親見耳聞的革命之
事：「我便想多多利用我這枝筆，寫一些當時轟轟烈烈偉大的革命故事出
來，以反映當時青年們是怎樣地愛國，民眾們是如何地擁護我們的革命軍
和革命政府。」[49]也正是這樣的革命色彩與愛國精神，使 1920 年代興起的
革命文學潮流，多了《從軍日記》這一個動人、激越的浪頭，有論者就認

---

[44] 林語堂：〈冰瑩從軍日記序〉，《從軍日記》，頁 3。
[45] 謝冰瑩：〈一個可喜而又好笑的故事〉，《從軍日記》，頁 9。
[46] 謝冰瑩：〈寄自嘉魚〉，《從軍日記》，頁 27。
[47] 謝冰瑩：〈從峰口至新堤〉，，《從軍日記》，頁 49。。
[48] 謝冰瑩：〈出發前給三哥的信〉，《從軍日記》，頁 105。
[49] 謝冰瑩：〈怎樣寫《從軍日記》和《女兵自傳》〉，《我的回憶》，頁 160。

為：「《從軍日記》之所以會這樣風靡文壇，很重要的一點，就是因為它是『革命文學』，題材新，思想新，充滿了純正剛健的戰鬥氣息。」[50]

北伐時期，作家投入實際革命運動者多，兼及文學創作者少，而在少數的革命文學作品中，不可避免地存在思想簡單化、情感公式化、文字口號化的缺失，相較之下，《從軍日記》固然也有幼稚、粗糙的一面，但以1920 年代革命文學的成果而言，這部作品和蔣光慈的小說如《鴨綠江上》、《少年漂泊者》等堪稱是這個時期較受矚目、也較有代表性的革命文學之作。正如楊聯芬所言：「《從軍日記》的一炮而紅，……在讀者中獲得的強烈反響，使我們確信，在『革命』已經成為時代聚焦點的 20 年代後期，作者親歷沙場的對革命的直接書寫，至少使那些上海文人虛構的『革命文學』黯然失色，因其『真實』而深受歡迎。」[51]當許多從事革命文學創作的作家還在「革命加戀愛」的圈子裡打轉之際，謝冰瑩的北伐書寫已然跳脫此一寫作模式而形成它獨特的時代價值與藝術魅力。

五、結語：來台後的女兵「改寫」

二度從軍、三度入獄、四次逃婚的謝冰瑩，以其女兵書寫活躍於 1920至 1930 年代，不論是女性覺醒的象徵，還是革命文學的左翼形象，都巧妙地被包裝在從軍愛國的政治正確身分下，並因此在當時產生過重要的影響。1948 年，她離開北平轉往台灣，在大學中文系任教，講授「國文」、「新文藝習作」等課程，直到退休赴美。來到台灣之後的謝冰瑩，以其黃埔出身的女兵血統，加上愛國形象的深入人心，其散文〈蘆溝橋的獅子〉被選入中學國文課本，同時，透過報刊專欄，發揮自身累積深厚的婦運影響力，鼓吹女權思想，喚醒女性在經濟和婚姻裡的獨立性別意識。然而，敏感的謝冰瑩很快意識到戰後的台灣已經是政治戒嚴時期，反共文藝已是官方政策，婦女運動也納入政府管控，儘管還是國民政府，但換了時空，也變了面貌，這讓她不得不做出相應的調整，甚至修正。

---

[50]　蔣明玳：〈一個女兵的心靈之路──謝冰瑩創作簡論〉，《南京廣播電視大學學報》1999 年第 3 期，頁 45。

[51]　楊聯芬：〈女性與革命──以 1927 年國民革命及其文學為背景〉，《貴州社會科學》2007 年第 10 期，頁 93。

　　最明顯的例證是，她開始對過去的女兵書寫進行隱晦的改寫。1955年由力行出版社印行的《女兵自傳》大幅修改了 1930 年代的《一個女兵的自傳》和 1940 年代的《女兵十年》，以往文中不斷出現的「革命」口號減少了，曾有的激進社會主義立場也修正為溫和社會主義，更重要的，她曾經參與過左翼社會革命運動的文字被全數刪除，和北方左聯的關係被淡化或否認，這些改寫文字的背後，是作家心境與思想的微妙表達，其中難言的隱痛是值得進一步挖掘討論的。

主要參考文獻

一、專著

艾以、曹度主編：《謝冰瑩文集》，合肥：安徽文藝出版社，1999 年。

喬以鋼：《低吟高歌——20 世紀中國女性文學論》，天津：南開大學出版社，
　　1998 年。

閻純德、李瑞騰編選：《女兵謝冰瑩》，北京：人民文學出版社，2002 年。

謝冰瑩：《從軍日記》，上海：光明書局，1933 年。

謝冰瑩：《一個女兵的自傳》，上海：良友圖書公司，1936 年。

謝冰瑩：《女兵自傳》，上海：晨光出版社，1948 年。

謝冰瑩：《女兵自傳》，台北：東大圖書公司，1980 年。

謝冰瑩：《冰瑩憶往》，台北：三民書局，1991 年。

謝冰瑩：《冰瑩書信》，台北：三民書局，1991 年。

謝冰瑩：《我的回憶》，台北：三民書局，2004 年。

謝耘耕：《從新興文體到文學大國——中國 20 世紀報告文學流變史論》，武漢：
　　長江文藝出版社，2002 年。

二、期刊論文

于穎慧：〈黃埔軍校首屆女生隊始末〉，《黨史文匯》2010 年第 6 期。

楊聯芬：〈女性與革命——以 1927 年國民革命及其文學為背景〉，《貴州社會科
　　學》2007 年第 10 期。

三、學位論文

柯惠鈴：《性別與政治——近代中國革命運動中的婦女（1900-1920）》，台北：
　　政治大學歷史所博士論文，2004 年。

國民革命與性別想像
——以茅盾《蝕》三部曲等為例

■倪海燕

作者簡介

倪海燕，1978 年生，四川郫縣人。文學博士。現為廣東省肇慶學院文學院講師，主要從事中國現當代文學研究。出版有著作《性別優勢與性別陷阱——1990 年代以來的女性小說寫作》等。

內容摘要

1924-1927 年的國民革命，帶來了中國社會的深刻變化，也在一定程度上推動了婦女解放運動的發展。許多小說正是以此為背景，塑造了許多革命中的女性形象。考察茅盾的《蝕》三部曲（《幻滅》、《動搖》、《追求》），描寫了革命中的「新女性」與「舊女性」，卻更多將她們放置在男女兩性的戀愛關係中進行思考，彷彿她們的所有價值，無論是對男性的拯救、自我的拯救或是參與革命的途徑，都是通過戀愛來實現的。而她們在革命中的位置，則仍是點綴。由此呈現了國民革命小說中女性形象的複雜性。

關鍵詞：國民革命、女性形象、性別想像、茅盾

　　1924 年至 1927 年的國民革命，是中國現代史上的一個重大事件，帶來了社會的深刻變化，同時，對於婦女解放運動的發展也起了一定的推動作用。一方面，作為現代文明標誌之一的女性解放，必然成為革命的重要組成部分；另一方面，革命也為女性走出家庭提供了更多的機會，不僅是理論上的激勵，更提供了現實的受教育的機會，相應的工作崗位等。這一時期的作品，對國民革命故事的講述中，自然包含了對女性的想像：對女性形象的描寫，對性別關係的重新審視，以及對女性在「革命」話語中的位置的考察……這些，既為作品帶來了新的寫作內容和審美意趣，也為文學中思考性別問題提供了另一視角。

　　茅盾的《蝕》三部曲（《幻滅》、《動搖》、《追求》）寫於 1927 年至 1928 年春，其背景正是 1927 年的大革命，作品對於革命中的女性命運有著特別的關注，細讀這一文本，會發現很多非常有意思的現象。

一、革命中的女性形象

　　《蝕》三部曲中，各有一個非常鮮明的女性形象，她們是革命的「新女性」，漂亮、性感、放蕩。在《幻滅》中是慧女士，《動搖》中是孫舞陽，《追求》中是章秋柳，她們是自「五四」以來性解放潮流的親歷者，受過男子的騙，以玩弄感情作為報復男性的手段。對於這一類女性，茅盾有一種複雜的心態：她們是文本中男性既愛又恨、既渴望又恐懼的對象，是小說的看點，又隱含了作者的批評態度。

　　首先，這些女性無疑都是年輕貌美的性感尤物，是男性欲望的投射對象。孫舞陽的形象，幻化在方羅蘭的眼中，是「墨綠色的長外衣。全身灑滿了小小的紅星，正和南天竹子一般大小。而這又在動了。墨綠色上的紅星現在是全體在動了。它們驅逐迸跳了！像花炮放出來的火星，它們競爭地往上竄，終於在墨綠色女袍領口的上端聚集成較大的絳紅的一點；然而這絳紅點也就即刻破裂，露出可愛的細白米似的兩排。呵！這是一個笑，女性的迷人的笑！再上，在彎彎的修眉下，一雙黑睫毛護住的眼眶裡射出了黃綠色的光。」[1]幻化的孫舞陽形象，如此絢爛耀眼：全身竄動的火星，

---

[1]　茅盾：《動搖》，《茅盾精選集》，北京：燕山出版社，2009 年版，第 47-123 頁。

從墨綠的上衣上升到細白米似的兩排牙齒上，並凝聚為眼眶中的黃綠色的光，將孫舞陽的女性魅力進行了極力的鋪陳，在男性欲望的觀照下有著勾魂攝魄的力量。是女人，更是魔。

這種女性魔性也來自於其性格的魅力。她們積極參與革命事務和社會工作，有能力，有手腕，不拘束，不計較，有著男性的豪爽，代表了茅盾心目中對「新女性」的定義。但是，作者卻並未將更多的篇幅用於描寫她們如何在事業上兢兢業業獲得成就，而更多關注她們如何在男女關係上玩弄手段。作者為她們設置的結局往往並不好：慧女士為了報復男性而與抱素戀愛，卻免不了被棄受傷，雖仍穿行於男性之間卻並不被尊重（《幻滅》）；《追求》中的章秋柳則染上了梅毒，結局淒慘。其中的「新女性」王詩陶和趙赤珠或因貧困，或因丈夫的去世，而走上了墮落的路。

對這些「新女性」描寫，顯示了作者的矛盾心態。一方面，他對她們的美、勇氣和自由精神不加掩飾地進行讚揚；另一方面，又對她們的選擇進行了質疑：女性用身體對男性進行的報復，卻給予了男性更多獲得性的方便；儘管社會風氣已經發生了很大的變化，但對於女性的雙重價值標準無法改變，她們的報復最終導致的仍是自己成為臭名昭著的受害者。這似乎又回到了魯迅曾經追問的那個問題：娜拉出走之後怎麼辦？當社會並未為女性提供足夠的生存資源和獨立可能的時候，只能是要麼墮落，要麼回來。國民革命時期，許多女性被裹挾出家庭，進入農會、婦女協會工作，有了更多自我展示的機會，並且在所謂「革命」的風氣之下，有了更多的獨立和自由。但是，更深層的問題在於，當女性獲得這種獨立和自由之後，如何運用這個獨立和自由？她們是否依然只能在男女關係中才能體現自我的價值？作者較少描寫她們在實際工作中的成就，是事實如此，還是作者故意的忽略？

革命「新女性」中，唯一獲得「善終」的是《幻滅》中的靜女士，雖則她也經歷了一個成長變化的過程。她有自己的定力和追求，愛讀書，愛思考，卻因一次情感的軟弱失身於暗探加花花公子的同學抱素，後來也參加到革命工作中，之後做了救助傷兵的看護。她身上有小姐的嬌養習慣，精神上也遊移不定。最後她終於和強連長相愛，找到了自己的情感歸宿。與慧形成對比的是，靜的身上更多與傳統相聯繫的一面，她對待性和自己生活的態度，更多是來自母親的教誨。「靜又自己思量：這一年來的行為

總該對得住母親？她彷彿看見母親的溫和的面容，她撲在母親懷裡說道：『媽呀！阿靜牢記你的教訓，不曾有半點荒唐，叫媽傷心！」」[2]她對貞潔的守護，不是來自自我對性的認知，而是母親所代表的傳統觀念的壓制。所以，她的「新」骨子裡卻又是舊。這個「舊」卻又保證了她在動盪的「革命」環境中的自我堅守。在靜與慧的對比中，也許可以看出作者的褒貶態度來。

與這些革命女性形成對照的，則是如方羅蘭太太陸梅麗這樣的女性（《動搖》）。與孫舞陽相比，陸梅麗無疑是一個被革命和時代拋棄的落後的女性形象。她是所謂的「婉麗賢明」的太太，在革命潮流中卻突然丟失了自我價值。她被丈夫認為不再年輕活潑，思想陳舊。當革命同志們惋惜婦女運動的落後時，「方羅蘭突然想到自己的不大肯出來的太太，便像做了醜事似的不安起來。」[3]跟得上潮流，能夠進入男性主流話語中的女性，不僅代表著先進，更代表一種審美時尚和新的性感標準。從纏足到不纏足，從出走的「娜拉」到「女革命者」，要符合這種時尚和審美標準，女性必須不斷地往前趕才能避免被拋棄，這不能不說是所謂的女性解放的一種悖論。

茅盾《蝕》中所塑造的國民革命中的女性形象，具有一定的代表性。無論是性感浪蕩，還是傳統落後，都帶有男性的欲望化色彩以及評價標準，同時又從另一角度顯示了革命中女性的某種生存真實。

二、戀愛：革命中兩性關係的考察

在蔣光慈等的革命加戀愛小說中，戀愛在革命中無疑佔據著重要的位置，甚至成為革命的必需品。固然，戀愛與革命有其相似之處，它的盲目與激情，它的衝動與短暫。但戀愛與革命卻又是不相容的，不僅在於現實的矛盾，更如李健吾所言：「直到如今，我們還聽見關於革命與戀愛的可笑的言論。沒有比這更可笑的現象了：把一個理想的要求和一個本能的要求混在一起。戀愛含有精神的活動，然而即令雪萊（Shelly）再世，也不

---

[2] 茅盾：《幻滅》，《茅盾精選集》，北京：燕山出版社，2009 年版，第 3-46 頁。
[3] 茅盾：《動搖》，《茅盾精選集》，第 47-123 頁。

能否認戀愛屬於本能的需要。如果革命是高貴的，戀愛至少也是自然的。我們應當聽其自然。」[4]而在這些小說中，革命既有其高尚的正義性，戀愛由於加了革命的這層光環而身價倍增，甚至常常戀愛即等於革命本身。

　　革命為戀愛提供了更多的可能。當女性被革命席捲而出，走向社會，獲得了更多的自由，也有了更多與男性接觸的機會。同時，革命是如此一種東西，它描摹了未來的「黃金世界」，帶來了一種關於全新生活的幻想與可能，因而其本身就有某種神聖性和誘惑力。信奉它的男女因為有共同的價值觀念，共同的理想追求，也更容易走到一起。

　　與此同時，戀愛本身也成為革命正義性的體現，成為實現女性價值的手段。當靜女士在革命的氛圍中感到幻滅，不知所措的時候，戀愛給予了她希望。對於周圍環境，她是如此失望，在會裡的工作也是不知所謂，直到遇到強連長，才似乎找到了一直尋找的東西。強連長是一個勇敢的革命軍人，這本身即為這份戀愛賦予了正義性。「目前的生活是我有生以來第一次，也是有生以來第一次愉快的生活。……我希望從此改變了我的性格，不再消沉，不再多愁。」[5]後來強的離開，也是為了革命和戰爭的需要。同樣的，在丁玲的小說《韋護》中，革命中的麗嘉也是無所事事，直到與韋護相愛才似乎找到了生命的意義。

　　但是，有意思的是，在戀愛至上的語境中，在革命的大背景下，男性與女性的戰爭，也是從戀愛中體現的。戀愛本身也成為女性反抗男性權威的一種方式，慧說：「我告訴你吧，男子都是壞人！用真心去對待男子，猶如把明珠丟在糞窖裡。」[6]於是，她用情感和身體的玩弄來報復男子。孫舞陽也是如此，面對方羅蘭的癡情，她說：「沒有人被我愛過，只被我玩過。」她們是如同卡門一樣的自由女神，在險惡的男權世界中走著鋼絲，尋求自身的平衡。因而，正如前文所說，作者對於她們，是一種既愛又恨的矛盾心態。

　　正如以愛情作為玩弄男性的手段，愛情也是她們所能想到的唯一可以拯救男性的手段。章秋柳也是孫舞陽式的女子，她之前的種種行為，也是

---

[4]　李健吾：〈愛情的三部曲〉，《咀華集・咀華二集》，上海：復旦大學出版社，2005年版，第1-13頁。

[5]　茅盾：《幻滅》，《茅盾精選集》，第3-46頁。

[6]　同上註。

通過戀愛來報復男子。然而，當她看到史循的消沉以致自殺，她期望通過
自己的愛情來為他注入新的生命力。她似乎也在短期內做到了，但最後史
循卻因病去世，她也有染上梅毒的危險。拯救者最終沒能完成其神聖的使
命，反而搭進了自己的健康和性命，這正好說明了女性對愛情或對自身性
魅力的過於誇大。

　　作為一個敏銳的作家，茅盾展示了戀愛與革命之間的極富張力的關
係，雖然也許並非刻意為之，卻也顯示了女性在革命中通過戀愛彰顯自身
價值的這樣一個尷尬處境。同時，也通過「鬧戀愛」，消解了革命的神聖
性。「一方面是緊張的革命空氣，一方面卻又普遍的疲倦和煩悶。……」要
戀愛「成了流行病，人們瘋狂地尋覓肉的享受，新奇的性欲的刺激；那晚
王女士不是講過的麼？某處長某部長某廳長最近都有戀愛的喜劇。他們都
是兒女成行，並且職務何等繁劇，尚復有此閒情逸趣，更無怪那般青年了。
然而這就是煩悶的反應。在沉靜的空氣中，煩悶的反應是頹喪消極；在緊
張的空氣中，是追尋感官的刺激。所謂『戀愛』，遂成了神聖的解嘲。」[7]

　　戀愛因其充滿想像性，它所具有的審美特徵，與藝術有著某種相通之
處，因而常常成為人們藉以抵擋現實凡庸的工具，卻忽略它本身常具有的
凡庸性。與此同時，在愛情當中，男女有著很大的區別。愛情也是為文化
所定義的：「愛情和欲望並不是一種均質的存在，它本身就是一個被權力
不斷塑造和規範的動態領域。」[8]我們可以看到，在文化的界定中，愛情在
男性的生命中佔據的位置非常小，社會對於他們的期待更多是建功立業，
是面向外部世界的某種成功；卻又常常成為女性生命價值的核心，因為通
過愛情，她們自身才能得以確認，並獲得相應的婚姻等保障。這也就可以
解釋為什麼在某些經典故事裡，如《西廂記》、《杜十娘》、《紅拂夜奔》
等當中，女性一旦遇到愛情，可以孤注一擲。因為人生選擇的可能性太小
了，那是她們唯一可以主動的機會。當革命拓展了女性的生存空間，她們
的注意力卻仍放在男女情愛上，無論是作為報復還是作為拯救與被拯救的
方式，都顯示了選擇的狹隘性。無論現實究竟如何，男性作家的這種想像
確也反映了對於性別的某種看法。

---

[7]　茅盾：《動搖》，《茅盾精選集》，第 47-123 頁。
[8]　徐豔蕊：〈從《聊齋誌異》的性別話語質疑傳統文學經典的合法性〉，《河北學刊》
　　2005 年第 4 期，第 163-167 頁。

三、女性在革命中的位置

　　在革命的宏大敘事中，女性究竟處於什麼樣的位置呢？正如前文所說，在《蝕》三部曲等小說中，她們通過愛情來介入革命，她們更多是以戀人而不是同志的面目出現的。她們還在革命中扮演著不同的角色，如被解救者、被啟蒙者以及革命的參與者等。

　　在《動搖》中，以拯救女性為旗號的「解放婢妾運動」，更像是一場鬧劇。妾、寡婦和尼姑都被拿出來「公」了，不夠分還抽籤決定。這一所謂的革命行為，卻並無對女性人格的尊重，更與現代文明背道而馳。而婦女部對此也沒有太多注意，只說「這是農民的群眾行為。況且被分配的女子又不來告狀，只好聽其自然的。」雖則她們實際的意思未必對此加以支持，但代表婦女協會的孫舞陽的演說裡鄭重地稱之為「婦女解放的春雷」、「婢妾解放的先驅」等，則對此一行為起了推波助瀾的作用，更是導致最後革命失敗的一個重要因素。

　　這些被解救的女性是什麼樣的感受呢？茅盾在《動搖》裡面並沒有寫到太多，土豪黃老虎的老婆的迷茫似乎是一個代表：「她知道此來是要被『公』了，但她的簡單的頭腦始終猜不透怎樣拿她來『公』。她曾經看見過自己的丈夫誘進一個鄉姑娘來強姦的情形。然而現在是『公』，她真不明白強姦與『公』有什麼不同，她不免焦灼地亂想，因而稍稍驚恐。」[9]她們的被解救並非自願，同時仍是被視為物品的做法，與「公」財產並沒有什麼不同。

　　相對而言，蔣光慈的《咆哮了的土地》無論對於革命還是女性的解放都顯得較為樂觀。人們歡欣鼓舞地期待著革命的到來，吳長興的妻子一直遭受著丈夫的毒打和虐待，原來只會偶爾地訴苦，在張進德等的啟蒙下，知道「妻子也可以革丈夫的命」，後來進了農會，成了一個敢於反抗丈夫的、有主見的女性。無知無識的鄉下姑娘毛姑，也在啟蒙下明白了女性可以有更廣闊的生活，積極參與了革命……革命所提供的，是一條坦蕩的金色大道，連那些最野蠻、最不符合現代文明和法治的行為都被視為理所當

9　茅盾：《動搖》，《茅盾精選集》，第 47-123 頁。

然，如農會的人打死了老和尚，敲詐鄉紳的錢，拉著鄉紳遊街等，藉著革命的正義之名，幹著土匪的勾當，而作者對此卻毫無質疑。革命的神聖光環下，戀愛也具有了神聖性，如毛姑之愛李傑。這種建構，所反映的是作者的某種思維局限。

關於被解放了的女性，葉紫〈星〉當中的梅春姐形象更為複雜，也有更多的言說空間。與吳長興的妻子一樣，梅春姐也經常被丈夫打罵、冷落。丈夫陳德隆「好像沒有把年輕的妻子當做人看待，他認為那不過是一個替他管理家務、陪伴洩欲的器具而已。」[10]但她的被解救，卻並非通過革命本身，而是間接通過革命者黃副會長。他的解救首先是從身體開始的，他對她與其說是愛情，不如說是肉欲的佔有，並且帶有強迫的性質。黃抱怨「這地方太不開通了！他媽的！太黑了，簡直什麼都做不開。」[11]革命給予男性的願望，是更自由的性。而在與黃的交往中，梅春姐所感受到的是深深的罪惡感。「就好像她已經陷到一個深沉的、污穢的泥坑裡了似的，她的身子，洗都洗不乾淨了。」[12]為了肯定革命的成果，彌補敘事的裂隙，作者也為她設置了一段與黃共同的美好生活。在革命的啟蒙和愛情的滋潤下，梅春姐完全變了一個人，成了一個積極參與社會事務的「新女性」。作為女會中的成員，她啟蒙女性，幫助那些和她一樣受著壓迫的女人。這是作者想像中的革命下的完美愛情模式。

而當革命失敗之後，黃被槍斃，梅春姐懷著黃的孩子入獄，救她出來的仍是丈夫。她的處境變得更加不堪，她討好、哀求丈夫，對丈夫懷著深深的羞慚之感……一個被解救的女性，她對自由、對性解放的理解，是外在給予她的，並未能完全成為她內心堅定的東西，因而一旦解救者缺席，她便重新回到了舊有的思維模式當中。作者給予的解釋是，她是為了孩子而忍辱負重。當孩子也病死之後，她只有出走這一條無路的路，然而前途的微茫卻是可以預見的。

因而，在這些男性作家筆下，革命中的女性，與男性所處的位置並不對等，可以說是更低的，更渺小的，她們的解放也是可疑的。

---

[10]　葉紫：〈星〉，《葉紫精品集》，北京：中國出版集團，2011 年版，第 101-161 頁。
[11]　同上註。
[12]　同上註。

　　池莉寫於 1992 年的中篇小說〈凝眸〉也許可以作為參照。經過「五四」啟蒙的柳真清不能滿足於母親對社會的妥協而重新走向了革命。在那裡她重逢了學生時代的朋友嚴壯父和嘯秋。嚴壯父愛她,然而他更重要的工作是他的政治事業。嘯秋得到了她,卻不過是將她作為與嚴壯父政治鬥爭的工具。解放了的柳真清依然不能逃脫女人的固有命運,男人的革命世界,她永遠也擠不進去。作者以女性視角重新審視了所謂的革命,其實是充滿於男性世界的勾心鬥角與污濁骯髒。男女的分歧是永遠無法逾越的:對於男人來說,吸引他們的始終是外在的世界,而對女人來說,感興趣的始終是情感問題。因而,柳真清的失敗是註定的。人們認為她的終生未嫁是因為情場失意,只有她才知道「自己絕不是什麼情場受挫,她認為嚴壯父不是為了她,嘯秋也不是為了她,男人有他們自己醉心的東西,因此,這個世才永無寧日。將永無寧日。」[13]因而,解放男人的事業或者說解放全人類的世界是不包括女性的,女性在其中常常只是充當花邊或點綴。而所謂的正義革命也許也並不存在。

　　柳真清回到母親身邊,意味著她對母親選擇的認同。「母親,過去您一直希望我接您的班,辦好萃英,我過去不懂事。現在我想好好幹了,您同意嗎?」母親告訴她可以改用《婦女解放歌》做朝會歌,她說:「還是用《朝陽東升》。《朝陽東升》好。」[14]回家的柳真清更意識到作為女人的局限與本分,她們的能力範圍是很小的。這究竟是一種進步還是一種失敗呢?

　　女性與革命,是一個很有意思的話題,尤其在大革命這樣一個動盪而豐富的時期。我們可以看到,以《蝕》三部曲為代表的一些作品反映了其中的複雜性。通過對女性形象的想像,對戀愛與革命關係的書寫,以及對女性在革命中的位置的思考,啟發了我們對於文學中性別問題更多的思考。

---

[13]　池莉:〈凝眸〉,《池莉文集 3・細腰》,南京:江蘇文藝出版,1998 年版,第 179-238 頁。

[14]　池莉:〈凝眸〉,《池莉文集 3・細腰》,第 179-238 頁。

主要參考文獻

一、專著

池莉：《池莉文集》，南京：江蘇文藝出版社，1998 年。

李健吾：《咀華集‧咀華二集》，南京：復旦大學出版社，2005 年。

茅盾：《茅盾精選集》，北京：燕山出版社，2009 年。

葉紫：《葉紫精品集》，北京：中國出版集團，2011 年。

二、期刊論文

徐豔蕊：〈從《聊齋志異》的性別話語質疑傳統文學經典的合法性〉，《河北學刊》，2005 年第 4 期。

茅盾《動搖》與國民革命時期的商民運動

■羅維斯

作者簡介

　　羅維斯，女，1986 年出生，廣西欽州人。文學博士。現為南開大學文學院教師。

內容摘要

　　茅盾的小說《動搖》生動全面地反映了國民革命時期商民運動在基層社會的發生與發展。《動搖》中反面人物形象代表胡國光展開政治投機的商民協會和革命者代表方羅蘭所任職的縣黨部商民部都是商民運動的直接產物。這種情節和身分設置蘊含著茅盾特定的創作意圖。不僅如此，從商民運動的史實來看，《動搖》中所占篇幅最大的對店員運動的描寫也並非是對工人運動的表現。小說中這部分內容實質上是對商民運動與工農運動之間衝突的表現。這種衝突被史學界視為武漢國民政府陷入危機的重要原因。而茅盾在《動搖》中的這部分敘述也帶有剖析國民革命失敗原因的意味。

關鍵詞：茅盾、《動搖》、商民運動

一、前言

　　1955 年，時任蘇聯外交部副部長的蘇聯作家、漢學家費德林致信茅盾，談及自己打算翻譯他的作品。茅盾在回信中寫道：「如果要翻譯我的一個中篇，那麼，我建議翻譯《動搖》。這本書雖然有缺點，但或多或少反映了 1927 年中國大革命時代的一些本質上的東西。」[1]費德林與茅盾是舊相識。這封書信並非純然是兩位政府官員的交流，而多少有些故交說知心話的意味了。這封書信雖鮮有學者注意，卻透露出了一些頗有意味的資訊。

　　眾所周知，《動搖》在《小說月報》連載時就飽受左翼陣營的攻擊。茅盾雖極力聲稱小說只是客觀反映現實，不夾雜主觀情感。但這種辯解卻並未得到接受和諒解，反而招致了更嚴厲的批判。茅盾在之後的創作中，努力以《虹》、《三人行》等作品彌補「過失」。上世紀 40 年代中期後，茅盾一直在誠懇地檢討《蝕》三部曲在思想基調上的錯誤。建國後，包括《動搖》在內的《蝕》三部曲一直被指責在思想內容上存在重大缺陷。他本人也在有意識地迴避包括《動搖》在內的《蝕》三部曲，而致力於將《虹》、《子夜》列為自己的成功作品。

　　這封寫於 1955 年的書信，無疑打破了現有研究中茅盾對《蝕》三部曲評價情況的基本認識。在與費德林的通信中，茅盾對《動搖》真實反映國民革命時期社會本質的推重多少暴露了他之前對《蝕》三部曲的檢討頗有些「言不由衷」了。

　　對於 1921 年就加入共產主義小組的茅盾而言，包括《動搖》在內的《蝕》三部曲是其政治生涯上一個揮之不去的污點。《蝕》一經發表，就被中共視為「退黨宣言」[2]。茅盾的黨籍問題也一度成為「懸案」。《蝕》所表現的思想內容是茅盾被指「脫黨」的一個重要因素。其中，正面表現國民革命的《動搖》更是首當其衝。

　　《動搖》對國民革命風貌的及時反映和濃厚的政治隱喻色彩，使得研究者對其所反映的相關史實充滿探究的興趣。早在上世紀 80 年代，孫中

---

[1]　《茅盾全集》編輯委員會編輯：《茅盾全集》第 36 卷，北京：人民文學出版社，1997 年，第 317 頁。

[2]　陸定一：《陸定一文集》，北京：人民文學出版社，1992 年，第 867 頁。

田先生和張立軍先生的〈《動搖》的歷史真實〉一文就通過細緻的文本分析與扎實的史料考據指出，《動搖》中所描寫的是國民革命時期鄂西地區鐘祥縣一帶的情形。[3]近期，梁競男先生的〈《動搖》中的國民革命軍敘事之細讀〉一文，則通過國民革命歷史學研究成果和茅盾發表於《漢口民國日報》的文章，評述了小說中的店員運動、解放婢妾運動與具體史實之間的關聯。[4]

除了針對《動搖》史實的專門考察外，相關研究中涉及《動搖》歷史背景的更是不勝枚舉。這些研究儘管詳略有別，側重不同，但其觀點都不外乎稱《動搖》表現了國民革命時期工農運動的發展壯大；封建勢力對革命的破壞以及小資產階級革命者、國民黨左派對革命事業的軟弱、動搖。

總體上看，現有研究對《動搖》所反映史實的論述並未逾越新民主主義革命史的敘述框架。從茅盾與費德林的通信來看，這種與革命史敘述的一致性背後顯出了一些吊詭的錯位。如果《動搖》對國民革命這段歷史的表現正如現有研究所述，那麼這部小說則完全可視為無產階級工農革命的合法性在文學上的論證。如此一來，《動搖》發表之初就不應受到如此激烈的批評；茅盾也不會在眾多小說創作中唯獨向費德林推薦翻譯《動搖》了。

由此看來，《動搖》必然書寫了現有研究未曾涉及的歷史事實。而這部分史實又恰恰對我們真正理解《動搖》及茅盾思想觀念有著決定性的意義。

那麼，這些史實究竟是什麼呢？要解答這樣的疑惑，我們有必要借鑒歷史學界的研究成果，對這部小說進行重新梳理和解讀。

二

反面人物代表劣紳胡國光，是《動搖》中率先出場的人物。他的第一項政治運作是加入縣黨部組織成立的商民協會，並試圖通過民主選舉當上

---

[3]　孫中田，張立軍：〈《動搖》的歷史真實〉，收於《文學評論》編輯部：《現代文學專號文學評論叢刊》第 17 輯，北京：中國社會科學出版社，1983 年，第 297-309 頁。

[4]　梁競男：〈《動搖》中的國民革命軍敘事之細讀〉，《中國現代文學研究叢刊》2010年第 4 期，第 66-75 頁。

商民協會委員。而另一位主人公——革命者代表方羅蘭所任職的部門是縣黨部商民部。相比店員工會、農協、婦女部等一望而知的名稱，商民協會和商民部多少讓人有些「不知所云」。

在相關研究成果中，我們幾乎看不到關於《動搖》中商民協會和商民部的隻言片語。商民協會和商民部不僅與主要人物的政治身分密切相關，這兩個組織的活動在《動搖》中也是敘述詳盡，貫穿始終。但是，我們對這部分重要情節背後的基本史實卻至今一無所知。

不單是現代文學研究界對商民協會和商民部知之甚少。目前，史學界關於國民革命時期農民運動、工人運動的研究著作汗牛充棟，卻僅有兩部專著論及了《動搖》中商民協會和商民部的相關史實。有意思的是，這兩部史學著作——朱英先生的《商民運動研究（1924-1930）》和馮筱才先生的《北伐前後的商民運動 1924-1930》——都談到了《動搖》中描寫商民運動的具體細節，並肯定了小說對這一史實的生動反映。

所謂商民運動，簡而言之，就是「北伐前後國共兩黨，尤其是國民黨為從事國民革命而展開的一種民眾運動，可以說與當時的農民運動、工人運動、學生運動、婦女運動的性質相類似。」[5]商民運動的具體實施是「輔助革命的商人組織全國商民協會，使成為組織嚴密的輔助國民革命的，及代表大多數商民利益的大團體，以促進國民革命的成功。」[6]

《動搖》的敘事時間也正是當時商民運動最為活躍的時期。茅盾要通過《動搖》來實現展示國民革命風貌的創作意圖，商民運動自然是不能忽略的重大事件。小說關於商民協會和商民部的內容，正是對國民革命時期商民運動的真實反映。

隨著北伐的節節取勝，作為商民運動最主要的開展形式——商民協會也像其他民眾團體一樣在黨軍所到之地建立起來。「每縣有縣商民協會，全省有全省商民協會，全國有全國商民協會。」[7]至 1927 年初，國民政府所在的湖北省更是成為全國商民運動的中心地帶。在這一年上半年的《漢

---

[5]　朱英：《商民運動研究（1924-1930）》，北京：北京大學出版社，2011 年，第 1 頁。

[6]　中央執行委員會印行：《中國國民黨第二次全國代表大會宣言及決議案》，1926年，第 62 頁。

[7]　馮筱才：《北伐前後的商民運動 1924-1930》，臺北：臺灣商務印書館，2004 年，第 84 頁。

口民國日報》上，隨處可見關於湖北省商民運動的大量報導。這段時期，
茅盾先是在中央軍事政治學校任職，4 月以後又擔任了《漢口民國日報》
的總主筆。[8]他對湖北地區如雨後春筍般建立起來的商民協會必然有相當的
瞭解。

　　《動搖》對商民運動的表現正始於縣城商民協會的組建。當時，商民
協會的入會手續並不複雜。小說中，並非商人的劣紳胡國光就冒用姨表弟
王榮昌的店東資格，輕鬆當上商民協會會員。加入商民協會後，會員不僅
享有經濟上的優待，還能享有一定的政治權利。[9]這也使得商民協會成了國
民革命中投機分子的聚集之地。

　　商民協會採取委員制，委員由代表大會或會員大會選舉產生。[10]在《動
搖》所敘述的商民協會選舉中，大多數參與者都是縣城裡切實從事商業活
動的中小商人。不過，對於商人來說，參與政治生活並非他們擅長的領域。
這無疑給長期操縱基層政治的地方紳士提供了機遇。當地劣紳胡國光就奔
走於商民協會選舉，竊取了本應屬於中小商人的權益。

　　湖北地區「商協職員成分相當複雜，既有黨部所派下來的職員，也有
抱有投機心理的地方紳士，更有別有所圖的商界活動份子。往往愈到基
層，民眾團體愈容易受到既有地方勢力的支配。」[11]《動搖》對商民協會
的成員身分做了詳細的交代。其中，既有縣城裡從事各種生意的商人，縣
黨部指定的人員，也有劣紳胡國光和並未從事商業活動的紈絝弟子陸慕
游。這些內容真實呈現了在縣城這樣的基層社會，別有企圖的地方勢力混
入商民協會和商民協會成員身分的複雜。

　　從小說中詳述的商民協會委員選舉大會的場面來看，陸慕游和胡國光
各得到了二十張以上的選票，選舉現場的人數也有七十多人。對於當時的
一個小縣城而言，中小商人的數量也算相當可觀。大致可想見，《動搖》
中所描述的小縣城並非如既有研究所考證的那樣是鄂西地區常年軍閥混

8　茅盾、韋韜著：《茅盾回憶錄》（上），北京：華文出版社，2013 年，第 279-280 頁。
9　朱英：《商民運動研究（1924-1930）》，北京：北京大學出版社，2011 年，第 82 頁。
10　同上註，第 84 頁。
11　馮筱才：《北伐前後的商民運動 1924-1930》，臺北：臺灣商務印書館，2004 年，
　　第 139 頁。

戰下,民不聊生的凋敝所在。[12]一個略有商業基礎的縣城更符合小說中關於商民運動敘述的實際,也更有利於表現湖北地區商民運動的狀況。

在縣城商民協會委員的選舉中,胡國光因被指為劣紳而被交由縣黨部核查解決,進而引出了《動搖》中的另一位重要人物——革命者方羅蘭。在國民革命時期的眾多行政機構中,作者給他設定的職位是縣黨部商民部部長。這是我們一直忽略的一個重要細節。

商民部是早在商民運動開展之前就已設立的組織中小商人革命活動的行政部門。國民革命期間,國民黨中央執行委員會設有商民部,而到省、市、縣各級黨部也分別設有商民部。商民部是國民革命時期商民運動的直接領導者,也是各級商民協會的直管部門。北伐以後,各地的國民黨黨部商民部對於基層廣泛建立起來的商民協會發揮著重要作用。[13]

在國民革命這場力圖打破既有政治格局的大規模軍事行動中,發動民眾是十分迫切的政治訴求。除了工人、農民、學生等民眾力量之外,作為社會經濟重要力量的商人同樣吸引了國共兩黨的注意。在民國時期的特殊社會背景下,真正有實力的大商人不僅為數不多,還具有帝國主義買辦等不足取信的政治屬性。因此,中小商人成為了國民政府將經濟力量轉換為政治力量的重要物件。

在《動搖》敘述的小縣城中,中小商人幾乎是唯一的實體經濟力量。他們既能影響民眾的日常生活,又能指使土豪地痞對抗革命政權。商民部也正因負責管理商人,而成為多方利益糾葛與矛盾衝突的匯聚點。《動搖》中縣黨部商民部無疑處在了各方利益博弈的漩渦。茅盾將小說中革命者代表方羅蘭設計為縣黨部商民部部長,就自然地將歷史本身的複雜性轉換為了小說情節的錯綜糾葛。

由於一直以來,我們對於國民革命時期的商民運動一無所知,以至於我們忽視或誤解了《動搖》中茅盾精心構思的故事情節和人物設置。不僅如此,認識《動搖》關涉的重要史實——商民運動,還將徹底改變我們對小說整體格局及思想基調的既有認識。

---

[12] 孫中田、張立軍:〈《動搖》的歷史真實〉,收於《文學評論》編輯部:《現代文學專號文學評論叢刊》第 17 輯,北京:中國社會科學出版社,1983 年,第 297-309 頁。

[13] 馮筱才:《北伐前後的商民運動 1924-1930》,臺北:臺灣商務印書館,2004 年,第 136 頁。

三

　　在新民主主義革命史的敘述中，工人運動、農民運動、婦女運動這類民眾運動極易找到大量史料支持。相關研究對《動搖》的分析也基本承襲了這些史學敘述的大體格局。

　　由於店員運動所占的篇幅及本身所具有的工人運動性質，歷來受到相關研究的重視。這部分敘述是旨在讚揚工農階級革命力量的發展壯大還是批判民眾運動的偏激失當也一直是相關研究爭論的焦點。

　　然而，當我們細讀《動搖》中關於店員風潮的敘述，就會發覺現有研究的這些結論存在一些無法解釋的疑點。

　　那些我們所熟知的關於無產階級革命的敘述，幾乎是都圍繞著壓迫與反抗壓迫展開的。工農階層的勤勞、困苦加上有產階級的富足、殘暴，構成了這類敘述向前推進的張力。茅盾之後創作的同類題材作品也不外乎是這樣的模式。不過，與我們印象中關於工農革命運動的敘述相比，《動搖》中店員風潮部分的內容有著截然不同故事形態。

　　店員風潮一出場就被定性為基層革命政權面對的一個棘手問題。茅盾對於店員運動本身一開始就顯得很不「客氣」：「因為有店員運動轟轟然每天鬧著，把一個陰曆新年很沒精采的便混過去了。」[14]接下來對店員運動的表述，又簡化為了分條列出的三大要求：「（一）加薪，至多百分之五十，至少百分之二十；（二）不准辭歇店員；（三）店東不得藉故停業。」[15]

　　面對這些今天看來都有點過分的要求，本地的革命者都一再氣憤地指責店員工會對店東的刁難。但縣城的中小商人卻表現出了較大的寬容：「以為第一二款尚可相當的容納」，僅認為第三條侵犯了商人的營業自由權。

　　相比之下，店員工會卻利用政治局勢，給不願滿足店員要求的店東扣上勾結土豪劣紳的罪名。為了逼迫店東就範，不僅工人糾察隊、勞動童子團這些工人組織拿著武器在商店和店東住所活動，近郊農協的兩百名農民自衛軍也來支援。

---

[14] 茅盾：《蝕》，開明書店，1941 年，第 42 頁。
[15] 同上註。

誠然，這部分內容包含了對店員運動的表現。不過，我們也應該注意到《動搖》全篇絲毫沒有展現店東對店員的剝削和壓迫。就連店東勾結土豪劣紳，打擊工農運動在小說也僅僅是一種猜測和暗示，並沒有任何正面的描述。這就不免讓人覺得小說中的店員運動似乎並不具備革命的進步意義。與其說這是展現了工農運動的發展壯大，倒更像是表現了工農武裝對中小商人的政治壓迫和暴力威懾。

另外，店員風潮發生、發展到解決的過程中，一直穿插著與商民部和商民協會有關的內容。小店員風潮的發生和發展與商民協會內部對店員運動的態度分歧有關。面對工農武裝的威懾，店東們也集體向主管商人的縣黨部商民部請願。店員風潮的善後問題也由商民協會負責。這部分通常被我們視而不見，內容所占的篇幅完全不亞於對店員運動本身的描寫。

由此可見，將這部分內容單純視為對工農階級革命活動的展示，與《動搖》實際表現的內容之間存在不小的距離。茅盾筆下的店員風潮也似乎有著更複雜的創作構想和更深層的政治寓意。

如果說《動搖》關於店員風潮的敘述並非如現有研究所言，是對國民革命時期工農無產階級革命運動的表現。那麼這部分內容反映的又是什麼呢？只要對國民革命時期商民運動的發展有所瞭解，我們就能很容易地解答這樣的疑問。

「第三次中共中央擴大會議及國民黨中央執行委員會先後規定店員屬於工人後，店員工會便在黨軍所到之地建立起來，店員運動成為工人運動的重要部分，到後來實質上成為其核心。」[16]店員運動的主要內容就是要求提高工資待遇，改善工作環境，限制店東辭退店員等經濟訴求。這就無可避免地與店東這些中小商人發生衝突。商民協會這樣中小商人團體的存在，使勞資衝突演變為了兩大革命民眾團體之間的博弈和矛盾。

其實，《動搖》中店員風潮部分的內容並不是現有研究所認為的對工農革命運動的表現，而是對國民革命時期工商衝突局面的真實反映。也只有基於對工商衝突歷史事實的認識，我們才能對《動搖》和茅盾的思想傾向有真正的認識。

---

[16] 馮筱才：《北伐前後的商民運動 1924-1930》，臺北：臺灣商務印書館，2004 年，第 147 頁。

　　在工商衝突的格局下，我們就不難理解屬於工人運動的店員運動為何會給商民部部長帶來困擾。小說中，商民部部長的方羅蘭，對於店員過火行為多有批評，對店東處境也表現了同情和偏向。這些態度通常被指為小資產階級革命者的懦弱或國民黨左派對高漲民眾運動的抗拒。但從商民運動的實際來看，商民部本身就是維護商人利益的行政組織，而商民運動本身也是國民革命時期民眾運動的一種。以此指摘小說中革命者的階級缺陷或黨派弱點，顯然有違茅盾真實的創作意圖。

　　國民革命時期，面對日益加劇的工商衝突，包括國民黨左派，中國共產黨和共產國際在內的各個政治力量也是屢次開會商議，爭執不下，互相指責。身處武漢國民革命政府高層的茅盾對這些情形自然了然於心，或許還多有不滿。小說中關於店員風潮部分的內容，其實也是武漢國民政府對工商衝突舉棋不定的真實寫照。

　　在這部分敘述中，茅盾特意明確地點出兩位民主選舉出的商民協會委員支持店員運動的要求，也並非閒筆，而是對當時工商衝突中獨特局面的暴露。在對工商衝突的調解中，身為資方代表的商民協會非但不能維護店東利益，反而維護店員利益的情形十分普遍。[17]由中國共產黨和國民黨左派主導的武漢國民政府時期，以店員運動為代表的工人運動持續高漲。在面對工商衝突時，革命政府傾向於維護店員主張，犧牲中小商人利益是當時普遍的政策。《動搖》中的縣城革命政權最終按照省工會特派員的指示，支持店員運動激進主張，罔顧店東利益的做法也並非個案，而具有隱射整個武漢國民政府的意味。

　　小說中的店員風潮因為特派員的指示暫時平息，但對工商衝突的表現卻並未終止。縣城街道上糟糕的治安、一次次囤積生活用品的老媽子、倒閉或罷市的店鋪——茅盾用了許多具體的事例來說明工商衝突對縣城局面的影響。只有對商民運動發展後期的歷史有基本的認識，我們才能明白茅盾為何要對這些看似旁支的情節做這麼多細緻的刻劃。

　　在商民運動發展的工商衝突中，由於店員運動對店東的壓制，加之商民協會和黨部的不當作為，大量商戶經營難以為繼。一時間內，湖北地

17　參見馮筱才：《北伐前後的商民運動 1924-1930》，臺北：臺灣商務印書館，2004年，第 150-152 頁。

區商業一片凋敝。《動搖》中縣城的商業蕭條也正是其中的一個縮影。「『四·一二』前後，武漢政府由於內外問題的困擾，財政困難更加嚴重，政治上也陷入多重危機。這其中，工商衝突、店員問題便是重要原因之一……」[18]。

茅盾自然是看到了工商衝突帶來的嚴重後果，才將此視為當時社會的突出特徵在小說中著重表現。從史學界的研究成果來看，在 1927 年 6 月以後，包括武漢國民黨中央執行委員會、中共高層和共產國際代表等多方政治力量都將解決工商衝突作為最重要的議題，甚至將工商衝突視為革命能否成功的大問題。[19]可以說，國民革命時期的工商衝突一直是武漢革命政府面對的重要社會矛盾和政治危機。

《動搖》完整展現了國民革命時期，湖北地區工商衝突從發生到惡化具體過程。茅盾將工商衝突作為《動搖》情節發展演進的最主要線索，並在小說中不斷暗示工商衝突的解決不當是造成國民革命最後失敗的重要原因。這些都與史學界關於商民運動的觀點十分相近。

由此看來，茅盾以文學展現整個國民革命風貌的寫作意圖，絕非工農革命運動這樣的單一題材所能承載。學界將店員風潮孤立而簡單地視為展現了工農運動的蓬勃發展的觀點只不過是一種一廂情願的誤解。

由於缺乏對國民革命時期相關史實的瞭解，我們一直沒能讀懂《動搖》中雜糅在細膩兩性關係中的複雜革命局勢和政治觀念。通過工商衝突的表現，茅盾將革命者、店員、商人、農民、普通民眾等社會各階層裏挾進了國民革命的政治體系，建立起基層政權與武漢革命政府的勾連，逐步構築起自己剖析社會歷史的文學框架。也正是在這樣的框架中，國民革命的大歷史被縮微到了一個小縣城中生動呈現。茅盾在給費德林的回信中談到《動搖》反映了國民革命時期一些本質上的東西，從相關史實來看也正是源於小說對國民革命時期工商衝突的描繪。

---

[18] 同上註，第 150-152 頁。
[19] 同上註，第 157 頁。

四

　　《漢口民國日報》在茅盾任主筆期間就大量刊載關於商民運動的報導，茅盾對於商民運動必然有較為深入的瞭解和認識。《動搖》的主要故事情節也是以商民運動作為切入點，並在工商衝突的格局下展開。

　　在茅盾回憶錄對 1927 年大革命的專章詳述中，他詳細談到了在《漢口民國日報》的工作情況，也讚揚了當時工農革命運動的發展，卻唯獨對商民運動隻字未提。茅盾談及《動搖》的各類文章也從未談起其中關於商民運動的敘述。

　　由於茅盾的刻意迴避加之研究者對國民革命時期歷史情境的疏離，我們對《動搖》理解和認識都存在不少誤會。究竟是什麼原因使《動搖》中關於商民運動的描寫在茅盾那裡成了不能說的祕密呢？

　　從商民運動本身來看，它最初是國民黨所發起的民眾運動。國民革命失敗以後，工農運動受到壓制，商民運動的領導權卻仍在國民黨掌控下繼續進行。[20]由此看來，商民運動無疑是一個比較敏感的話題。

　　另一方面，國民革命時期，中共接受了共產國際關於中國社會政治結構的判斷，將小資產階級視為國民黨政治集團的主要成分，並將小資產階級視為可以聯合的政治勢力和社會階層。寧漢合流之後，代表小資產階級利益的國民黨左派倒戈。中共黨內將國民革命的失敗歸咎於小資產階級的動搖和懦弱。小資產階級被認為在國民革命中懼怕無產階級革命力量的發展，並在革命的危機中向大資本家買辦投降。

　　商民運動的主要對象中小商人在社會階級劃分上正是屬於小資產階級。同樣是國民革命時期民眾革命運動的商民運動自然不像工人運動、農民運動那樣上得檯面了。

　　如果遮蔽了商民運動的相關史實，我們或許還能勉強以為《動搖》在某種程度上表現了工農革命運動。但是，結合商民運動的相關史實來看，

---

[20] 馮筱才：《北伐前後的商民運動 1924-1930》，臺北：臺灣商務印書館，2004 年：第 169 頁。

《動搖》的問題就不僅僅是倍受指責的悲觀失望情緒，而是其中瀰散著的不合時宜的政治觀念。

　　《動搖》中的店東們對縣城革命工作的展開給予相當的配合，大部分店東積極加入商民協會並認真地參與選舉。在茅盾筆下，中小商人與工農階層一樣都是國民革命的參與者。是激進的工農運動壓榨了原本支持革命的中小商人最基本的生存空間。領導工農運動的革命者又進一步激化了工商矛盾。而原本應該保護中小商人利益的革命民眾組織商民協會和黨部商民部最終沒能履行職責。

　　小說中，以中小商人為代表的小資產階級不是勾結土豪劣紳，破壞革命的反動勢力。反對激烈工農運動、主張保護中小商人利益的小資產階級革命者也並非代表了國民黨左派的軟弱、動搖，而是對當時的局勢做出了理性正確的分析。

　　這樣的敘事邏輯和價值判斷與黨內對國民革命失敗的政治分析大相徑庭，當然足以使人對茅盾的政治立場產生莫大的懷疑。而遮蔽其中關於商民運動的敘述，就能在很大程度上模糊《動搖》透露出的政治思想傾向。為了規避小說中巨大的政治風險，茅盾有理由對商民運動避而不談。

　　身處國民革命領導核心的茅盾自然清楚商民運動存在的「政治問題」，也應該對表現工商衝突時偏向小資產階級而批判工農階級有相當的政治風險預判。既然如此，茅盾何以在國民革命失敗的特殊時期，選擇表現商民運動這樣的敏感話題？又為何會在小說中公然對已被視為反革命的小資產階級給予理解、同情，甚至是好感呢？

　　以打倒軍閥為目標的國民革命，匯聚了不同黨派和不同社會階層的力量。在革命事業的發展中，不同黨派、階層之間的博弈、妥協和衝突一直伴隨始終。

　　茅盾作為中共最早一批的黨員，早在 1924 年就加入國民黨，並在上海地區從事跨黨革命活動。[21]在 1925 年至 1926 年間，茅盾不僅從事宣傳工作，而且還深入參與了許多整頓黨務的組織工作。聯合國民黨左派，並與國民黨右派鬥爭就是他在國民革命期間重要的工作內容。[22]聯合不同黨

---

[21] 楊揚：〈臺灣所見「國民黨特種檔案」中有關茅盾的材料〉，《新文學史料》2012
　　年第 3 期，143-150 頁。

[22] 包子衍：〈國民黨清黨委員會公布的有關沈雁冰的幾則材料——為茅盾《回憶錄》

派的力量，調和不同階層的利益不僅是茅盾所接觸到的大量社會科學理論、政治檔所涉及的重要議題，也是他的具體革命實踐。

商民運動雖然最初由國民黨發起，但它在全國範圍內的展開卻是在國民黨第二次全國代表大會上由國共兩黨共同決議的結果。當時的中國共產黨領袖譚平山就強調要對後起的商民運動與農工予以同等重視。[23]商民運動既是國共兩大黨建立政治互信的一種體現，又是國民革命後期，國共兩黨的權利爭奪點。商民運動也自然會被茅盾視為國民革命時期繞不過去的重大事件。

國民革命混雜了資產階級革命與無產階級革命的雙重屬性。革命進程中不同階層的矛盾衝突在所難免。這種衝突隨著北伐的節節勝利，民眾運動的蓬勃發展愈演愈烈。

「四・一二」反革命政變以後，中共中央認為「封建分子與大資產階級已轉過來反對革命」，「無產階級、農民與城市小資產階級的革命的聯盟」是今後「革命勢力之社會基礎」。[24]儘管中共五大上指出了此後與國民黨左派的關係更加密切，也更要加強在革命工作中對小資產階級的重視。[25]但是，在處理小資產階級與工農階級在革命中的關係這個問題上，中共的重要決議文件是充滿歧義和矛盾的。中共黨內對於澈底發動工農運動還是限制工農運動以維護小資產階級利益也一直存在分歧。武漢國民革命政府時期，激烈的工農運動造成了工商業者為代表的小資產階級和工農階級之間巨大裂痕，也威脅了中共與國民黨左派的政治聯盟。

《動搖》中表現出的對小資產階級的偏向和對工農運動的批評，正是茅盾對國民革命時期核心政治議題的認識。

事實上，早在 1927 年 5 月，工商衝突爆發之時，茅盾就撰文指出「不但是無產的農工群眾簡直沒有生路，即小有資產的工商業者，亦痛苦萬

　提供片段的印證及補充〉，《新文學史料》，1990 年第 1 期，第 205-212 頁；楊天石：〈讀沈雁冰致林伯渠函手跡〉，《書屋》，1997 年第 5 期，第 207-212 頁。

[23] 馮筱才：《北伐前後的商民運動 1924-1930》，臺北：臺灣商務印書館，2004 年，第 81 頁。

[24] 中央檔案館編：《中共中央檔選集第 3 冊　1927 年》，北京：中共中央黨校出版社，1983 年，第 38 頁。

[25] 同上註，第 42-44 頁。

狀。」[26]並認為「工農運動之不免稍帶幼稚病」而破壞了對革命事業意義重大的工農階級與工商業者同盟。[27]在他看來：「工商業者和工農群眾中的革命同盟是中國國民革命的唯一出路。」[28]

《動搖》中對工商衝突的表現是茅盾在國民革命期間政治觀點的一種異體同構的表達。茅盾當時的政論文不僅是對當時武漢國民政府訓令的附和，也是他自己對於時局的判斷。從《動搖》對商民運動和工商衝突的表現來看，茅盾並未如部分政治家那樣看到了工農運動的「好的很」。反倒是過激的工農運動破壞了小資產階級與工農群眾的革命同盟，而這才是國民革命失敗的原因。

《動搖》發表之時，當時的中共中央認為「被革命嚇慌的小資產階級」[29]已經與反動勢力聯合起來反對共產黨。並將發動包括工農武裝暴動在內的群眾運動抵抗白色恐怖作為此後的革命方針。[30]《動搖》中表達的對國民革命失敗的原因分析顯然與當時中共中央的政策方針背道而馳。

對此，同樣親歷國民革命的早期中共黨員鄭超麟比文藝界人士有更清晰的認識。1927 年 11 月間，鄭超麟曾去拜訪沈雁冰，他對鄭談到：「他不滿意於──八七會議以後的路線，他反對各地農村進行暴動。……這是我第一次聽到一個同志明白反對中央新路線。」[31]在鄭超麟看來，《幻滅》、《動搖》和〈從牯嶺到東京〉是茅盾政治意見的形象化。[32]

這種政治觀念的文學表達給茅盾帶來了惡劣的政治影響。「李立三當權時代，黨所指導的文學刊物都攻擊他，中央而且訓令日本支部不認他做同志。」[33]瞿秋白就撰文「借用『幻滅』，『動搖』，『追求』的字眼諷

---

[26] 茅盾：〈鞏固工農群眾與工商業者的革命同盟〉（原載 1927 年 5 月 20 日《漢口民國日報》），收於《茅盾全集》編輯委員會編輯：《茅盾全集》第 15 卷，第 366 頁。

[27] 同上註。

[28] 同上註，第 369 頁。

[29] 〈中國共產黨中央執行委員會告全黨黨員書〉，收於中共中央黨史徵集委員會，中央檔案館編：《八七會議》，中共黨史資料出版社，1986 年，第 5 頁。

[30] 同上註，第 6-11 頁。

[31] 鄭超麟著，范用編：《鄭超麟回憶錄》（上），東方出版社，2004 年，第 285-286 頁。

[32] 同上註，第 127 頁。

[33] 同上註，第 286 頁。

刺沈雁冰」[34]。李一氓[35]發表了〈出路——到東京〉一文針對《蝕》三部曲，對茅盾進行了人身攻擊式的政治批判。[36]直到茅盾逝世後，中共中央決定恢復他的中國共產黨黨籍，黨齡從 1921 年算起。李一氓知道後，還向有關人員打電話，表示沈雁冰可以重新入黨，可以追認為中共黨員，但不宜恢復上世紀 20 年代的黨籍。[37]可以想見茅盾在《動搖》中表現出的思想立場犯下了十分嚴重的政治錯誤。

　　而我們一直沒有注意到，茅盾對創造社、太陽社等人的反駁頗帶有些居高臨下的意味。因為在他看來，「對於湖北那時的政治情形不很熟悉的人自然是茫然不知所云的」[38]。茅盾是中國共產黨最早一批黨員。國民革命期間，他加入國民黨以跨黨身分身居要職，又與當時的國共兩黨的最高領導人有不少交往。國民革命失敗後，沈雁冰的名字在國民黨的通緝人員名單上比瞿秋白、周恩來等中共領導人都更靠前[39]。他有理由覺得批評者的閱歷不足以對時局和革命的發展走向有真正的瞭解。《動搖》中對時局的分析也與史學界近年的研究結論不謀而合，也使我們有理由理解茅盾的這種政治自信。

　　事實上，茅盾對自己在國民革命經歷中形成的政治觀念有過很長一段時間的堅持。面對革命陣營的對《幻滅》、《動搖》的批判，茅盾也並沒有檢討和退縮。他在回應批判的〈從牯嶺到東京〉一文中抱怨「假如你為小資產階級訴苦，便幾乎罪同反革命。這是一種很不合理的事！」[40]在他看來，「中國革命的前途是不能全然拋開小資產階級。」[41]茅盾在此所討論的不僅僅是我們通常所認為的小說中關於小資產階級革命者，其實也針

---

[34] 同上註，第 124 頁。

[35] 李一氓，又名李民治，1925 年春入黨，1925 年參加北伐，在國民革命軍總政治部任宣傳科長、秘書。1925 年參加了八一南昌起義。起義失敗後，按照黨的安排，秘密去上海，從事黨的文化工作和保衛工作。建國後，曾擔任中共中央對外聯絡部副部長等重要職務。孔德為其筆名。

[36] 孔德：〈出路——到東京〉，《日出》，1928 年第 2 期，第 4 至 7 頁。

[37] 胡安治：〈沈雁冰身後的兩樁恢復黨籍事件〉，《中國新聞週刊》，2013 年 1 月 7 日，第 82 至 84 頁。

[38] 茅盾：〈從牯嶺到東京〉，《小說月報》，1928 年第 19 卷 10 號，第 1141 至 1142 頁。

[39] 沈衛威：〈新發現國民黨南京政府 1927 年通緝沈雁冰（茅盾）、郭沫若的原件抄本〉，《新文學史料》，1991 年第 4 期，第 221 至 222 頁。

[40] 茅盾：〈從牯嶺到東京〉，《小說月報》，1928 年第 19 卷 10 號，第 1145 頁。

[41] 同上註，第 1144 頁。

對了商民運動和工商衝突中以店東為代表小資產階級工商業者。在茅盾回應文學問題的背後，包含著他在國民革命中形成的對小資產階級的政治認識和對革命局勢的基本看法。這些觀念直到 1929 年茅盾的〈讀《倪煥之》〉一文中都有所保留。

革命文學的提倡者們將《蝕》三部曲作為一個錯誤的文藝方向猛烈批判的同時，也總是會有意無意地涉及到小資產階級與革命前途關係的討論。其中不僅包含了文藝動向的爭論，也牽涉到國民革命失敗後複雜的政治問題。而茅盾的弟弟中共黨員沈澤民 1929 年的〈關於《幻滅》〉一文，也頗有對茅盾進行政治勸誡的意味。現今，我們已很難瞭解在此期間，茅盾承受了怎樣的政治壓力和思想鬥爭。但茅盾之後的《虹》、《子夜》等作品，都多少帶有彌補《蝕》的政治錯誤的成分了。

針對《蝕》三部曲思想傾向上的問題，茅盾一次次以客觀、真實為之辯護，卻總是被視為「通過強化的小說的現實主義美學追求來對抗意識形態化的理解方式，規避政治風險。」[42]但從《動搖》對商民運動和工商衝突的表現來看，茅盾所言非虛。無論是〈從牯嶺到東京〉、五十年代與費德林的通信，還是 80 年代的回憶錄，茅盾內心對《動搖》如實反映現實的觀點是一以貫之的堅持，只是他不願意真正地解釋過這種客觀性的由來。

由於對國民革命相關史實的疏漏，學界對《動搖》考察大多停留在了小說的思想基調這樣的感性層面或僅注意到其中戀愛與革命的衝突，而忽略了小說在表現商民運動和工商衝突時濃厚的社會政治剖析色彩。

在夏志清先生看來，《蝕》三部曲「是站在小說家立場，說了小說家應說的話」[43]，其文學價值遠高於充滿政治意識的《子夜》。儘管，有研究者並不認同這種論調，卻還是認為《蝕》「是一種『人生經驗』的抒寫，重在傾吐大革命失敗以後的感覺與體驗，並無大規模解剖社會現象的意圖」，那麼《子夜》及其以後的創作便把用力重點放在了整體性的社會剖

[42] 李躍力：〈革命文學的現實主義與崇高美學——由《蝕》三部曲印發的論戰談起〉，《文史哲》2013 年第 4 期。
[43] 夏志清：《中國現代小說史》，劉紹銘等合譯，香港友聯出版公司，1979 年 7 月，第 124 頁。

析上」。[44]這些觀點不僅忽略了《動搖》中對國民革命時期社會本質的分析,也誤解了茅盾當時的創作心態。

　　《動搖》並不只是革命失敗後的情感宣洩,其中蘊含著濃厚的政治氣味。《動搖》的寫作是以一種深度參與國民革命的政權高層的姿態,為「動亂中國的最複雜的人生的一幕」[45]梳理一個合理的解釋並表達一種政治立場。由此,我們也或許可從一個側面去理解:為何瞿秋白之前對《子夜》的評價最高,卻在臨刑前寫下的《多餘的話》結尾處中稱《動搖》——這部與「秋白路線」相左的小說——是值得再讀一讀的。[46]

　　從《動搖》對國民革命時期商民運動和工商衝突的表現來看,《動搖》是茅盾的小說創作中政治意味極強的一部。小說觸及了國民革命時期的一些根本性政治路線方針問題——如何定位小資產階級在革命中的地位及其與工農革命運動的關係。在國民革命失敗後,茅盾以文學創作表達了對當時將小資產階級及其利益代表國民黨左派定性為反革命的反對意見,並批判和檢討了激進的工農運動對小資產階級利益的傷害和由此帶來的嚴重後果。

　　在《動搖》對商民運動和工商衝突的書寫中,茅盾的個人趣味和情感傾向也袒露無餘。《動搖》中「戲份」最微不足道的中小商人也是有名有姓。就連這些商人做的是什麼生意,又有怎樣的經營特點,茅盾都忍不住要交代一番。相反,《動搖》全篇幾乎沒有一個有名有姓的工農人物形象,店員始終只是一個抽象的模糊群體。儘管茅盾之前曾提倡無產階級文藝,但他對塑造工農形象一直缺乏發自內心的興趣。茅盾這種對商人與社會、政治的關係充滿探究的興趣和寫作欲望也在其之後的小說創作中一直延續。

　　《動搖》暴露了茅盾的審美趣味,也充分體現了親歷國民革命的茅盾對社會政治的基本看法。雖然,此後茅盾再也沒能像《動搖》一樣,自然地流露自己的審美趣味和政治見解。但蘊含在《動搖》中的個人趣味以及那些親歷國民革命而形成的社會政治理念,卻一直在他之後的創作中若隱

44　王嘉良:〈回眸歷史:對茅盾創作模式的理性審視〉,《學術月刊》第39卷,2007
　　年11月,第108-114頁。
45　茅盾:〈從牯嶺到東京〉,《小說月報》,1928年第19卷10號,第1138頁。
46　瞿秋白:《多餘的話》,人民文學出版社,1973年,第35頁。

若現，並與他刻意要表達的社會政治理念雜糅在一部部作品中，互相撕扯，矛盾糾結。

五、結語

　　《動搖》這部小說是現代文學史上鮮有的、及時展現國民革命風貌的文學作品。由於對國民革命時期的歷史事實缺乏全面、客觀的理解，我們對《動搖》的解讀也一直充斥著偏頗、誤解和疏漏。新時期以來，一些歷史學者通過史料挖掘，開始重新梳理、解讀民國初年和國民革命時期的歷史。借助史學界的相關研究成果，對《動搖》的相關史實進行重新考察，無疑將極大地推進我們對於這部作品及茅盾早期創作觀念的認識。

　　國民革命作為民國時期的重大事件，對整個社會的發展進程產生了深遠影響。對國民革命的展現並不只限於《動搖》，而國民革命對現代文學的影響也不僅僅是小說創作的題材。在國民革命的浪潮席捲全國時，茅盾、郭沫若等大批現代作家都直接參與到了革命的軍事、政治工作當中。這段特殊的經歷，對於他們的文學創作和思想觀念產生了極大的影響。之後的革命文學運動也與國民革命這一歷史事件密切相關。

　　國民革命不僅是社會歷史層面的重大事件，同時也是現代知識分子的重大精神事件。許多左翼作家也如茅盾一樣，在民國時期複雜的社會政治局勢中，經歷著文藝與政治的糾葛與羈絆。民國時期政治的複雜性在現代文學中折射出了更為反覆纏繞的面貌。政黨派立場和階級觀念也成了許多現代作家身上揮之不去的印記。

主要參考文獻

一、專著

中共中央黨史徵集委員會，中央檔案館編：《八七會議》，中共黨史資料出版社，
　　1986 年。
中央執行委員會印行：《中國國民黨第二次全國代表大會宣言及決議案》，1926 年。
中央檔案館編：《中共中央檔選集第 3 冊 1927 年》，北京：中共中央黨校出版社，
　　1983 年。
朱英：《商民運動研究（1924-1930）》，北京：北京大學出版社，2011 年。
茅盾、韋韜著：《茅盾回憶錄》，北京：華文出版社，2013 年。
茅盾：〈鞏固工農群眾與工商業者的革命同盟〉（原載 1927 年 5 月 20 日《漢口
　　民國日報》），收於《茅盾全集》編輯委員會編輯：《茅盾全集》第 15 卷。
茅盾：《蝕》，開明書店，1941。
夏志清：《中國現代小說史》，劉紹銘等合譯，香港友聯出版公司，1979 年 7 月。
孫中田、張立軍：〈《動搖》的歷史真實〉，收於《文學評論》編輯部：《現代
　　文學專號文學評論叢刊》第 17 輯，北京：中國社會科學出版社，1983 年。
陸定一：《陸定一文集》，北京：人民文學出版社，1992 年。
馮筱才：《北伐前後的商民運動 1924-1930》，臺北：臺灣商務印書館，2004 年。
鄭超麟著，范用編：《鄭超麟回憶錄》，東方出版社，2004 年。
瞿秋白：《多餘的話》，人民文學出版社，1973 年。

二、期刊論文

孔德：〈出路──到東京〉，《日出》，1928 年第 2 期。
王嘉良：〈回眸歷史：對茅盾創作模式的理性審視〉，《學術月刊》第 39 卷，2007
　　年 11 月。
包子衍：〈清黨委員會公佈的有關沈雁冰的幾則材料──為茅盾《回憶錄》提供
　　片段的印證及補充〉，《新文學史料》，1990 年第 1 期。
李躍力：〈革命文學的現實主義與崇高美學──由《蝕》三部曲印發的論戰談起〉，
　　《文史哲》2013 年第 4 期。
沈衛威：〈新發現國民黨南京政府 1927 年通緝沈雁冰（茅盾）、郭沫若的原件抄
　　本〉，《新文學史料》，1991 年第 4 期。
茅盾：〈從牯嶺到東京〉，《小說月報》，第 19 卷 10 號，1928 年。

胡安治：〈沈雁冰身後的兩樁恢復黨籍事件〉，《中國新聞週刊》，2013 年 1 月
　　7 日。
梁競男：〈《動搖》中的國民革命軍敘事之細讀〉，《中國現代文學研究叢刊》，
　　2010 年第 4 期。
楊天石：〈讀沈雁冰致林伯渠函手跡〉，《書屋》，1997 年第 5 期。
楊揚：〈臺灣所見「國民黨特種檔案」中有關茅盾的材料〉，《新文學史料》，
　　2012 年第 3 期。

一般論文

地方與他鄉

——李劼人的省城革命史

■鄭怡

作者簡介

鄭怡，博士，澳大利亞新南威爾士大學人文語言學院中國文學與比較文學副教授。著有 Gal, Ofer and Yi Zheng eds. *Orbits, Routes and Vessels: Motion and Knowledge in the Changing Early Modern World*, Dorchette: Springer (2014); Zheng, Yi. *Contemporary Chinese Print Media: Cultivating Middleclass Taste*, London: Routledge (2013); Zheng, Yi. *From Burke and Wordsworth to the Modern Sublime in Chinese Literature*, West Lafayette: Purdue University Press (2011)等。

內容摘要

從天回鎮的《死水微瀾》到成都省的《暴風雨前》至《大波》，李劼人的近代小說史寫的是省城革命。地方是帝國消亡和中國由此開始革命不斷的現場。以方志寫近代史是李要堅持的歷史真實的必須。李劼人的歷史真實涵括翻天覆地的大事件和日常生活的漸變，地方是這種歷史觀的立足點。李劼人方志式的歷史敘事不僅將歷史敘述於鄉土上，讓大事件的歷史落實到日常空間的全景裡，使歷史的巨變庸常性史詩性兼備，而且更重要的是這種方志式敘事顯示出地方是歷史發生的唯一場所，無論是改天換地的遽變還是日常生活的日新月異。論文指出作為歷史現場的地方在李的敘述裡既有原鄉也有他鄉，並著重論述這不僅表現在省城作為遽變和漸變同時發生的場景早已有從政治到情感和物質生活的世界背景，還在於這場史

變的主角們既是土著又曾遊學他鄉。他鄉在這裡不是外部世界對本土的威
罔，而是本土變遷的背景和在場。

關鍵詞：李劼人、死水微瀾、暴風雨前、大波、省城革命

　　李劼人（1891-1962）的系列小說《死水微瀾》，《暴風雨前》和《大波》被同時代的作家郭沫若稱為小說近代史，「小說的近代《華陽國志》」。「作品的規模之宏大已經相當的足以驚人，而各個時代的主流及其遞嬗，地方上的風土氣韻，各個階層的人物之生活樣式，心理狀態，言語口吻，無論男的女的老的少的，都虧他研究得那樣透闢，描寫得那樣自然。……把過去了的時代，活鮮鮮地形象化了出來」。[1]李氏三部曲的規模的確宏大。既有歷時的涵括時代主流變遷的史詩，又有空間呈現的「地方上的『日常生活』」，末世社會的男女眾生，以及他們的心理狀態，言語行為。李劼人自己也在《死水微瀾》的〈前記〉中解釋說他的小說系列寫的是中國近代史：「從 1925 年起，一面教書，一面仍舊寫些短篇小說時，便起了一個念頭，打算把幾十年來所生活過，所切感過，所體驗過，在我看來意義非常重大，當得歷史轉捩點的這一段社會現象，用幾部有連續性的長篇小說，一段落一段落地把它反映出來。我想，直接從辛亥革命入手太倉促了些。這個革命並不是突然而來的，它有歷史淵源，歷史上積累了很多因素，積之既久才結這個大瓜。要寫，就必須追源溯流，從最早的時候寫起。寫鴉片戰爭，我不熟習，熟習的是庚子年以後的事。聽見過八國聯軍的事情，也看見過當時成都所受的影響。第二年成都鬧紅燈教，殺紅燈教的首領之一廖觀音，打教堂，這些事我最清楚，我就從這時候寫起，從庚子年寫到辛亥革命，寫所聞，寫所見，寫身所經歷，三段一系列。這就是大家所講的三部曲。第一部叫《死水微瀾》，第二部叫《暴風雨前》，第三部叫《大波》，從書名可以看出當時革命進程的。」[2]這樣的歷史敘事追源溯流，著重展現革命作為歷史事件的進程。並且巨細皆備，尤其重要的是作者要寫的是他熟習、經歷過或耳熟能詳的事件，情勢。對李劼人而言，這樣的歷史過程和社會情勢必須經由「地方上的風土氣韻」及「各個階層的人物之生活樣式，心理狀態，言語口吻」透視。這不僅因為他強調小說作者的歷史見證人身分，更重要的是在他的小說史中，地方是歷史的唯一現場。

[1]　郭沫若：〈中國左拉之待望〉，《中國文藝》1937 年第 1 卷第 2 期。見《李劼人選集》第 1 卷，四川人民出版社，1980 年，第 5 頁。

[2]　李劼人：〈《死水微瀾》前記〉，《李劼人全集》第 9 卷，成都：四川文藝出版社，2011 年，頁 241。

　　地方於中國現代小說並不陌生。以故鄉為焦點的鄉土小說是五四新文化運動現代意識的載體，也是文化人現代焦慮的體現。在此，鄉土是「被固態化了的農業文明縮影」，成為思想家文人各類主義思潮及價值判斷的必爭之地。[3]沈從文 1934 年創作的田園詩風的《邊城》是這種原鄉追憶的最好體現。小說中美麗小城和周圍鄉村中田園牧歌的消逝隱喻了現代社會人的根本流失，也顯示了沈從文的現代小說嘗試。其中不難看出他對現代主義原始田園傾向的借鑒。茅盾 1933 年的《子夜》雖以在中國現代文學中不多的長篇城市小說著名，其中對現代中國社會之命運的思索也是通過城鄉兩個對立的範疇展示的。四面楚歌的農業文明的原鄉雖然只是工業，現代，充滿活力的上海的常常缺席的反照，卻是小說敘事和主題的起點。茅盾也寫過同時代的小鎮鄉村變化的中短篇。〈春蠶〉（1932）〈林家鋪子〉（1932）的原鄉是歷史變化的場地，卻仍然是固態化了的農業文明的縮影被外來的動態的勢力威脅破壞。在這裡和在大多數的現代鄉土小說或地域文學一樣，既定空間—地方上—的變化，被展示為時間上的不同。城鄉的距離成了新舊時代的對比。兩者的差異變為歷時的線性軌道上向新文明過渡的不同點。可以說，現代中國文學的地域敘事是一種隱喻，一種集體文化焦慮。

　　李劼人的地方是歷史的。其歷時性表現在空間範疇的世界變化和世事變遷中。除風土人情和現世眾生百相，還有歷史沿革，地理座標。作為三部曲發生地的晚清帝國邊境省府的成都和周圍鄉村城鎮以及它們的關係，在李的描述中可以歸類為施堅雅的晚期中華帝國城市中心大區域的模式。在一個區域中不同等級的城市，城市與鄉村，與鄉市間的集鎮的關係既是階梯結構的，上下有別，又因同屬一個分工不同的政治經濟體系而結為休戚相關的有序的一體。而省城是這個政治經濟體的中心。[4]李的三部曲的世界是由天回鎮，一個城鄉間的集鎮開始的：

　　　　由四川省會成都，出北門到成都附屬的新都縣，一般人都說有四十
　　　　里，其實只有三十多里。路是彎彎曲曲畫在極平坦的田疇當中，雖

[3]　丁帆：《中國鄉土小說史》，北京大學出版社，2007 年，頁 6。
[4]　G. William Skinner, ed. *The City in Late Imperial China, Studies in Chinese Society*. Stanford: Stanford University Press, 1977: 253-289.

然是一條不到五尺寬的泥路，僅在路的右方鋪了兩行石板；雖然大
雨之後，泥濘有幾寸深，不穿新草鞋幾乎寸步難行。……然而到底
算川北大道。它一直向北伸去，直達四川邊縣廣元，再走過去是陝
西省的寧羌州，漢中府，以前走北京首都的驛道，就是這條路線。
並且由廣元分道向西，是川甘大鎮碧口，再過去是甘肅省的階州文
縣。凡西北各上進出貨物，這條路是必由之道。

以前官員士子來往北京四川的，多半走這條路。……

路是如此重要，所以每日每刻，無論晴雨，你都可以看見有成群的
駝畜，載著各種貨物，參雜在四人官轎，三人丁拐轎，二人對班轎，
以及載運行李的扛擔挑子之間，一連串的來，一連串的去。在這人
流當中，間或一匹瘦馬，在項下搖著一串很響的鈴鐺，載著一個背
包袱挎兩傘的急裝少年，飛馳而過，你就知道這便是驛站上送文書
的了。不過近年因為有了電報。文書馬已逐漸的少了。……

這鎮市是成都北門外有名的天回鎮。志書上，說它得名的由來，遠
在中唐。……

　　　　　　　　　　　　（李劼人，《死水微瀾》，2011：13-14）

　　在李的筆下，1900 年的天回鎮並非死氣沉沉的內地鄉村的縮影。和它
所屬的省會成都一樣，雖然地處龐大的清帝國的一隅，卻也是帝國邊變的
一部分。它是僻鄉，也是數代中華王朝四通八達交通樞紐的重要一環。尤
其是從晚清至關緊要的邊防重鎮四川省會成都至帝國各地及中心的必經
之地。故事開始的時候小鎮的地位有了改變——「有了電報。文書馬已逐
漸的少了。」但是變化的微瀾以及引發的滔天巨浪，對部分小鎮人——故
事的主角們——生死攸關，卻並非「外來」對「本地」，「新」對「舊」
的簡單侵襲和蠶食。外來的物事在小鎮柴米油鹽的生活中漸漸變得習以為
常。鄉場上洋貨土貨和產自帝國其他地方的貨物羅列在一起，供小鎮及周
圍鄉村的人們選擇。「小市上主要貨品，是家織土布。這全是一般農家婦
女在做了粗活之後，藉以填補空虛光陰，自己紡出紗來，自己織成。……
但近來已有外國來的竹布，洋布。那真好，又寬又細又勻淨，……只是價
錢貴得多，買的人少，還賣不贏家織土布。……小市鎮上，也有專與婦女
有關的東西。如較粗的土葛巾，時興的細洋葛巾；成都桂林軒的香肥

皂，……也有極惹人愛的洋線，洋針，兩者之中，洋針頂通行，雖然比土
針貴，但是針鼻扁而有槽，好穿線，……也有蘇貨，廣貨，料子花，假珍
珠。……「（李劼人，《死水微瀾》，2011：49-50）。在李劼人的陳述中，
洋、土的較量是由當地人的喜好定勝負的。其優劣貴賤與強勢的生產方式
和經濟行為有關，也取決於地方日集月累的生活方式，一時一地隨著內外
世界共時變遷而變的經濟社會力量。洋貨在內地的大量出現是晚清世界大
變動最直接的物化體現之一。它們變成省城鄉鎮日常生活的一部分顯示了
近代中華帝國歷史轉折的「世界背景」。[5]這種「世界背景」也可以從形容
詞「洋」在 19 世紀中葉以來的歷史語言熱中體會到。[6]洋的原義為海洋的，
海洋性的。是一具有空間特指性的詞，意指所有洋那邊的，漂洋過海的，
海（洋）外的物和事。與後來更流行的形容境外人事物或風格的「外」不
同，洋不僅顯示區分，內外有別，還保留了其源自遠方闊大世界的空間指
謂，提醒人們中華之地與海外世界變為一體的過程。李劼人的天回鎮並未
因洋針洋布成為全球性的大同世界。但是外面世界變為小鄉鎮物質生活的
一部分展示了被喻為死水的社會也漣漪陣陣。洋貨在省城城鄉的流行不僅
是世道變化的物化標誌，也折射出人們心靈和社會情勢的悸動。作為欲望
的對象與社會身分的象徵，它們在帝國末期地方士紳的心理情感波動和對
帝制以及他們生活的整個世界的態度的變化中起了相當的作用。三部曲的
主角之一官紳郝達三在庚子事變（1900）的關鍵時刻遊移於對帝制的忠誠
和已成為省城望族家庭日用必需品的舶來貨的留戀。郝和他的朋友們習慣
性地傾向於支持義和拳民，因為他們聽說當政的慈禧太后支持拳民。同時
他們也為日益上升的基督教民在本地的勢力而擔憂，尤其是後者和教堂對
田地和財富的爭奪。但在為拳民們的行徑喝彩後，郝達三突然意識到：「若
把北京使館打破後，不曉得洋人還來不來？不來，那才糟哩！我們使的這
些洋貨，卻向哪裡去買？「（李劼人，《死水微瀾》，2011：168）他的

---

[5] Antonia Finnane, "Yangzhou's 'Modernity': Fashion and Consumption in the Early Nineteenth Century," *positions: east asia cultures critique*, 11, 2003: 392.

[6] W. Feng, "Yi, Yang, Xi, Wai and Other Terms: the Transition from 'Barbarian' to 'Foreigner' in Nineteenth Century China," *New Terms for New Ideas: Western Knowledge and Lexical Change in Late Imperial China*, ed. M. Lackner, I. Amelung and J. Kurtz, Leiden: Brill, 2001: 95-124.

擔憂並非沒有緣由。對相當部分的有資財或收入豐厚的成都士紳和市民，
沒有舶來品的日常生活已經難以想像：

> 郝公館裡這些西洋東西，實在不少。至於客廳裡五色磨花的玻璃窗
> 片，紫檀螺鈿座子的大穿衣鏡，這都是老太爺手上置備的了。近來
> 最得用而又為全家離不得的，就是一般人尚少用的牙刷，牙膏，洋
> 萬巾，洋胰子，花露水等日常小東西。洋人看起來那樣又粗又笨的，
> 何以造的這些家常用品，都好，只要你一經了手，就離它不開？
>
> （李劼人，《死水微瀾》，2011：162）

　　當然省城和周圍鄉鎮的一般居民們還無法像郝大公館一樣天天用上
進口的牙膏牙刷。不過中上層市民都愛逛的新開張的成都商業場裡洋貨充
足且廣受歡迎。郝達三和他的世交好友們在這死水微瀾的時候也並未因為
偏愛洋貨而擁護清廷為自新自強而推行的新政。他們不通也看不上康梁的
新學。但在他們的生活中，舶來品從奇技淫巧變成了日常必需。物質世界
的多樣化也使他們和帝國末世的其他臣民一樣心動情移。到《暴風雨前》
開始的時候，郝達三不光成了通過新政建立的省諮議局議員，他還送兒子
女兒去成都彼時遍地開花的新式學堂學習。他的女兒們成了省城最早的女
學生之一。塞滿洋貨的郝公館甚還半睜眼半閉眼地為一激進革命黨人提供
了庇護。至《大波》，郝達三及兒子郝又三都成了風起雲湧的四川保路運
動的積極參與者，大清帝國直接的掘墓人。

　　從天回鎮的《死水微瀾》到成都省的《暴風雨前》至《大波》，李劼
人的近代小說史寫的是省城革命。大清帝國辛亥年間從最後的掙扎到瞬間
煙消雲散其起始和過程都是地方性事件。其中公認的關鍵事件之一，就是
歷時半年的四川保路運動。在這個意義上，被後世稱為辛亥革命的 1911
年的帝制的消亡是一系列或突發或日集月累的，與晚清政府的新政息息相
關的地方性事件的結果。地方是帝國消亡和中國由此開始革命不斷的現
場。以方志寫近代史是李要堅持表現的歷史真實的必須。也許這也是郭沫
若為什麼既把李的三部曲定義為「小說近代史」又稱作「小說的近代《華
陽國志》」的原因。李劼人的歷史真實含括翻天覆地的大事件和日常生活
的漸變，即社會生活、結構和社會心理的變化。「你寫政治上的變革，你
能不寫生活上，思想上的變革麼？你寫生活上，思想上的脈動，你又能不

寫當時政治，經濟的脈動麼？必須盡力寫出時代的全貌，別人也才能由你的筆，瞭解到當時歷史的真實。」[7]地方是這種歷史觀的立足點。李劼人方志式的歷史敘事不僅在空間內呈現時間，將歷史敘述於鄉土上；在人物行為和事件發展的結構上或縱向探根溯源，或橫向品類呈現，縱橫交錯間讓歷史的歷時性展現於空間的共時性上。讓大事件的歷史落實到日常空間的全景裡，使歷史的巨變庸常史詩兼備。而且更重要的是這種方志式的敘事顯示出地方是歷史發生的唯一場所，無論是改天換地的邊變還是日常生活的日新月異。地方誌因此成為大歷史的最好載體。只有通過方志式的空間化的庸常史詩兼備全景呈現，才能洞悉和再現近代中國革命史的歷史真實。彰顯宏大歷史生發衍變的地域場景和空間限定也凸現了歷史因緣及結局的偶然性。這也許是李劼人在歷史的轉折關頭撰寫成都地方誌的原因。李不僅在他的系列小說中鋪陳描述了大量成都及四川的地理座標，歷史沿革，風土人情。他的三部曲可以因此被看作帝國末世邊隅省城的變化史。他還在 1949 年寫下了〈二千餘年成都大城史的衍變〉，1953〈成都歷史沿革〉，1958〈成都的一條街〉等，在另一個新世界開始的時候以方志追索歷史的變遷。

　　作為歷史現場的地方在李劼人的方志式小說近代史裡既有原鄉也有他鄉。這不僅表現在省城作為邊變和漸變同時發生的歷史現場早已有從政治到情感和物質生活的世界背景，還在於這場史變的主角們既是土著又曾遊學他鄉。他鄉在這裡不是外部世界對本土的威迫，而是本土變遷的背景和在場。李的歷史視野中的四川保路運動及其引發的辛亥革命是士紳革命。作為晚清政府新政的一部分，成都也和帝國許多其他的城市一樣，建學校，興實業，練新軍，派遣留學生。極具諷刺意味的是這些自救改革舉措，加上諮議局等士紳由社會議政涉政空間的建立，促使了帝國和千年帝制的大江東去。四川士紳送子弟留學的熱情極高。其中 1906 年四川留學生占全國留日學生總數的 1/10，居全國之首。[8]「出洋」是科舉廢除後士紳子弟求「出身」有限的門道之一。對「洋」的嚮往也是士紳階層對帝國

7　李劼人：〈大波第二部書後〉，《李劼人選集》第 2 卷，成都：四川人民出版社，1980 年，頁 953。
8　張金蓮：〈走出夔門——論清末四川留日學生〉，《內江師範學院學報》，第 24 卷第 7 期，2009 年。

末日和世道變遷自 19 世紀中期以來論辯思索的結果。其中「東洋」除了是通向今世富強文明象徵的「西洋」的捷徑，也是率先西洋化擠入世界強權的榜樣。留日成為當時官派或自費出洋的首選因此並不奇怪。「從 1901 年到 1911 年，每年留日學生的人數都高於留學其他各國人數的總和。」20 世紀初的日本不僅聚集了成份最複雜的中國留學生，「也匯聚了這些知識分子中最複雜的理想形式—政治的，思想的與文學的，保皇的與革命的，保守的與激進的，青年學子式的與流亡刺客式的。」[9]回歸的留日學生在政治、經濟、教育、軍事等許多領域都發揮了重要的作用，川籍的學人也是如此。保路運動的領袖人物蒲殿俊（1875-1935）、鄧孝可（1869-1950）在事件發生前都剛從日本遊學歸來。

　　在李劼人筆下，蒲殿俊、鄧孝可作為有史可查的保路運動的領袖人物是文獻式處理的。也就是說他們的言行是作為事件發展的一部分敘述的，而他們並未成為小說的主要人物。但留學或遊宦日本是李的省城地方敘事很重要的部分。它是人物心理行為的註釋，也是晚清社會地方情勢變動的標誌之一。在三部曲中，幾乎所有的官紳商家庭都有出東洋和出過東洋或想出東洋的子弟。東洋在《暴風雨前》是以「我們老大帝國」的救藥由一即將留日的青年介紹給一頭霧水的郝達三的。「維新」與「稱霸東亞」是在此初次出場的日本形象的關鍵字。[10]雖然郝在當時對新政新學及新派少年都似懂非懂，也隨即悟出了中國欲求富強，只有學日本的道理。更重要的是，在好友葛寰中幫助下，很快認識到了出洋與在這個新世界上安身立命的關係。雖然他的兒子郝又三因母親不捨等原因未能成行，這位向郝家第一次介紹了日本的新少年蘇星煌多年後成了郝家的女婿。蘇在日本留學的期間關心時政，和保路運動的領袖們一樣成了立憲派。歸國後官做到了帝國的中心北京。其實李劼人小說系列中更重要更有意思的留日人物是尤鐵民。尤和蘇一樣是四川士紳背景的新派少年，但旅日後加入了同盟會，成了激進的革命人物。回川後東躲西藏冒險搞革命活動。在被搜捕期間隱居郝家與郝大小姐搞自由戀愛，爾後不辭而別。有意思的是這個書中自始至終的激進人物，在保路運動以及引發的全民大暴動中卻無絲毫作

9　李怡：《日本體驗與中國現代文學的發生》，臺灣：秀威資訊出版公司，2008 年，頁 13-14。
10　李劼人：《暴風雨前》2011 年，頁 6。

為。除了早期暗中準備搞爆炸起事，失敗後就緲無下落。後期出現的留日歸國學生周宏道對省城社會最大的貢獻是給公館生活帶來了更新更洋化的日常起居和吃喝玩樂的方式，並使一位元官紳家的老小姐有了性和婚姻的歸宿。

　　李劼人的方志式省城革命史可以被看作格裡格・鄧甯所定義的地方社會的族群史。其要點不僅在於所謂的國族大歷史都是有時間地點的，受不同所在地的社會文化所制約，更關鍵的是要通過抓住這樣的歷史中最重要也是其內涵最含混不清的時刻來審視它們彼時和現在的意義。[11]李劼人筆下的四川保路運動和辛亥革命毫無疑義是中國近代史上這樣的關鍵時刻，其歷史意義需要不斷重新審視。他鄉在地方邅變中所起的複雜作用，包括留日學生在清末社會變化中所扮演的模稜兩可的角色，都讓讀者不得不重新思考這些歷史事件和對它們的表述的意義。他鄉在這裡是省城革命史和 20 世紀初中國社會、政治、經濟、文化大變動的背景、參照，和在場的引發變動的勢力之一。

---

[11] Greg Dening, *Performances*, Melbourne: Melbourne University Press, 1996: 44-45.

主要參考文獻

一、專著

丁帆：《中國鄉土小說史》，北京大學出版社，2007 年。

李劼人：《死水微瀾》，《李劼人全集》第 1 卷，成都：四川文藝出版社，2011 年。

李劼人：《暴風雨前》，《李劼人全集》第 2 卷，成都：四川文藝出版社，2011 年。

李劼人：《大波》，《李劼人全集》第 3、4 卷，成都：四川文藝出版社，2011 年。

李怡：《日本體驗與中國現代文學的發生》，臺灣：秀威資訊出版公司，2008 年。

茅盾：《子夜》，北京：人民文學出版社，2008 年。

沈從文：《邊城》，北京：中國青年出版社，2014 年。

二、期刊論文：

張金蓮：〈走出夔門──論清末四川留日學生〉，《內江師範學院學報》，第 24
　　卷第 7 期，2009 年。

郭沫若：《中國左拉之待望》，《中國文藝》第 1 卷第 2 期，1937 年 6 月 15 日。

三、外文著作

Skinner, G. William Ed. *The City in Late Imperial China, Studies in Chinese society*.
　　Stanford: Stanford University Press, 1977.

Dening, Greg.*Performances*, Melbourne: Melbourne University Press, 1996.

Finnane, Antonia. 「Yangzhou's 'Modernity': Fashion and Consumption in the Early
　　Nineteenth Century,「*positions: eastasia cultures critique*, 11, 2003: 395-425.

Feng, W. 「Yi, Yang, Xi, Wai and Other Terms: the Transition from 'Barbarian' to
　　'Foreigner' in Nineteenth Century China,「*New Terms for New Ideas: Western
　　Knowledge and Lexical Change in Late Imperial China*, ed. M. Lackner, I. Amelung
　　and J. Kurtz, Leiden: Brill, 2001: 95-124.

論周作人 20 年代中期的日本觀

■李京珮

作者簡介

　　李京珮，台北市人。國立成功大學中文博士，目前為成大中文系專案助理教授。學術專業為中國現代文學、現代散文、海洋文化，博士論文《《語絲》文人群及其散文研究》，曾獲科技部人文與社會科學領域博士論文獎。

內容摘要

　　日本是周作人心靈的故鄉，20 年代中期，周作人的日本觀卻展現強烈的批判性。他擔任《語絲》的主編，開拓話語空間，實踐文學理念，20 年代中期他大部分的譯作與創作都發表在《語絲》。他的日本觀，可從文化與政治兩個層面進行考察。文化方面，他以「知日」的審美眼光，發表日本文學譯作與相關散文、撰寫文化評論，反思中國的精神特徵與社會現象，促進中國人接受「文化的日本」。政治方面，他以「排日」的犀利筆調，肩負知識分子的使命感，批判日本媒體例如《順天時報》以帝國主義的立場，干預中國的內政與外交，呼籲中國人抵抗「政治的日本」。周作人試圖用超越政治的文化視角去解讀日本，徘徊於文化的「知日」與政治的「排日」之間，在矛盾中流露渴望，呈現複雜的情感與文化選擇。本文探討文學發展脈絡與時代背景，論述周作人 20 年代中期日本觀的獨特意義。

關鍵詞：周作人、日本觀、散文、語絲、順天時報

一、前言

周作人（1885-1967）曾於 1906-1911 年留學日本，一生翻譯多種日本
文學著作，創作許多關於日本文化的篇章。他的日本觀經歷幾度轉變，其
中 20 年代中期（約 1924-1927 年）態度相當特殊。20 年代中期，他最積
極參與的刊物是《語絲》[1]，當時他的散文與譯作，大部分在此發表。本文
將先觀察《語絲》的發展脈絡與周作人的編輯策略，再聚焦於他的日本觀
進行討論。

周作人、魯迅（周樹人，1885-1936）和眾多文壇友人一起創辦《語
絲》，1924 年 11 月 17 日在北京以週刊形式發行，周作人主編，主要登載
散文，版面大小為 16 開。155 期起移至上海，第 4 卷 1 期開始編務由魯迅
主導，版面改為 24 開。第 5 卷 1-26 期由魯迅的弟子柔石（趙平復，1902
-1931）主編，27-52 期由北新書局老闆李小峰（1897-1971）編完後停刊，
共出版 260 期。《語絲》創刊號的發行量達到 15000 份[2]，文學傳播力量不
容小覷。報刊作為傳播媒體，深深影響中國現代文學的寫作、閱讀、傳播
方式，以及作家的交往、成名和文學消費市場的關係。《語絲》以周氏兄
弟為中心，創刊初期列名的撰稿人之中[3]，江紹原（1889-1983）、川島（章
廷謙，1900-1981）是周作人的學生，孫伏園（1894-1966）、孫福熙（1898
-1962）兄弟是魯迅的學生。顧頡剛（1893-1980）、王品青（？-1927）、
李小峰曾是北大學生，林語堂（1895-1976）、錢玄同（1887-1939）當時也
在北京任教，淦女士則是受到魯迅提拔點撥的女作家馮沅君（1900-1974）。

---

[1]　《語絲》1924 年 11 月 17 日創刊，1927 年 10 月 22 日曾被張作霖（1875-1928）等
　　查禁，1930 年 3 月 10 日停刊。本文引用的《語絲》是上海文藝出版社 1982 年合訂
　　本影印版，各期皆有頁碼。由於《語絲》版型的改變，合訂本第一冊收錄 1-80 期，
　　80 期之前內容的頁數部分，原書以「版次」標註，81 期開始至第 5 卷 52 期停刊，
　　則以「頁碼」標註。
[2]　川島：〈憶魯迅先生和《語絲》〉，收於袁良駿編：《川島選集》（北京：人民文
　　學出版社，1984 年），頁 86。
[3]　《語絲》第 3 期中縫廣告的名單中，列名的 16 位撰稿人是周作人、魯迅、錢玄同、
　　江紹原、林語堂、章川島、斐君女士、王品青、章衣萍、曙天女士、孫伏園、春臺
　　（孫福熙）、淦女士（馮沅君）、李小峰、林蘭女士、顧頡剛。其中的幾位女性，
　　吳曙天是章衣萍妻，林蘭是李小峰妻，孫斐君則是章川島之妻。

刊物聯絡、培植和聚集了意氣相投的一群作家,在散文的文體和藝術技巧上進行探索與開拓。林辰（1912-2003）40 年代的研究已注意到周氏兄弟對《語絲》的領導意義,他分析北京時期的《語絲》稿件要直接寄到發行處北新書局,外稿則由主編周作人略加選擇,所謂的語絲社員並無明顯界線。[4]論者王世炎觀察周作人在編輯過程中的思想趨向,總結他對刊物的影響。[5]《語絲》有同人雜誌志趣相投的特色、諷刺幽默的藝術風格,建構作家獨立的「自己的園地」,表現出現代精神品格。刊物的發展和同人的聚集都與編輯的動向密不可分,北京時期的《語絲》（1924 年 11 月至 1927 年 10 月）較具影響力[6],主編的文化理念,必然有值得詳細探討之處。

　　《語絲》發行之初,周作人不想大張旗鼓宣示自己是領導者,直到發行 17 期之後,才正式提出請投稿人與讀者不要直接寄稿給他,而是寄給「語絲社」。[7]周作人撰寫的發刊詞相當重要,他希望週刊能對文學生產有所貢獻:

> 我們幾個人發起這個週刊,並沒有什麼野心和奢望。我們只是覺得在中國的生活太是枯燥,思想界太是沉悶,感到一種不愉快,想說幾句話,所以創刊這張小報,作自由發表的地方。……我們並沒有什麼主義要宣傳,對於政治經濟問題也沒有什麼興趣,我們所想作的只是想衝破一點中國的生活和思想界的昏濁停滯的空氣。我們個人的思想儘自不同,但對於一切專斷與卑劣之反抗則沒有差異。[8]

　　所謂的「思想界太是沉悶」,應與《新青年》、《新潮》停刊之後缺乏思想鮮明的文化刊物有關。週刊上的文字大抵以簡短的感想和批評為主,兼採文藝創作、美術等研究或介紹。「自由發表」的說法,隱含著爭

---

[4]　林辰:〈魯迅與語絲社〉,《文萃》1 卷 30 期（1946 年 6 月）,頁 15。
[5]　王世炎:《周作人與《語絲》》（濟南:山東師範大學碩士論文,2004 年）。
[6]　陳離:《在「我」與「世界」之間——語絲社研究》（上海:東方出版中心,2006年）。原為博士論文《語絲社研究》（上海:復旦大學,2005 年）修改後出版。論者回溯語絲社核心人物周氏兄弟在刊物營運期間,在精神上結成「統一戰線」,綜論主編的編輯策略、刊物風格的變化,認為北京時期的《語絲》較有影響力。
[7]　周作人:〈啟事〉,《語絲》18 期（1925 年 3 月 16 日）,第 8 版。
[8]　〈發刊詞〉,《語絲》1 期（1924 年 11 月 17 日）,第 1 版。本文未署明編者,對照鍾叔河編訂:《周作人散文全集》3 卷（桂林:廣西師範大學出版社,2009 年）,頁 510-511,可確定是他撰寫。

取思想與創作自主權的期盼。想要衝破昏濁的空氣，反抗「專斷」、「卑劣」，這些目標都表示他把文學生產當作社會文化的組成部分。編輯策略方面，周作人延續了《新青年》通信欄的規劃，刊登讀者來信，署名「編者」或以「開明案」回應，有時《語絲》成員也紛紛參與，作者與讀者的對話關係建立在平等基礎上。發刊詞中的「簡短的感想與批評」，在「我們的閒話」、「閒話集成」、「隨感錄」等專欄中[9]，呈現清晰的面目。周作人同時扮演主編與重要作者的角色，他個人負責的專欄是「茶話」、「酒後主語」、「苦雨齋尺牘」[10]，建構散文藝術風格與價值取向。現代傳播媒體是知識分子的存在方式，報刊凝聚了知識分子，也對知識分子的知識結構、思想觀念有本質性的影響。[11]北京時期的《語絲》在周作人主導下，開拓話語空間，發揮社會影響力。

　　日本是周作人心靈的故鄉，他一生中有多篇文章歌頌日本的文化、藝術、風俗與人情，揮灑諷刺與詼諧，透顯節制與妥協。20年代中期，他的日本書寫，卻流露強烈的批判性，主要發表於《語絲》，少數在《京報副刊》。本文將比對報刊史料[12]，考察文本，論述他如何由文化與政治兩個層面，表達獨特的日本觀。

9　「我們的閒話」由71期1926年3月22日開始、「閒話集成」由102期1926年10月23日開始，名稱刻意與《現代評論》的「閒話」系列互相對應。「隨感錄」由141期1927年7月23日開始。

10　「茶話」由48期1925年10月12日開始，共二十篇。「酒後主語」由91期1926年8月9日開始，共九篇。「苦雨齋尺牘」由101期1926年10月16日開始，共十一篇。本文列舉的篇章，為求行文簡潔，正文中只寫出篇名，專欄名稱及序號於註解中說明。若原本無篇名，僅有專欄名稱與序號時，則依照原文標示。

11　周海波：〈第五章　現代傳媒與知識分子群體〉，《現代傳媒視野中的中國現代文學》（北京：中華書局，2008年），頁189-200。

12　張鐵榮：〈周作人「語絲時期」之日本觀〉，《周作人平議》（天津：天津人民出版社，2006年），頁55-79。趙京華：〈周作人日本文化觀的別一面——以1920年代對大陸浪人和支那通的批判為例〉，《周氏兄弟與日本》（北京：人民文學出版社，2011年），頁236-259。兩位學者的研究有重要參考意義，筆者則試圖對照《順天時報》原文，查證周作人的觀點來源。

二、文化的「知日」

（一）文學翻譯

　　周作人在《語絲》發表日本文學譯作，透過翻譯的選擇，解讀引言與附記，可以探討他在 20 年代中期如何詮釋日本文學與文化。他對神話深感興趣，羨慕日本的學術進展，當代學者勇於探勘神話與史實間的罅隙、質疑萬世一系的系譜。〈漢譯《古事記》神代卷引言〉[13]介紹書中特別的文體如何借用漢字，音義並用。他說明翻譯的緣由，是中國人閱讀神話時往往尋找野蠻風俗之遺跡，批評現代文化。此時他帶著微小的希望，介紹日本古代神話，想讓研究民俗與宗教史的愛好者參考。周作人闡述日本由於「神國」之稱，國體和各國不同，《古事記》兼有學術與文藝的特質：

> 《古事記》神話之學術的價值是無可疑的，但我們拿來當文藝看，也是頗有趣味的東西。日本人本來是藝術的國民，他的制作上有好些印度、中國影響的痕跡，卻仍保有其獨特的精彩；或者缺少莊嚴雄渾的空想，但其優美輕巧的地方也非遠東的別民族所能及。他還有他自己的人情味，他的筆致都有一種潤澤，不是乾枯粗礪的，這使我最覺得有趣味。[14]

　　《古事記》被提高到「神典」的地位，書中內容也幾乎等同於史實，譯者雖無法代替日本人解釋文化，但能帶領讀者接受文本的美學。周作人喜愛閱讀日記類的文學作品，〈馬琴日記抄〉[15]評價知名的舊小說家馬琴

---

[13] 豈明：〈漢譯《古事記》　神代卷　引言〉，《語絲》65 期（1926 年 2 月 8 日），第 6-9 版。
　　豈明：〈漢譯《古事記》　神代卷 1〉，《語絲》67 期（1926 年 2 月 22 日），第 1-2 版。
　　豈明：〈漢譯《古事記》　神代卷 2〉，《語絲》69 期（1926 年 3 月 8 日），第 2-4 版。
　　豈明：〈漢譯《古事記》　神代卷 3〉，《語絲》71 期（1926 年 3 月 22 日），第 4-6 版。
[14] 豈明：〈漢譯《古事記》　神代卷〉，《語絲》65 期（1926 年 2 月 8 日），第 8 版。
[15] 豈明：〈茶話庚（十四）　馬琴日記抄〉，《語絲》79 期（1926 年 5 月 17 日），第 2-3 版。

（Bakin，1767-1848）從 1831 年之後十餘年間的日記，摘要翻譯少許段落。
日記的作者彷彿以道學家的面目與讀者相見，周作人回想自己原本不甚喜
愛馬琴的小說，文本蘊含的教訓主義彷彿足以代表當時流行的儒教思想，
還覺得滑稽本更能顯現日本國民豁達愉快的精神。他將馬琴和詩人一茶
（小林一茶，1763-1827）的日記作比較，一茶的日記富於人情味，更接近
現代人的思想。譯作延伸而出的散文，篇幅短小，透顯周作人對日本文學
的審美標準。譯作經過文化層面的篩選，他引導讀者接觸日本文學，欣賞
優美輕巧的風格，同時省思中國文學的發展脈絡。

　　在文體和語言的選擇上，〈「徒然草」抄〉[16]的翻譯引言與附記之中，
他介紹日本南北朝時代的文學風格，並綜述兼好法師（吉田兼好，
1283-1350）之人品。《徒然草》透顯禁慾家與快樂派的思想，略顯矛盾，
更近於真實的人情。兼好法師以趣味之眼觀察社會萬物，文本最有價值之
處就在於趣味性，文章體式雖模仿《枕草子》、多用《源氏物語》之詞，
雖擬古卻不扭捏，即使是教訓的文字也富於詩意。他不願用中國的古文去
翻譯日本的古文，於是在白話中夾進一點文言，尊重原文的古雅，觸發中
國讀者思考「文體」的意義。《徒然草》於擬古的體制中，保持個性化的
面貌，他認為中國現代文學假使能鎔鑄這些藝術技巧，當可用舊形式承載
新思想。〈豔歌選〉[17]是詮釋日本安永五年（1776）烏有子的《豔歌選》，
文本內容原是作者聽聞妓歌之後加以斷章別句寫成，湯朝竹山人
（1875-1944）將這些俗歌翻譯為漢詩，模仿絕句或子夜歌的形式，卻幾乎
失去原本的情調。周作人留意詩歌翻譯的困難之處，語言的轉換與雅俗之
間的美學選擇、形式與內容之間的取捨，如何兼顧兩種語言傳達的詩意，
都是對譯者的考驗。

　　周作人經由日本「狂言」的翻譯，結合時事、諷喻現實。〈立春〉[18]附
記簡介了狂言是日本古代小喜劇，用口語描畫社會上的乖謬與愚鈍，狂言
中的公侯粗俗、僧道墮落，有滑稽的純樸韻致。他評論文本中的節分源自
古代追儺的風俗，「鬼」的意象在中日民俗中有不同的寓意，希望讀者不

---

[16]　吉田兼好著，作人譯：〈「徒然草」抄〉，《語絲》22 期（1925 年 4 月 13 日），
　　　第 4-7 版。
[17]　豈明：〈茶話丁（十一）　豔歌選〉，《語絲》69 期（1926 年 3 月 8 日），第 6-7 版。
[18]　作人譯：〈日本狂言之一　立春〉，《語絲》12 期（1925 年 2 月 2 日），第 1-3 版。

要認真太過，以為狂言的情節蘊含破除迷信的象徵。〈花姑娘〉[19]附記說明狂言的文句雖不如演出重要，但其滑稽之輕妙與言詞之古樸富有深意，可惜翻譯仍會流失原本的部分韻致。〈工東噹〉篇末提到文中的瞎子受到嘲弄欺侮，他又以反諷語氣說：

> 我們「要知道」殘廢與弱敗照例是民眾嘲笑的對象，但不會藉此勸大家照辦，講道德的人們可以安心。[20]

「講道德的」影射《現代評論》成員例如陳西瀅（陳源，1896-1970）、徐志摩（1897-1931）等曾經留學英美的作家，《語絲》成員不認同他們有時以很高的道德標準，想用西方的自由、理性思想來改革中國。[21]三一八慘案後，他藉由翻譯鑒照自己的抑鬱心情，請原著「替他說話」。他在武者小路實篤（1885-1976）的〈嬰兒屠殺中的一小事件〉[22]譯後附記中說，現在只能將北京想像為伯利恆，文中透露政治焦慮，要借重外國的文本，激發中國自省的可能。

　　周作人 20 年代中期的日本文學翻譯，和現實政治與社會現象有密切關連，顯現他嘗試為自己的文化身分重新定位的念頭：如果不再有「廟堂」可以遠望，作為一個喜愛日本文化的知識分子，能夠扮演什麼樣的社會角色？他譯介日本文學作品，書寫由翻譯延伸而出的散文，釐定適合個人性情的文化身分，尋找安身立命的可能，以「知日」的眼光推動啟蒙，從事文明的批評。

---

[19] 作人譯：〈日本狂言之一　花姑娘〉，《語絲》16 期（1925 年 3 月 2 日），第 1-3 版。
[20] 豈明譯：〈日本狂言之一　工東噹〉，《語絲》83 期（1926 年 6 月 14 日），頁 1-6。
[21] 李京珮：〈《語絲》文人群的精神特徵與價值取向〉，《新竹教育大學人文社會學報》2 卷 1 期（2009 年 3 月），頁 93-125。《語絲》、《現代評論》主要成員曾經為了北京女子師範大學的學潮以及三一八慘案等重大事件展開論戰，兩派作家的文化立場與價值取向並不相同。
[22] 武者小路實篤著，周作人譯：〈嬰兒屠殺中的一小事件〉，《語絲》77 期（1926 年 5 月 3 日），第 1-4 版。

（二）文化反思

　　《語絲》創刊初期，關注江戶時期庶民文化的周作人，從探討日本人的人情之美，開始進行文化反思。〈日本的人情美〉[23]碰觸日本「情的層面」，體驗「心」的本真型態。周作人贊同內藤湖南（1866-1934）的論述，拋開大歷史大敘述的標準，讚許日本國民性的優點是「富於人情」。〈桃太郎的辯護〉[24]、〈桃太郎之神話〉[25]認為童話的性質本是文藝，即使情節裡的掠奪是野蠻的習慣，現今某些日本學者又曲解童話、宣揚帝國主義，也不能就此認定「侵略」是日本的國民性。〈日本的海賊〉[26]、〈文明國的文字獄〉[27]主題皆圍繞海賊江連力一郎（1887-？）等三十三人奪取大輝丸，殺害多名中、俄、朝鮮乘客的事件開展。江連自稱國士，東京地方審判廳僅將他判處十二年徒刑，民眾甚至在聽審之時歡呼。周作人諷刺日本輕判了江連，因為殺害的是無足輕重的中國人！此外，井上哲次郎（1856-1944）教授因為在著作中談到日本的三件建國之寶可能有一種已經燒失、僅存模造品，引發公憤，學者恐怕遭到撤職。周作人認為日本在學術思想方面設下文字獄、以武士道名義縱容殺害外國人的兇手，揭露了日本自以為是文明先進國家的自負心態。

　　日本與中國的文化互動，周作人在〈親日派一〉[28]、〈親日派二〉[29]、〈清浦子爵之特殊理解〉[30]等文，提出希望能破除中國人「天朝」的虛驕之氣，不要以為日本一切的文化都傳承自中國。日本貴族清浦奎吾（1850-1942）訪華，《順天時報》多次宣傳，〈軍警當局飭令保護清浦子

---

[23] 開明：〈日本的人情美〉，《語絲》11 期（1925 年 1 月 26 日），第 6-7 版。

[24] 王母：〈桃太郎的辯護〉，《京報副刊》第 1-2 版，1925 年 1 月 29 日。

[25] 王母：〈桃太郎之神話〉，《京報副刊》第 1 版，1925 年 2 月 8 日。

[26] 開明：〈日本的海賊〉，《語絲》18 期（1925 年 3 月 16 日），第 1-2 版。

[27] 豈明：〈文明國的文字獄〉，《世界日報副刊》，1926 年 11 月 19 日，收於鍾叔河編訂：《周作人散文全集》4 卷，頁 816-819。

[28] 豈明：〈酒後主語（三）　親日派一〉，《語絲》93 期（1926 年 8 月 23 日），頁 2-3。

[29] 豈明：〈酒後主語（四）　親日派二〉，《語絲》93 期（1926 年 8 月 23 日），頁 3-4。

[30] 豈明：〈苦雨齋尺牘（五）　清浦子爵之特殊理解〉，《語絲》102 期（1926 年 10 月 23 日），頁 8-10。

爵〉[31]、〈清浦子爵昨在東方文化總會之高談〉[32]，引述子爵期待兩國親善的演說。周作人談到新聞中的子爵自稱受到儒教薰陶，十分熟悉中國的倫理觀念及道德思想。他闡述日本媒體戴上儒教的眼鏡，來看待當前的中國。中國有太多卑鄙紳士與迷信愚民，讓軍閥和名流以儒教為名肆行殘暴，高呼雪恥的「愛國家」專門在細節上作文章，無能提振中國人的精神。他比較兩國經歷時代劇變時，面臨不同的思想革命，但改革時期的氣氛相近，都應吸收世界的新文明，切勿讓儒教「從中作怪」。周作人檢討中國沒有真正的親日派，因為尚未有中國人知曉日本國民真正的光榮，必須如同小泉八雲（Lafcadio Hearn, 1850-1904）出版著作，才能算是親日派。這些譬喻，看似勸告日本人不要被假裝親日的中國人所蒙蔽，實則暗諷中國某些不肖分子被日本利用，間接協助侵略中國。

　　周作人曾經透過日本作家的論著，鑒照中國的民族性與文化性格。〈淨觀〉[33]引述廢姓外骨（宮武外骨，1866-1955）曾於《穢褻與科學》中說自己的性情是對時代的反動、對專制政治的反動。歐洲「得罪名教」的藝術家們給予周作人一些行動上的啟發，使他察覺現在中國的假道學空氣太濃厚，應從藝術、科學、道德提倡「淨觀」，推翻假道學的教育。他對廢姓外骨關於浮世繪、川柳、賭博、私刑等領域的研究，抱持肯定態度，佩服作者對「猥褻事物」的興趣，勇於反抗禮教。〈我們的閒話（二四）〉[34]引述安岡秀夫《從小說上看出的支那民族性》以元、明、清小說如《金瓶梅》、《聊齋誌異》等書為例，列舉中國人放蕩淫逸的生活習性，痛加嘲罵。周作人承認古代的中國人確實有許多惡習，「支那通」卻四處張揚這些民族劣根性，來提高日本的文化地位。「支那通」原指通曉中國情況的日本人，有不少人甚至參與過辛亥革命；周作人筆下的「支那通」並非真正了解中國，僅以刻板印象描述中國的現狀。[35]他感慨現今不少愚昧的中國人竟然

---

[31] 周作人發文前不久的新聞，或可印證他的部分觀點：
〈軍警當局飭令保護清浦子爵〉，《順天時報》第 7 版，1926 年 5 月 14 日。
[32] 〈清浦子爵昨在東方文化總會之高談〉，《順天時報》第 7 版，1926 年 9 月 14 日。
[33] 子榮：〈淨觀〉，《語絲》15 期（1925 年 2 月 23 日），第 6-7 版。
[34] 豈：〈我們的閒話（二四）〉，《語絲》88 期（1926 年 7 月 6 日），頁 10-11。收入《談虎集》時篇名為〈支那民族性〉。
[35] 竹內好：〈周作人から核実験まで〉，《新編現代中國論》（東京：筑摩書房，1974年），頁 281-286。

相信，用作者所謂東方的文化禮教，足以稱霸天下。他勸告「支那通」嚴正誠實地勸告或責難中國，勿使這種輕薄卑劣的態度，成為日本的民族性之一。〈支那通之不通〉[36]延續討論「支那通」在《北京週報》描述的「支那式衛生法」，說支那人到處便溺、衣服污糟。周作人認為「支那通」見了某地區或某個人的行為，便任意擴大詮釋全支那皆是如此，例如清水安三（1891-1988）[37]的《三民主義之研究及批評》也對支那國民性妄下論斷。他呼籲「支那通」和日本媒體，不應大聲疾呼關心道德禮教，處處貶抑中國的社會發展，表現無知與惡意。支那通和浪人圍繞著《順天時報》、《北京週報》，扶植腐敗的中國軍閥，散布造謠中傷的言論。周作人痛斥他們維護保守勢力、破壞革新，現實的外交政治危機更使他感受到中日之間文化交流的重要性。[38]〈逆輸入〉[39]談到最近有日本相法大師造訪北京，為政治人物看相。他說明自己對日本文化的喜愛，期許日本人切勿學習中國古代的野蠻與迷信，應致力於保存日本獨特的優美文化。江湖術士的伎倆，固然是中國古代文化的一環，倘若當今的日本接收了這樣的技藝，也無須來「報恩」。

論者胡令遠綜觀此一階段的周作人從民族文化的發展中，思考日本的民族精神與值得中國人效法之處，進一步求得日本對華文化行動的解釋。[40]〈日本與中國〉先區隔現實中的外交問題，想像一個文化的共同體：

> 中國人原有一種自大心，很不適宜於研究外國的文化，少數的人能夠把它抑制住，略為平心靜氣的觀察，但是到了自尊心受了傷的時候，也就不能再冷靜了。自大固然不好，自尊卻是對的，別人也應當諒解它，但是日本對於中國這一點便不很經意。我並不以為別國侮辱我，我便不以研究它的文化以為報，我覺得在人情上講來，一

36　起明：〈支那通之不通〉，《語絲》143 期（1927 年 8 月 6 日），頁 1-3。

37　竹內好、橋川文三編：〈北京週報と順天時報〉，《近代日本と中國》上冊（東京：朝日新聞社，1974 年），頁 347。清水安三是日本組合教會第一次派到北京的牧師，常參與貧民兒童的崇貞女學校的活動，也撰寫文章投稿。

38　趙京華：〈周作人日本文化觀的形成〉，《周氏兄弟與日本》，頁 213-215。

39　山叔：〈閒話拾遺（三三）　逆輸入〉，《語絲》132 期（1927 年 5 月 21 日），頁 12-13。

40　胡令遠：〈周作人之日本文化觀──兼論與魯迅之異同〉，《日本學刊》1994 年 6 期（1994 年 11 月），頁 109-126。

國民的侮蔑態度於別國人理解他的文化上面總是一個極大障害，雖
然超絕感情，純粹為研究而研究的人，或者也不是絕無。[41]

　　他主張中國人有必要研究日本，不能以為日本在古代曾模仿中國、現
在又模仿西方，因此就輕視日本。〈閒話拾遺（四七）　文學談〉[42]，提
到從日文報上看到一篇關於「無產階級文學家的作品」的評論，文中的婦
女戀愛觀等都還是舊式的頹廢思想。周作人由此反思，日本有些自稱無產
階級的文學家，也差不多是以貧賤驕人的舊式名士，資產階級和無產階級
有很多價值觀相去不遠，例如對婦女的壓迫，只是由不同的方式表現出來
罷了。周作人此一階段著眼於人類文化，批評了民族自卑與自大的心理。[43]
他期盼中日雙方能破除成見，在文化層面互相熟悉，方能消除日本對中國
的侮蔑與輕慢。他反省「中國中心」思想，期許進行譯介與研究者，更應
避免復古或自大，讓中國人有機會接觸日本的精神文明。

　　20 年代中期，周作人並未積極參與政治工作，透過日本文學翻譯與相
關的創作，自由地投入了社會的改造，探索知識分子的道路與命運，展現
對文學的藝術價值與社會功能的互補觀點，以「知日」的態度，促進中國
的進步。

三、政治的「排日」

（一）清室問題

　　周作人 20 年代中期關注北京的日本媒體如何傳播對中國的政治策
略，其中以《順天時報》為最重要的觀察對象。《順天時報》是北京的日
本漢文報紙，創立於 1901 年，1930 年停刊。對照《順天時報》原文與周
作人的文本，可以探討他對日本的政治立場。

---

[41] 周作人：〈日本與中國〉，《京報副刊》國慶特號第 3 張第 17-18 版，1925 年 10
月 10 日。

[42] 豈明：〈閒話拾遺（四七）　文學談〉，《語絲》138 期（1927 年 7 月 2 日），頁
17-18。

[43] 王美春：〈第四章　「日本的什麼東西我都喜歡」〉，《從「先驅」到「附逆」──
周作人思想、文化心態衍變研究》（成都：四川大學出版社，2010 年），頁 88。

　　他從《順天時報》的新聞批評軍閥如何對待溥儀（1906-1967），綜論日本如何介入清室問題。《順天時報》1924 年 11 月初的社論〈戰亂收拾與外報〉[44]、〈政治清明與國民自覺〉[45]說當前的中國無法藉武力統一，嘲諷馮玉祥（1882-1948）軍隊回京之後，彷彿讓北京的局面從此歌舞升平，軍閥之間有複雜的利害關係，不可能依靠一二武人就達成政治清明的目標。皇帝出宮後，〈三百年清運昨日告終：國民軍實演逼宮劇〉[46]及〈清帝遷出皇宮之理由〉[47]，稱呼馮玉祥和手下的成員「上演逼宮奪印怪劇」，描述他們想奪取共和政體時代早已成為廢物的玉璽，可能別有居心。又如〈耐人尋味之逼宮事件〉[48]、〈對於宣統被逼之評論〉[49]繪聲繪影引用「某參列逼宮劇之角色」的說法，彰顯國民軍逼迫皇帝的手段惡劣，〈民國元老對逼宮之態度〉[50]引述段祺瑞（1865-1936）電報，指馮玉祥無法取信於天下，對於民國政府的信用有所損害。周作人在《語絲》創刊號發表〈清朝的玉璽〉[51]，比較北京民眾的看法以及日本媒體對軍閥驅除皇帝、索討玉璽的各自表述。民眾仍然迷信玉璽，相信皇室必須存在；日本媒體將民眾比喻為迷信玉璽的奴隸，或者可以被影射或利用的昏蟲，使中國受到損害[52]。幾週後，〈致溥儀君書〉[53]文末提及皇帝出奔日本使館一事，據說溥

---

[44] 周作人發文前不久的新聞，或可印證他的部分觀點：
〈社論：戰亂收拾與外報〉，《順天時報》第 2 版，1924 年 11 月 2 日。

[45] 〈漫言：政治清明與國民自覺〉，《順天時報》第 2 版，1924 年 11 月 3 日。

[46] 〈三百年清運昨日告終　國民軍實演逼宮劇：挾宣統出皇宮／提出五箇條件〉，《順天時報》第 7 版，1924 年 11 月 6 日。

[47] 〈清帝遷出皇宮之理由：李石曾氏談話〉，《順天時報》第 7 版，1924 年 11 月 6 日。

[48] 〈耐人尋味之逼宮事件：威風凜凜之國民軍〉，《順天時報》第 7 版，1924 年 11 月 7 日。

[49] 〈對於宣統被逼之評論：內容與外間所傳佈者迥異／清遜帝儼同監禁失其自由〉，《順天時報》第 7 版，1924 年 11 月 7 日。

[50] 〈民國元老對逼宮之態度：段芝泉連電嚴責／王聘卿同一憤恚〉，《順天時報》第 7 版，1924 年 11 月 8 日。

[51] 開明：〈清朝的玉璽〉，《語絲》1 期（1924 年 11 月 17 日），第 6 版。

[52] 張菊香、張鐵榮編：〈1924 年 11 月〉，《周作人年譜》（天津：天津人民出版社，1999 年），頁 269-270。他在 11 月 9 日、11 月 13 日致信胡適（1891-1962），說自己本想發表罵《順天時報》的文章，因為該報說民主不適於中國，是傳遞復辟的思想。周作人：〈與胡適書二通〉，收於鍾叔河編訂：《周作人散文全集》3 卷，頁 73-75。編者註記出自《胡適來往書信選》。

[53] 周作人：〈致溥儀君書〉，《語絲》4 期（1924 年 12 月 8 日），第 4-5 版。

儀在日本使館內可能還帶領一班遺臣，這對民國恐怕沒有好處。他虛擬寫信給「當過皇帝的人」，要喚醒人民，作皇帝並非如同成仙，如果中國人連這點都不能覺悟，那簡直無異於那些不熟悉中國文化的日本人、英國人，更說不上是已經澈底接受共和或者平等的觀念了。如果皇帝可能「復辟」，那必然也是在奴隸心態、遙想皇權者的擁護下才會實現。民眾的奴隸心態如不改變，永遠以遺民自居，只會受到日方假造輿論公意的誤導。

周作人同時在《語絲》和《京報副刊》連續發表批判，《京報副刊》由《語絲》的成員孫伏園主編[54]，這是除了《語絲》之外的另一個話語陣地，發言更具有即時性的效果。〈李佳白之不解〉評論《順天時報》引述「美國進士」李佳白（Gilbert Reid, 1857-1927）反對修改清室優待條件，但是卻刻意不提復辟：

> 順天時報是外國的機關報，他的對於中國的好意與了解的程度是可想而知的，……我們只要看這些外國機關報的論調，他們所幸所樂的事大約在中國是災是禍，他們所反對的大抵是於中國是有利有益的事。[55]

他認為外國人不能真正通曉中國事務，更遑論熟知民心。〈三博士之老實〉[56]提到京都帝國大學有三位教授聲稱打算接洽向中國當局，提議停止顛覆王道根基的亂暴行為，恢復清室。[57]周作人詮釋中日兩國對政治上的「革命」、「叛變」認知不同，是否保留「王道根基」該由中國人自己作選擇，不能由武力或政治利益來決定，博士們無須鍥而不捨，費力將自己民族的政治觀點加諸於中國。〈外國人與民心〉則說：

---

[54] 高豔紅：〈第一章　孫伏園和他主持過的重要副刊〉，《孫伏園的副刊編輯思想研究》（蘇州：蘇州大學碩士論文，2008 年），頁 6。1924 年 12 月，孫伏園在魯迅的支持下，接受邵飄萍（1886-1926）邀請，主持《京報副刊》，1926 年 4 月被軍閥查封。

[55] 開明：〈李佳白之不解〉，《語絲》4 期（1924 年 12 月 8 日），第 6 版。

[56] 開明：〈三博士之老實〉，《語絲》4 期，1924 年 12 月 8 日，第 5-6 版。

[57] 日本的天皇和中國的皇帝不同，天皇世代相傳，中國的皇帝則隨著改朝換代而改變，所以文中的日本學者難以認同中國人竟然「廢棄帝號」。

我對於外國的某一類文化還是很有趣味很想研究的，但我覺得這兩
不相妨：賞鑒研究某一國的某種文化同時反對其荒謬的言論與行
為。[58]

他勾勒出某些受過教育的中國人像順民一樣感到不安，精神上籠罩封
建陰影。〈介紹日本人的怪論〉[59]、〈日本人的怪論書後〉[60]、〈再介紹日
本人的謬論〉[61]主題相近，日本東洋文化協會機關報《東洋文化》轉載上
海春申社發行的日文報《上海》的文章，曰中國的民心未改，猶有思清之
情，清帝絕無應當退位之罪，宣稱廢號遷宮是民國滅亡的預兆。周作人將
其翻譯發表，也摘要翻譯西本白川（西本省三，1877-1928）的〈窮途之支
那與宣統帝〉，精闢地評論日本人不應公然煽動復辟思想。他呼籲在上海
的日本總領事應取締或禁止在別人的國土上宣揚這樣的狂妄論調，因為侮
辱的結果就是自侮。他喜愛日本的文化，同時抗拒日本的政治干涉，仍舊
對中國的未來有所期待。

溥儀離開宮室後，王國維（1877-1927）投湖自盡，《順天時報》的報
導是〈繼屈平投江之王國維投昆明湖自殺：為勝國遜帝抱悲觀無愧於忠／
赴頤和園以死了傷心千古〉[62]，讚譽王的忠誠之念極篤，憂慮皇帝安危，
不堪煩悶而尋短。周作人〈偶感之二〉[63]談王國維之死，如果只因王有辮
子，《順天時報》就引為「保皇黨」同志，突顯出日本如何藉媒體表彰遺
老。他釐清王國維的學術性格，遺老身分造成學者的理想衝突與精神苦
悶，走上絕路僅是個人的文化選擇。〈帝制的追求　編者按語〉[64]、〈再
醮問題　編者按語〉[65]延伸解釋〈三博士之老實〉，《順天時報》由於對

---

[58] 開明：〈外國人與民心〉，《京報副刊》第 6 版，1924 年 12 月 9 日。

[59] 開明：〈介紹日本人的怪論〉，《京報副刊》第 6-7 版，1925 年 1 月 6 日。

[60] 開明：〈介紹日本人的怪論書後〉，《京報副刊》第 6-7 版，1925 年 1 月 13 日。

[61] 凱明：〈再介紹日本人的謬論〉，《京報副刊》第 6 版，1925 年 5 月 5 日。

[62] 周作人發文前不久的新聞，或可印證他的部分觀點：
〈繼屈平投江之王國維投昆明湖自殺：為勝國遜帝抱悲觀無愧于忠／赴頤和園以死
了傷心千古〉，《順天時報》第 7 版，1927 年 6 月 4 日。

[63] 豈明：〈閒話拾遺（四十）　偶感之二〉，《語絲》135 期，1927 年 6 月 11 日，
頁 10-11。

[64] 豈明：〈帝制的追求　編者按語〉，《語絲》138 期，1927 年 7 月 2 日，頁 19-20。

[65] 右拉：〈隨感錄（六四）　再醮問題　編者按語〉，《語絲》153 期，1927 年 10

馮玉祥及其軍隊有私怨，屢次形容「逼宮」，是一種「春秋筆法」，引發
糊塗的日本人如北京的日本記者、京都博士們的激憤，怪罪於國民軍，力
謀復辟。他用「右拉」[66]、「豈明」筆名唱雙簧戲，要揭露《順天時報》
的「義舉」，民眾應該繼續反對這擾亂中國的媒體，政府如果不取締就等
同於媚外。

　　清室的文物與珍寶處理問題，《順天時報》的〈清室寶物公私產之分
界及其保管方法〉[67]、〈教育界主張公開清室文物〉[68]指馮玉祥並未與其他
軍閥協商，珍寶應由政府和清室共同管理，否則恐怕引發紛爭，教育界提
議定期召開會議，研擬保存展覽方法。周作人〈謹論清宮寶物〉[69]指出清
朝宮室被改為故宮博物院，遺老們看似忠心擁護皇帝，卻忽視文物獨特
性，顯現短視近利、貪圖錢財的虛偽嘴臉。他撻伐報社「仗義執言」，是
站在日方的立場，利用馮玉祥及其幕僚可能覬覦文物一事，挑撥軍閥之間
的猜忌。中國的孱弱和軍閥內鬥，導致日本媒體有插手議論的空間。他不
滿《順天時報》鼓吹不利於中國的訊息，清室問題的偏頗報導，證實了這
精神的侵略。

（二）社會現象

　　《順天時報》對中國各地社會現象的報導，時常出現攻擊的宣傳。例
如〈京郊各地方一片祈雨聲：有赴邯鄲請鐵牌說〉[70]、〈陳興亞昨在先農

月 15 日，頁 18-19。
[66] 《語絲》102 期「閒話集成」專欄首篇序言，周作人開始自稱「語絲社閒話部主任
右拉」，諷刺自比為左拉（Émile Zola，1840-1902）、在《現代評論》負責「閒話」
的陳西瀅。
[67] 周作人發文前不久的新聞，或可印證他的部分觀點：
〈社論：清室寶物公私產之分界及其保管方法〉，《順天時報》第 2 版，1924 年 11
月 11 日。
[68] 〈教育界主張公開清室古物：八校聯席會議議決絕對公開保存〉，《順天時報》第
7 版，1924 年 11 月 21 日。
[69] 安山叔：〈閒話集成（二）　謹論清宮寶物〉，《語絲》102 期（1926 年 10 月 23
日），頁 17-18。
[70] 周作人發文前不久的新聞，或可印證他的部分觀點：
〈京郊各地方一片祈雨聲：有赴邯鄲請鐵牌說〉，《順天時報》第 7 版，1927 年 5
月 25 日。

壇祈雨〉[71]、〈京畿前昨得喜雨四寸餘：乞雨者昨具謝降雨表〉[72]，記錄京兆尹李垣（1879-？）、警察總監等帶頭祈雨，庶民方外僧道人紛紛仿效，乃「光怪陸離之事」。周作人〈求雨〉[73]抨擊迷信行為，反思宗教的形式是社會時代的產物，中華民國人民將鬼神視為皇帝的老子或者伯叔兄弟，還嚴謹遵守主奴關係的宗教觀，才會跪拜叩謝。《順天時報》刊登官紳率領民眾長跪求雨的照片，在他看來是凸顯封建思想：顯然中華民國人民追慕帝制，復辟已經絕望，只能轉向現世以外追求滿足。

　　關於禮教問題，《順天時報》報導武漢〈打破羞恥：武漢街市婦人裸體之遊行〉[74]，曰第一次有兩人上街遊行，第二次增加到八人，高聲叫著打破羞恥的口號，僅肩部掛薄紗籠罩全身，不異於百鬼晝行。此外亦曾登載「炫奇留影之嬉遊婦女」照片，或者京師警察廳嚴禁婦女異裝，聲稱一般婦女服裝侈言歐化，有類服妖，即使是妓女服裝亦不可「故為妖冶，有傷風化」，皆應從嚴處置。[75]周作人強烈反駁：

> 《順天時報》是日本帝國主義的機關報，以尊皇衛道之精神來訓導
> 我國人為職志……[76]

　　即使真有此事，來自文明國家的日本記者們，何以如此驚慌？女性對自己的身體有自主的管理權，倘若還以男性設立的單一美學尺碼來控制女性，無疑是野蠻習俗的遺留。周作人晚年回想此時廣東政府國共合作成功、北洋派政府即將坍台，《順天時報》趁機造謠。[77]查考《順天時報》，

---

[71] 〈陳興亞昨在先農壇祈雨〉，《順天時報》第 7 版，1927 年 5 月 27 日。

[72] 〈京畿前昨得喜雨四寸餘：乞雨者昨具謝降雨表〉，《順天時報》第 7 版，1927 年 5 月 28 日。

[73] 豈明：〈閒話拾遺（四一）　求雨〉，《語絲》135 期（1927 年 6 月 1 日），頁 11-12。

[74] 〈打破羞恥　武漢街市婦人裸體之游行：第一次只二名第二次八名／游行時高叫打破羞恥口號〉，《順天時報》第 7 版，1927 年 4 月 12 日。

[75] 周作人發文前不久的新聞，或可印證他的部分觀點：
　　〈警廳嚴禁婦女異裝：服之不衷身之災也〉，《順天時報》第 7 版，1927 年 4 月 12 日。
　　〈中央公園及各娛樂場：炫奇留影之嬉遊婦女〉，《順天時報》第 7 版，1927 年 5 月 14 日。

[76] 豈明：〈閒話拾遺（二四）　裸體遊行考訂〉，《語絲》128 期（1927 年 4 月 30 日），頁 13-16。

[77] 周作人：〈《順天時報》續〉，收於鍾叔河編訂：《周作人散文全集》13 卷，頁

〈打破羞恥裸體：遊行敢是謊〉[78]說武漢國民政府內某重要女士囑該報代表發言，否認有污衊中華民族的謠言。〈漢口又傳來婦女解放運動新消息：裸體遊行是謊言＝裸體講演實有／中山式服裝滿街＝澡堂不分男女〉[79]敘述漢口婦女到澡堂要求伙計擦背，伙計去電政治部職員，獲得允許，才敢擦背。周作人〈擦背與貞操〉、〈關於擦背〉延續話題，指出《順天時報》承認捏造裸體遊行新聞，卻改說女子在澡堂擦背，是擁護舊禮教、中傷新勢力：

> 《順天時報》真可以說是世上絕無僅有的國際黃色新聞，由日本人在中國用中國文發行，專以侮辱中國、奴化中國人為事的，其荒謬狂妄直是言語道斷，而京兆人爭先讀之，實不可思議也。[80]

他質疑該報無中生有，奉勸日本記者先省察本國的文化及事實[81]，否則就是昏憒和卑劣。他主張「在中國絕不能由外國人來辦漢字新聞」[82]，關注媒體對社會的影響力，強調人民發言權的主體性。

至於女性的服裝儀容問題，《順天時報》也將其視為中國社會亂象。〈西歐各國取締婦女異裝〉[83]說希臘、美國、西班牙皆規定婦女不可穿短裙化濃妝，以免影響他人，妨害風化，違反者將受拘捕處罰，父或夫亦需負責。周作人〈寧波通信　編者按〉[84]、〈希臘的維持風化〉[85]說裸體遊行

632。作於 1962 年 1 月 5 日，收入《知堂回想錄》。

[78] 周作人發文前不久的新聞，或可印證他的部分觀點：
〈打破羞恥裸體：遊行敢是謊〉，《順天時報》第 7 版，1927 年 5 月 9 日。

[79] 〈漢口又傳來婦女解放運動新消息：裸體遊行是謊言＝裸體講演實有／中山式服裝滿街＝澡堂不分男女〉，《順天時報》第 7 版，1927 年 5 月 14 日。

[80] 豈明：〈閒話拾遺（三六）　擦背與貞操〉，《語絲》133 期（1927 年 5 月 28 日），頁 17。

[81] 日本江戶時代，錢湯就有為男女顧客擦背、整理頭髮、幫忙倒水等工作的服務員，男性稱為「三助」，女性稱為「湯女」、「垢擦女」。周作人認為日本記者大驚小怪，所以提出反擊。

[82] 豈明：〈閒話拾遺（五十）　關於擦背〉，《語絲》139 期（1927 年 7 月 9 日），頁 19-20。

[83] 〈西歐各國取締婦女異裝：禁止妖豔整飭風化〉，《順天時報》第 7 版，1927 年 10 月 12 日。

[84] 編者：〈寧波通信　編者按〉，《語絲》152 期（1927 年 10 月 8 日），頁 19-20。

[85] 周作人：〈希臘的維持風化〉，收於鍾叔河編訂：《周作人散文全集》5 卷，頁 161-162。本文作於 1927 年 10 月，收入《談虎集》。文中說的 10 月 13 日《順天時報》，實

和澡堂擦背早就被日本的漢文報起勁地宣傳,他指出日本風俗對裸體的接受程度遠高於中國,報導卻連結舊思想與貞操觀,專以侮辱中國人。〈山東之破壞孔孟廟〉也抱持類似觀點:

> 日本人專替中國來擁護禮教,維持道德,特別著眼於聖賢和男女之道,加以惡辣的指導或攻擊,這是我們中國人所應感謝的。[86]

他反諷帝國主義的日本對待中國最不講道德,造謠「赤化」亦無所不用其極,兩國的國體不同,日本不能以自己國家的標準來涉入中國的問題。〈好女教育家〉[87]、〈髮之一考察〉[88]記載《順天時報》讚許某女校的主任禁止剪髮的學生報考該校,此乃深明大義之舉。這兩篇應是針對〈女附中拒絕剪髮女生入校〉[89]、〈世界進化中男女剪髮不剪髮問題〉[90]。報導說中國政府或學校當局對服裝和頭髮的管制是「以挽敝俗」、嚴厲整頓學風,日本警察也將剪髮女子視為墮落、將剪髮男子視為赤化,尤其女子剪髮正與裸體同樣屬於違禁。周作人點出問題:當女性教育家(女附中主任歐陽曉瀾)臣服於男性建立的美學標準而獲得讚揚時,眾多的中國讀者是否將依照日本的視角,詮釋中國的問題?被壓迫者接受長期的控制之後,唯一改變的方法就是變得比壓迫者更像壓迫者。倘若日本不允許女子剪髮,暴露了社會仍有蠻性的遺留,刻意報導更證實了對中國的惡意,用封建的道德觀撐起禮教的保護傘,干涉內政。他在此一階段在《語絲》發表過多篇關於女性議題的散文[91],支持女性剪髮、受教育、解放纏足等,將其視為擺脫野蠻、邁向文明的表徵。他力主抵禦男性對女性的壓迫,亦反

應是 10 月 12 日的〈西歐各國取締婦女異裝:禁止妖艷整飭風化〉。
[86] 豈明:〈隨感錄(一七〇) 山東之破壞孔孟廟〉,《語絲》4 卷 33 期(1928 年 8 月 13 日),頁 39-42。
[87] 山叔:〈隨感錄(十九) 好女教育家〉,《語絲》145 期(1927 年 8 月 20 日),頁 15-16。
[88] 豈明:〈隨感錄(八八) 髮之一考察〉,《語絲》4 卷 6 期(1928 年 1 月 21 日),頁 37-41。
[89] 周作人發文前不久的新聞,或可印證他的部分觀點:
〈女附中拒絕剪髮女生入校〉,《順天時報》第 7 版,1927 年 8 月 7 日。
[90] 〈世界進化中男女剪髮不剪髮問題:長髮男兒剪髮女子同遭不幸/男必其短女必其長習俗莫名〉,《順天時報》第 7 版,1927 年 12 月 16 日。
[91] 例如〈上下身〉(12 期)、〈拜髮狂〉(105 期)、〈髮之魔力〉(105 期)、〈穿裙與不穿裙〉(142 期)等。

對日本在精神上對中國的歧視。他議論時局的多篇散文，要警醒中國人，如果失去文化主體性，才是最令人感到絕望的事。

（三）中日關係

周作人評論中日關係，會由北京的日本媒體例如《順天時報》、《北京週報》[92]、《改造》等，分析傳播的策略及其影響。〈是真呆還是假癡〉[93]、〈支那通之不通〉[94]提及《北京週報》。他反擊「支那通」給文化界、政治界人士冠上莫名的頭銜，誤導大眾。中華與日本的民族性格不同，無須費心居中擾亂；日本記者和支那通與其熱中於保護中國禮教、觀察中國人是否擁護孔學，不如多研究些日本的風俗。他回想自己曾拒絕《改造》總編輯的邀稿[95]，在日本內地的人除了極少數之外，大多數想看中國文章的人，都帶著看猴戲一般的好奇心態。支那通、浪人用粗暴的分類行為，想讓中國在精神上成為日本的殖民地。至於《順天時報》被段祺瑞政府的教育總長章士釗（1881-1973）所利用，從社論就能知道日人決不能清楚知悉當前的中國。周作人的說法，應是指《順天時報》在 1925 年北京女子師範大學校內學潮之後，對學生運動的報導，曰北京多校學生響應女師大的學潮，學生認為聚集遊行抗議遭警察阻止，是章士釗指使，而致有包圍扭打章的「凶劇」，二三百名學生闖入章的宅邸，搗毀家具與書籍字畫。章的照片在報上的標題是「鎮靜如恆之章教長」[96]，記者在社論中還呼告學生不應被人利用，作政治的活動。周作人剖析兩國的關係原不平

---

[92] 竹內好、橋川文三編：〈北京週報と順天時報〉，《近代日本と中國》上冊，頁 346。1923 年 1 月 1 日《北京週報》登載了胡適、高一涵（1884-1968）、魯迅等十位中國作家的文章，同年也介紹了盧隱（黃淑儀，1898-1934）、廢名（馮文炳，1901-1967）的小說。報社記者丸山昏迷、藤原謙兄曾訪問周作人，發表〈支那の思想界〉，也曾採訪周作人、李大釗（1889-1927）關於反宗教同盟的意見。

[93] 豈明：〈是真呆還是假癡〉，《京報副刊》第 1-2 版，1926 年 3 月 3 日。

[94] 起明：〈支那通之不通〉，《語絲》143 期，1927 年 8 月 6 日，頁 1-3。

[95] 豈：〈我們的閒話（十五）〉，《語絲》83 期，1926 年 6 月 14 日，頁 16。

[96] 周作人發文前不久的新聞，或可印證他的部分觀點：
〈學生團毆傷章教長之駭聞〉，《順天時報》第 7 版，1925 年 5 月 8 日。
〈五七風潮之繼續報告：風潮主動者之背影／昨日學生祕密開會〉，《順天時報》第 7 版，1925 年 5 月 9 日。
〈學生宜利用暑假組織全國社會觀察團〉，《順天時報》第 2 版，1925 年 5 月 25 日。

等，日本以帝國主義對待中國，卻有許多中國政治人物或軍閥利用日本媒體，壯大自己的聲勢牟取利益。

〈讀《改造》〉[97]、〈致陳望道先生書〉[98]兩文主題都圍繞《改造》的「現代支那號」開展。周作人譏諷日本刊物為了維持禮教，審查中國作家稿件不遺餘力，用政治的力量遮蔽文學的真實。他以反語評述《改造》站在與中國實質利益的對立面，以取信中國讀者。陳望道（1891-1977）暗指周作人娶日本女子為妻，有親日嫌疑。周作人則質疑陳望道在《改造》發表文章，倘若用國家主義者的眼光「索隱」別人的私事，恐怕不能容許別人批評該刊的文化立場偏頗。〈我們的閒話（二八）〉[99]引述《讀賣新聞》刊登《改造》社長的發言，聲稱「現代支那號」只是想教「碰了壁的支那雜誌界一點編輯的方法……不然真的日支親善是不會出來的呀」。日本媒體號稱發行刊物是為了達成兩國親善，在北京文化界掀起的風潮，竟是讓作家經由媒體互相指涉與懷疑對方是否「親日」，可見兩國關係日趨緊張。〈感謝〉[100]記載得自日本通信社的消息，日本義勇隊兩百名參與中國內戰，被俘後現押解至南京。日本媒體會片面解讀或者發佈各種關於兩國關係的訊息，周作人疑心許多新聞是子虛烏有，何以中國內戰需要外國義勇隊來支援？他無法相信日本人對中國的內政運作或外交處境能夠「好意」的參與，標題「感謝」實為反諷。

周作人 1925 年底談到浪人、支那通高唱日支共存共榮、中日親善的口號[101]，他書寫兩國關係時，經常提到「排日」。他判斷日本新聞記者藉著報導，妨礙有利於中國的事、擁護有害於中國的人，吹捧張作霖與辜鴻銘（1857-1928），詆罵馮玉祥與郭松齡（1883-1925）等[102]。他的日本論

---

[97] 豈明：〈酒後主語（二）　讀《改造》〉，《語絲》92 期（1926 年 8 月 16 日），頁 13-14。

[98] 周作人：〈致陳望道先生書〉，《語絲》90 期（1926 年 8 月 20 日），頁 14。

[99] 豈：〈我們的閒話（二八）〉，《語絲》89 期（1926 年 7 月 26 日），頁 14。

[100] 杞民：〈隨感錄（四）　感謝〉，《語絲》141 期（1927 年 7 月 23 日），頁 19-20。

[101] 作人：〈神戶通信　附記〉，《語絲》58 期（1925 年 12 月 28 日），第 1-2 版。這是回覆張定璜（1895-1986）1925 年 11 月 30 日寄自神戶的信。

[102] 《順天時報》對人物的評價，或可印證他的部分觀點：
〈社論：東遊中之辜鴻銘翁〉，《順天時報》，第 2 版，1924 年 11 月 6 日。
辜鴻銘：〈日本之將來〉，《順天時報》第 4 版，1926 年 1 月 16 日。文中說：「要之，中國文明之純粹的產品，為今之日本。」

原不乏深邃高遠的論點，例如中國不應以國際舊怨而輕視日本，但不能以此而容忍其無禮，提倡理性看待日本。[103]周作人喜歡日本生活，甚至常夢見日本的山水，在文化與政治之間徘徊不定：

> 有所愛便不能無所恨。真是愛中國者自然常詛咒中國，正如真愛日本的中國人也非做澈底的排日派不可。[104]

「日支共存共榮」對中國造成巨大衝擊與危險，在他眼中是侵略的代名詞。〈中日文化事業委員會為甚還不解散〉[105]、〈排日：日本是中國的仇敵〉[106]，揭穿日本假稱「同文同種」，企圖幫助張作霖和李景林（1885-1931）等軍閥，陰謀復辟。他提議應散播不信任日本的種子，使大多數人民心中長出根深蒂固的排日思想；為真正的中日共存共榮，要從事持久的排日運動。他甚至大聲疾呼：「日本是中國的仇敵」，甚至「我們以為要保存中國起見不得不盡力排日」！周作人此時站在政治與外交層面，期許應該消除中國人民對日本的親近，反對一切日本對華行動，直言日本目前的「親善」是想由日本軍艦支援奉軍組織政府，未來將如同侵略朝鮮一般，將中國合併。他要喚醒中國人，不要迷惑於同文同種的說詞，〈排日平議〉也有相近論調：

> 對於世界列國，中國沒有一個比日本更應親善的，但也就沒有像日本那樣應該排斥的國家了。[107]

〈社論：奉張入關與政局〉，《順天時報》第 2 版，1925 年 5 月 27 日。

〈郭松齡抗議日軍阻止郭部進駐營口〉，《順天時報》第 2 版，1925 年 12 月 17 日。

〈社論：京津間戰事之收束與馮玉祥氏之責任〉，《順天時報》第 2 版，1925 年 12 月 24 日。

[103] 汪注：〈周作人對日態度的轉變：兼談周氏對日本文化的偏執化認同〉，《江西廣播電視大學學報》2010 年 4 期（2010 年 12 月），頁 54-56。

[104] 作人：〈神戶通信　附記〉，《語絲》58 期（1925 年 12 月 28 日），第 1-2 版。

[105] 豈明：〈中日文化事業委員會為甚還不解散〉，《京報副刊》第 1 版，1926 年 1 月 14 日。

[106] 豈明：〈排日——日本是中國的仇敵〉，《京報副刊》第 1 版，1926 年 3 月 16 日。

[107] 豈明：〈閒話拾遺（四九）　排日平議〉，《語絲》139 期（1927 年 7 月 9 日），頁 17-19。

　　他的「排日」並非完全抗拒日本的一切，學問藝術的研究超越政治，日本有軍人內閣、又以出兵及扶植勢力為對華方針，所以中國應該在政治上「排日」。

　　周作人多次在散文中點出《順天時報》對兩國關係造成負面影響，〈日本與中國〉[108]反對該報繼續發行：

> ……日本如真是對於中國有萬分一（原誤）的好意，我覺得像《順天時報》那樣的報紙便應第一著自動地廢止。[109]

　　他痛切批評《順天時報》是妖言惑眾的漢字新聞，損人未必利己。他在文末也標榜應該要有獨立於「親日」、「排日」之外的取研究態度的獨立派，這就是周作人自己當時所實行的，以「知日」的姿態，排拒政治的日本。〈日本浪人與《順天時報》〉談到《北京週報》翻譯轉載〈日本與中國〉，編者在文後加註按語，聲稱周作人的文章言及浪人與媒體的狂妄，皆為誤解。「浪人」原指清末民初在中國大陸活動的日本人士，從事日本政府對華策略的祕密工作等任務，常與政治、軍隊等有密切聯繫。[110]周作人說自己在別處發表說北京的日本商民中多有「浪人」，是指某些以中國為殖民地橫行霸道者，然後借題發揮：

> 關於《順天時報》我總還是這樣想，它是根本應該取消的東西，倘若日本對於中國有萬分之一的好意。……何況《順天時報》之流都是日本軍閥政府之機關，它無一不用了帝國的眼光，故意地來教化我們，使潛移默化以進於一德同風之域歟。[111]

---

[108] 張菊香、張鐵榮編：〈1925 年 10 月〉，《周作人年譜》，頁 298。〈日本與中國〉1925 年 10 月 10 日發表於《京報副刊》，10 月 18 日又在日文《北京週報》由記者翻譯發表，署名周作人。

[109] 周作人：〈日本與中國〉，《京報副刊》國慶特號第 3 張第 17-18 版，1925 年 10 月 10 日。原文「萬分一」應是「萬分之一」。

[110] 趙軍譯：〈第一章　緒論〉，《辛亥革命與大陸浪人》（北京：中國大百科全書出版社，1991 年），頁 2-3。

[111] 周作人：〈日本浪人與《順天時報》〉，《語絲》51 期（1925 年 11 月 2 日），頁 1-2。

　　《順天時報》親熱地稱中國為「吾國」，其實是以日本軍閥政府的標準，批評指導中國，自政治外交到社會家庭，企圖潛移默化中國人。[112]他勸《北京週報》秉持媒體良心，無須為迴護「本國的同業」[113]，不斷協調與辯解。

　　三一八慘案後，〈我們的閒話（二一）〉[114]更認為北京的媒體也被執政者收買，將學生死傷之罪責歸罪於群眾領袖及教員校長。外國人辦的漢文報很難保持中立[115]，媒體也得以隨時妄談別國的政治了。〈讀《順天時報》　編者按語〉[116]回應一位北京女子師範大學的讀者來信抗議該報扭曲事實，周作人熱烈回覆，重申只要《順天時報》存在，他個人絕不會改變「排日」態度。〈日本人的好意〉質疑該報多次「挑剔風潮」[117]：

---

[112] 周作人發文前不久的新聞，或可印證部分觀點：
〈日本最近之對華態度：對時局嚴守中立／對關會抱樂觀〉，《順天時報》第 3 版，1925 年 10 月 26 日。文中稱日本派遣軍隊到中國只為保護日僑生命財產，不會調動大軍致使華人恐懼。
〈社論：日本對華外交之機轉何謂手〉，《順天時報》第 2 版，1925 年 11 月 1 日。文中說「日本關於中國自主權收回之希望曾深加考量，且極為懇切。」、「日本之對華文化事業，其目的其事業，均超脫祕密讒詐壓迫權術及利己。」

[113] 劉岸偉：〈虎を談る──順天時報〉，《周作人伝──ある知日派文人の精神史》（京都：ミネルヴァ書房，2011 年），頁 195-196。文中說《順天時報》的主筆是金崎賢（1878-？），他尊敬周作人的人格與學問。金崎賢表示中日兩國的利益原本是一致的，《順天時報》的報導並非都是他個人的論點。後來他撰寫〈中日俱樂部及兩國不諒解的原因〉，間接回應周作人的嚴屬批判。
〈社論：中日俱樂部及兩國不諒解的原因〉，《順天時報》第 2 版，1925 年 11 月 12 日。文中解釋兩國欠缺正確的相互了解，以及日本對華的外交政策轉變。

[114] 豈：〈我們的閒話（二一）〉，《語絲》86 期（1926 年 7 月 5 日），頁 9-10。

[115] 三一八慘案後的新聞，或可印證他的部分觀點：
〈社論：專任外長之急務與大沽事件〉，《順天時報》第 2 版，1926 年 3 月 19 日。文中描述熱心參與外交問題的民眾有許多「本因出於愛國之至情，遂至忘理性之為何物。」
〈社論：國務院前之慘劇〉，《順天時報》第 2 版，1926 年 3 月 20 日。文中說到：「……一言以蔽之，此次涉外問題之責任，全然存於軍閥、不存執政府，然民眾及民眾運動指揮者，明知此種事實、而不迫軍閥，徒逼執政府，其用意果何在乎。」

[116] 編者：〈閒話拾遺（五）　讀《順天時報》　編者按語〉，《語絲》122 期（1927 年 3 月 12 日），頁 17。

[117] 周作人發文前不久的新聞，或可印證他的部分觀點：
〈排日風潮漸見瀰漫〉，《順天時報》第 2 版，1927 年 4 月 13 日。
〈社論：排日風潮之新激成〉，《順天時報》第 2 版，1927 年 4 月 15 日。

> 《順天時報》是日本帝國主義的機關，……現在日本人用了不通的
> 文字，寫出荒謬的思想，來教化我們，這雖是日本人的好意，我們
> 卻不能承受的。[118]

　　此文發表於 1927 年 5 月，周作人回想不久前北洋政府已完全是奉軍勢力，張作霖進入北京，國共合作的黨員被捕，李大釗犧牲，該報竟奉勸中國人應該苟全性命、勿輕舉妄動。他確認這是帝國主義宣傳隊實行奴化的手段，日本人可以用日文發表任何言論，但不應該用漢文來「教訓」中國人！〈可怕也〉[119]則說《順天時報》的社論分明利用「赤化」[120]，將宣傳排日扣上赤黨的帽子，〈再是《順天時報》〉更進一步表達個人的解讀：

> 日本漢文報是日本侵略擾亂中國之最惡辣的一種手段，《順天時報》
> 則是此類漢文報中之最惡辣的一種。[121]

　　他回想自己常寫文章，批判這挑撥兩國關係的報紙[122]。他沉痛地表示：愚昧的中國人，爭先恐後購讀外國報紙，奉為精神食糧，這樣的中國自然會滅亡！

　　周作人在〈《雨天的書》序文〉[123]、〈兩個鬼〉[124]，陳述自己為何逐漸讓內心的「流氓鬼」主導意志。眼見中國的情勢危急，儘管心中的「紳士鬼」崇尚平淡自然，身處亂世，亦無法坐視不管。論者蘇文瑜綜觀周作人此一階段的思想，認為他寄望於知識分子群體，希望知識分子體會自身

---

[118] 豈明：〈閒話拾遺（三一）　日本人的好意〉，《語絲》131 期（1927 年 5 月 14 日），頁 11-13。

[119] 山叔：〈隨感錄（十三）　可怕也〉，《語絲》143 期（1927 年 8 月 6 日），頁 21。

[120] 周作人引用「唯此時最應注意者，即有藉此為排日宣傳之材料是也，例如第三國際即專欲握此機會者也，其一欲使日本為難，一欲使中國混亂耳，……國人不可為其術策所限也」，見〈社論：在青島中日人之鬥爭〉，《順天時報》第 2 版，1927 年 7 月 28 日。

[121] 起明：〈隨感錄（二三）　再是《順天時報》〉，《語絲》146 期（1927 年 8 月 27 日），頁 17-18。

[122] 周作人發文前不久的新聞，或可印證他的部分觀點：
〈社論：政治中心由政治家漸至軍人矣〉，《順天時報》第 2 版，1927 年 8 月 12 日。
〈社論：國民革命意氣之頹廢〉，《順天時報》第 2 版，1927 年 8 月 21 日。
〈社論：奉天派宜圖永久之成功〉，《順天時報》第 2 版，1927 年 8 月 24 日。

[123] 周作人：〈《雨天的書》序〉，《語絲》55 期（1925 年 11 月 30 日），頁 2-3。

[124] 豈明：〈酒後主語（一）　兩個鬼〉，《語絲》91 期（1926 年 8 月 9 日），頁 1-2。

的文化處境，進一步勸阻同胞信靠日本。[125]周作人表明日本是自己所愛的國土之一，想像的日本與現實的日本有巨大落差，日本媒體利用輿論擾亂民心，進行精神的殖民，要在中國養成帝國主義的奴隸，實行文化與政治的雙重侵略。由此可以理解 20 年代中期的周作人，關切中國與東亞的命運，一直與社會現實保持密切聯繫，強烈批判政治的日本，「排日」的散文展現了深刻的社會批評。

四、小結

論者木山英雄（1934-）曾經評述，周作人 1925 年任教於北京大學東方文學系，留學時代受到的革命思想洗禮，在《語絲》屢次表現出來，對帝國主義的批判與相關時事的評論，經歷日本出兵山東干涉北伐國民革命軍、四一二清黨的白色恐怖後告一段落，開始標榜「閉戶讀書」。[126]周作人主編《語絲》時，實踐了編輯理念，在重大社會事件如女師大學潮、五卅事件、三一八慘案之中，和刊物同人並肩作戰，展現鮮明的批判性格。他個人在這個自由發表的話語陣地上，關於日本的散文也彰顯了「反抗一切專斷與卑劣」的風格。論者趙京華曾經分析他的日本觀大約在 1925 年初步形成，最初的日本研究是要尋找中日兩國的文化異同，終極目的在於公平理解日本民族的文明，為古今中國的文化研究、現代的新文化建設提供參考。[127]對於日本的人情美與文學藝術之美，周作人心嚮往之，想從中國文化中追尋類似的精神質素。論及兩國文化的關係時，他常將兩者和希臘、羅馬作比較。[128]倘若中國人想了解自身的文化及美學，必須回顧兩國

---

[125] 蘇文瑜（Susan Daruvala）著，陳思齊、凌曼苹譯：〈第二章　多元文化的建構〉，《周作人：自己的園地》（台北：麥田出版公司，2011 年），頁 122-124。

[126] 木山英雄：〈周作人與日本──《周作人日本文化談》譯後記〉，收於木山英雄著、趙京華編譯：《文學復古與文學革命──木山英雄與中國現代文學思想論集》（北京：北京大學出版社，2004 年），頁 344-359。

[127] 趙京華：〈周作人與日本文化〉，《中國人民大學學報》1989 年 4 期（1989 年 8 月），頁 106-114。

[128] 劉軍：〈序章　周作人與日本〉，《日本文化視域中的周作人》（上海：上海文藝出版社，2010 年），頁 8-12。他將周作人的日本觀，分為日本歸國開始的 1911-1924 年日本文學啟蒙時期，1924-1929 年《語絲》批判日本時期，1935-1937 年撰寫〈日本管窺〉等較有系統的時期。

數千年來的文化交流，不能忽視日本的存在價值。論者許憲國概述周作人試圖劃分「政治日本」與「文化日本」，日本的政治行徑，干擾了周作人心中的文化想像。他的方法是將日本浪人與支那通，與日本民族作區隔，要將「政治日本」排除，維護心中「文化日本」的完整性。[129]

20 年代中期，他在文化方面透過「知日」的審美眼光，譯介了日本的純文學與通俗文學文本，致力於文學藝術的研究，撰寫評論，反思中國的精神特徵與社會現象。他肩負知識分子的使命感，在政治方面則以「排日」的犀利筆調，聚焦於《順天時報》等刊物，剖析日本以文明的領導者之姿，憑藉媒體傳播策略，涉入中國內政與外交。晚年的周作人曾經回顧自己 1924-1927 年彷彿匹馬單槍和形似妖魔巨人的風磨作戰[130]，企圖引導讀者辨別和抵禦帝國主義思想。面對兩國關係的劇烈變動，周作人在矛盾中流露渴望。為了維護中國的民族尊嚴，他以散文進行民族的自我譴責[131]，用超越政治的文化視角去解讀日本，呈現複雜的情感與文化選擇。

徘徊於文化的「知日」與政治的「排日」之間，20 年代中期的周作人，言論激進勇猛，要追尋心靈的故鄉，卻顯現如同「流氓鬼」的散文風格，此時是他一生中對日本產生最多負面評價的時期。他在 1928 年發表「閉戶讀書」[132]的宣言後，散文主題逐漸轉向挖掘內心世界，藝術風格簡靜清雅，語言質樸，苦澀中耐人尋味。到了 30 年代中後期，日本觀更明顯轉為冷靜。[133]對照文學發展脈絡與時代背景，對此一階段的周作人抱持同情的理解，便能詮釋他內心的矛盾糾結，本文已歸結出周作人 20 年代中期日本觀的獨特意義。

[129] 許憲國：〈論周作人日本批評的內在矛盾〉，《北京理工大學學報（社會科學版）》19 卷 1 期（2007 年 2 月），頁 33-36。
[130] 周作人：〈《順天時報》〉，收於鍾叔河編訂：《周作人散文全集》13 卷，頁 726。作於 1962 年 1 月 4 日，收入《知堂回想錄》。
[131] 開明：〈元旦試筆〉，《語絲》9 期（1925 年 1 月 2 日），第 8 版。
[132] 周作人：〈閉戶讀書論〉，收於鍾叔河編訂：《周作人散文全集》5 卷，頁 509-511。作於 1928 年 11 月 1 日，收入《永日集》、《知堂文集》。
[133] 許憲國：〈論周作人對日立場的演變〉，《南京工業職業技術學院學報》6 卷 1 期（2006 年 3 月），頁 39-43。

主要參考文獻

一、文本

《順天時報》

《語絲》

《京報副刊》

周作人著，鍾叔河編訂：《周作人散文全集》（桂林：廣西師範大學出版社，2009
年）。

二、專著

木山英雄著，趙京華編譯：《文學復古與文學革命——木山英雄與中國現代文學
思想論集》（北京：北京大學出版社，2004 年）。

王美春：《從「先驅」到「附逆」——周作人思想、文化心態衍變研究》（成都：
四川大學出版社，2010 年）。

陳離：《在「我」與「世界」之間——語絲社研究》（上海：東方出版中心，2006
年）。

張菊香、張鐵榮編：《周作人年譜》（天津：天津人民出版社，1999 年）。

張鐵榮：《周作人平議》（天津：天津人民出版社，2006 年）。

趙軍譯：《辛亥革命與大陸浪人》（北京：中國大百科全書出版社，1991 年）。

劉軍：《日本文化視域中的周作人》（上海：上海文藝出版社，2010 年）。

趙京華：《周氏兄弟與日本》（北京：人民文學出版社，2011 年）。

蘇文瑜（Susan Daruvala）著，陳思齊、凌蔓苹譯：《周作人：自己的園地》（台
北：麥田出版公司，2011 年）。

三、學位論文

王世炎：《周作人與《語絲》》（濟南：山東師範大學碩士論文，2004 年）。

李京珮：《《語絲》文人群及其散文研究》（台南：國立成功大學博士論文，2012
年）。

四、外文資料

竹內好：《新編現代中国論》（東京：筑摩書房，1974 年）。

竹內好、橋川文三編：《近代日本と中国》上冊（東京：朝日新聞社，1974 年）。

伊藤德也編：《周作人と日中文化史》（東京：勉誠出版，2013 年）。

Susan Daruvala, "Zhou Zuoren and an Alternative Chinese Response to Modernity" (Ph. D. diss., University of Chicago,1993)

劉岸偉：《周作人伝——ある知日派文人の精神史》（京都：ミネルヴァ書房，2011 年）。

留學與異文化認識

■藤田梨那

作者簡介

　　藤田梨那，原名林叢，1958 年生於天津。郭沫若外孫女。後留學日本，歸化為日本籍。現任日本國士館大學文學部中國文學教授。參與創立日本郭沫若研究會。出版有專著《回望故土：尋找與解讀司馬桑敦》等。

內容摘要

　　清末民初中國留學生經歷和見聞從根本上改變了一代青年學子的世界觀念與知識結構，並最終對中國文化的改造產生了至關重要的意義。在這裡，核心問題是「異文化」的出現及其產生的撼動性作用。從留學美國的胡適到留學日本的郭沫若都是如此，這是一個學界尚未充分展開的重要話題。

關鍵詞：留學生、異文化、言文一致、風景、郭沫若

一、清末民初海外留學的背景與特點

　　清末民初中國人開始走向海外、求學他國，引發起一個有史以來未曾有的異文化交流的大潮流。它的開端應追溯到 19 世紀亞洲發生的力量關係的變化。從清末開始中國經歷了幾場戰爭，1840 年的鴉片戰爭以後中國逐步淪為半殖民地國家。1894 年的甲午戰爭、1904 年的日俄戰爭，日本開始在亞洲擴張它的勢力。1914 年至 1919 年的第一次世界大戰、1931 年的滿洲事變使中國更深地陷入殖民地狀態。在亞洲，中日韓三國的關係顯著地標誌著東亞各國力量關係的變化。日本自古以來一直受著中國文化的影響，遣隋使、遣唐使前後多次到中國留學，江戶時代對歐洲各國又採取了鎖國政策。但明治維新以後日本快速引進西方文化與文明，打出脫亞入歐的口號，開始現代化的發展。經甲午戰爭和日俄戰爭，日本在軍事力量上的強大得到了證實，於是更大膽地開始向亞洲各國施展勢力。與此相對，仍處在王朝時代的中國，政治腐敗，經濟衰弱，失去了它以往的威力，日中兩國的力量關係形成了一個倒置。在這種情況下，中國的知識分子開始焦慮，開始反省。他們探討救國救民的方法，特別注視了日本的明治維新，發現從日本的明治維新可以汲取加快近代化發展的因素。於是很多知識分子開始赴日留學。可以說，中國人開始走向海外，主要是基於這種現代化的焦慮。清末民初留學的主要目的就是學習現代文明技術，以求富國強兵，因此當時的留學多以實學為主。

　　然而留學生由於他們的文化主體性的緣故，在學習實學的過程中必然又在精神方面受到了異文化的影響。正像賽義德在《知識分子論》中論及海外流亡時指出的那樣，「亡命使知識分子變成與來自權力、故鄉—內在—存在的種種安慰無緣的周邊存在」，但「流亡者有兩個視點：過去留下的和現在存在的雙重透視的視點。」[1]雖然留學與流亡在政治意義上完全不同，然而在從自己所屬的文化「中心」步入「周邊」，及與此俱來的文化審視上二者是相同的。這種雙重透視的視點促使了中國知識分子的自我反省，使他們從中汲取了發展自己的線索。

---

[1]　賽義德：《知識分子論》，筆者譯，平凡社，第 98 頁。

　　清末民初到海外留學的中國知識分子的精神上的自我反省與對異文化審視在思想上、精神上、文學上都為中國現代化發展起了極大的促進性作用。中國的新文化運動在很大一部分上受了來自異文化的影響。比如，魯迅撰寫〈摩羅詩力說〉是在日本；胡適嘗試新詩是在美國，他的「反抗」和「動作」都處在被「逼上梁山」的孤獨中；郭沫若的〈女神〉則誕生於日本。他們無一不身處遙遠的異國他鄉，在生疏風土的邊緣開始向新文學邁出第一步。

二、胡適的「言文一致」的指向

　　形象與聲音的優劣位置的顛覆是東西現代文學起步的原點。日本自古以來受著中國文化的影響，從奈良時代到今天，漢字在日語書寫中一直占重要的地位。明治時代日本現代文學以「言文一致」運動揭開了它的序幕，這是語言制度的一次大革命，它的目的就是要壓抑「形象」——漢字，樹立聲音的優位。文學書寫打破了延續已久的漢文形式，開始摸索最貼近內在聲音的表現形式。小說方面，志賀直哉、夏目漱石、國木田獨步等以口語書寫奠定了現代小說的基礎；詩歌方面，上田敏、島崎藤村等打開了現代詩歌的大門。到大正時代日本現代文學已爭得它的存在權，進入快速發展的軌道。

　　中國現代文學也始於白話運動，在詩歌方面，20世紀初期胡適和五四新文化運動的主將們就開始摸索新詩的突破口。胡適最早在美國留學期間就開始新詩嘗試，他之所以要嘗試新詩，就是從英語的發展史汲取了啟發。〈文學改良芻議〉（1917年）、〈歷史的文學觀念論〉（1917年）、〈建設的文學革命論〉（1918年）、〈談新詩〉（1919年）都是白話文運動和新詩運動的草創性論文。他關注了語言和詩歌的音律問題。口語詩歌雖在古代各個時代都可見其零星的存在，但格律詩一直占著主流，胡適第一次以歷史的觀點向文言詩書寫提出挑戰，他重視語言的演變，認為「死文字決不能產生活文學」，決意創作新的語言制度。在〈談新詩〉中他指出：「中國近年的新詩運動可算是一種『詩體的大解放』。因為有了這一層詩體的解放，所以豐富的材料，精密的觀察，高深的理想，複雜的感情，方才跑到詩裡去。五七言八句的律詩決不能容豐富的材料，28字的絕句決

不能寫綿密的觀察，長短一定的七言五言決不能委婉地表達出高深的理想
與複雜的感情。」他追求以現代的語言、自然的音節直表實地的材料、觀
察、理想和感情，打破既成的固定形式和概念，反對典型化。胡適的新詩
觀點中最重要的可以說是「歷史的文學觀念」，認為文學隨時代而變遷，
「各個時代的文學各因時勢風會而變，各有其特長，」因而「以進化論之
眼光觀之，決不可謂古人之文學皆勝於近人」。他的新文學思想多受了進
化論和美國的試驗主義的影響，「歷史的文學觀念」導入了西方的科學觀
點，在以往的中國文學史上是從未有過。對詩歌的節奏他用了心理學的手
法作了具體的分析，在詩歌的表現問題上，他提倡「語氣的自然節奏」和
「用字的自然和諧」。《嘗試集》是胡適為實現他的新詩理想所作的大膽
創新，那裡的詩歌大多都是分行、不拘泥平仄與腳韻的口語詩。

三、郭沫若的留學與「風景」的發現

　　郭沫若十年留學，他曾在東京第一高等中學、岡山第六高等中學、九
州帝國大學學習，留學體驗可大致歸納為以下幾點：
　　1. 自由戀愛，結識日本女子佐藤富子。
　　2. 接觸現代文明（醫學、自然科學）。
　　3. 接觸日本和西方文學。歌德、泰戈爾、惠特曼、彌勒、羅丹等等。
　　4. 接觸自然，發現風景。
　　筆者認為郭沫若在日本留學中獲得的最大收穫之一就是對「風景」的
發現。他在〈自然的追懷〉中回憶那段體驗說：「我的文學活動期是九州
大學當學生生活時，那時候我大多以日本的自然與人事作為題材的。這時
期所寫的東西大概是以新的形式來發表的。」他開始接觸自然其實更早，
開始於他來日本的那一年──1914 年。這一年夏天他用了半年的努力考上
了東京第一高等學校，獲得了官費獎勵學金。於是他到千葉縣的房總北條
海濱去度假。在那裡，他生來第一次體驗了游泳，又第一次體驗了愉快的
海濱生活。在〈自然的追懷〉中，我們可以看到他對鏡浦海濱的記述，寬
闊的大海、清澈的空氣、美麗的月亮，寧靜的夜晚，這些都使他感到舒暢，
愉快。如鏡子一樣平穩的鏡浦無疑是映入他意識中的一個「風景」，這「風
景」使他聯想到最親切的故鄉山水。峨嵋山的風景對他來講，決不是一般

的自然，而是擁有特殊感情的「風景」，但這家鄉的「風景」卻是在離家鄉遙遠的異國他鄉感受到的。此時此刻峨嵋山的風景第一次以「內在風景」的面目出現在他面前。

除了游泳之外，登山也是一個嶄新的體驗。他留日的時候正是日本的「大正登山熱」時期，日本民眾從中學生到大學生以至一般民眾都紛紛湧向高山，登山運動成為一個社會熱潮。當時的報刊上每天都可見到登山報導。現代登山擺脫了那以前的宗教修行的性質，成為一種體育運動，它的目的就是要征服山頂，同時也為人們打開了走進自然的大門。郭沫若的留學生活正是浸在這樣一個社會熱潮中，他在書信中所說「歐洲人最喜登山，近來日本亦大獎勵此舉」正反映了當時的社會現象。在登山過程中他睜開了認識自然、認識風景的眼。他在〈今津紀遊〉的開首也承認：「我是生長在峨嵋山下的人，在家中過活了十多年，卻不曾攀登過峨嵋山一次。如今身居海外，相隔萬餘里了，追念起故鄉的明月，渴想著山上的風光。」他對故鄉明月的追念，對山上風光的渴望都啟蒙於留日體驗。也就是說風景的發現即刻打開了溯源自己原初風景的視窗，故鄉的風景第一次出現在他的內心世界。1915 年他轉到岡山第六高等學校，在那裡他幾次登東山和操山。進入九州帝國大學後，他又喜歡登太宰府的山、門司的筆立山。還多次寫信提議家人登峨嵋山。

郭沫若在日留學十年，從東京到九州曾幾次遷徙，千葉縣的房總海濱、岡山的東山、操山和旭川河、四國的瀨戶內海、九州的十里松原和博多海灣、門司的筆立山、太宰府的風景，這些都出現在他的詩歌中。日本各地的自然美使他幾次與「風景」邂逅，為何說「邂逅」，就是因為每次相遇的「風景」裡都連帶了故鄉山水的記憶，如《櫻花書簡》中的幾封信，如《女神》中的〈光海〉等詩篇。

日本現代文學評論家柄谷行人曾指出：「參與現代文學史研究的文學史家們以為『現代自我』是在腦子裡既有的東西，但實際上『自我』的存在還需要另外一些條件。客觀物毋寧是產生在風景之中的，主觀或自我也是如此。主觀‧客觀之認識論的場所成立於『風景』之中，也就是說二者都派生於『風景』。」這裡所說的「風景」英語為 landscape，它成立於觀者與被觀者的關係之中，二者以特定的方式相遇時所發生的表象即是「風景」。它關聯著認識論的問題。黑格爾，浮撒爾，海德卡的現象學中外界

物與認識論的關聯是一個重要的課題。法國精神病理學家 J・H Van ben Berg 則將現象學哲學導入心理學領域，闡述了現代「自我」與「風景」發現之間密不可分的內在關係。

　　風景以前就有，但我們能感知它並不是視覺的問題，而是需要通過一個對優位元性概念的顛倒才能實現，即「風景」的發現不是在由過去到現在的直線性的歷史中，而是在一個顛倒的時間中得以實現的。現代以前的人們對「風景」可謂未曾認識。古典文化的既成概念遮蔽了人們的眼睛，人們看的不是現實的風景，而常常是文字裡的概念性的風景。南畫中的山水大多是概念性的象徵物；古典詩中的風景亦是如此，人們刻意在文字表現上下功夫，力圖在對仗、押韻和寓意上完成象徵使命。

　　胡適在《新青年》上發表提倡白話文的時候，郭沫若正在日本留學。1919 年（大正 8 年）五四運動爆發時郭沫若正在九州帝國大學學習，此時他雖沒有親身體驗新文化運動，沒有讀過胡適的〈文學改良芻議〉、〈歷史的文學觀念論〉、〈談新詩〉，但也經歷了一場暴飆突進的詩興的襲擊，開始對新詩的摸索，《女神》便誕生在這個時期。

　　郭沫若對新詩的發蒙始於留日之前，民國 2 年他進入高等學校讀到了美國詩人朗費洛 Longfellow 的詩〈箭與歌〉時，第一次接觸那平易的英語書寫，使他感到「異常清新，就好像第一次才和『詩』見了面」，那簡單的對仗反覆，使他「悟出了詩歌的真實的精神」。他所感到的「清新」自然與他早已記得爛熟但卻不甚理解其美感的中國古詩形成鮮明的對照。留日後他讀了泰戈爾、海涅、惠特曼的詩，對這些詩歌的「清新」、「平易」、「明朗」大感吃驚。他所驚訝的不僅是那詩歌的情調，那「沒有韻腳」、「定型反覆的散文」文體也大開了他的眼界。可以說，《女神》中一首首詠山、詠海、詠愛、詠悲哀的詩歌都受了這種西方詩歌的刺激。當然需要注意的是英文詩歌的影響並不限於他的新詩寫作，也不意味著他自此拋棄中國古典詩歌，實際上對西方詩歌的感受反而啟迪他發現了古典詩歌的美感。對他留學前後的古典詩寫作問題筆者準備另行探討。

　　郭沫若在詩歌創作上實現了兩個突破，一是形式的突破；一是對詩歌本質內涵的突破。而二者在他的詩裡都呈現著對「記號論佈置的顛倒」。他認為「藝術是從內部發生，是靈魂與自然的結合」，「在《三葉集》中他與田漢、宗白華討論了詩歌的起源和它的本質，這裡傳達著《女神》時

期他對新詩的理解。他說：「我們的詩只要是我們心中的詩意詩境底純真的表現，命泉中流出來的 Strain，心琴上彈出的 Melody，生底顫動，靈底喊叫；那便是真詩，好詩」。他提出「詩的原始細胞只是些單純的直覺，渾然的情緒。」他把直覺比作「細胞核」，把情緒比作「原形質」，把形式比作「細胞膜」，「細胞膜」從「原形質」中分泌出來。他反對在形式上因襲他人已成的形成，主張形式上「絕端的自由，絕端的自主」。在《三葉集》中給宗白華的信中指出：「詩的生成，如像自然物的生存一般，不當參以絲毫的矯揉造作。新詩的生命便在這裡。古人用他們的言辭表示他們的情懷，已成為古詩，今人用我們的言辭表示我們的生趣，便是新詩，詩的文字便是情緒自身的表現，到這體相如一的境地時，才有真詩好詩出現。」他的新詩寫作的動機在這裡闡述得很清楚，就是意圖從踏襲古典、重視既成概念與形式轉向於直接表現個人內心的聲音，追求主體、語言、感情緊密合體的狀態。

他的新詩理念多借助於心理學、生物學及西方的文學理論。《論詩三札》中他提出「詩之精神在其內在的韻律，內在的韻律便是『情緒的自然消漲』。這是我在心理學上求得的一種解釋。」《論詩三札》寫於 1921年，這證明他在《女神》時期已經開始注意從心理學的角度對詩歌進行理論性探討。那以後的〈文學的本質〉（1925 年）、〈論節奏〉（1926 年）都運用了心理學和歷史的文學觀對詩歌的生成以及其本質進行了系統的理論分析。關於詩歌的內在因素他重視了「情緒」和「節奏」，在〈文學的本質〉中，他指出：「文學的原始細胞所包含的是純粹的情緒的世界，而它的特徵是在有一定的節奏。節奏之於詩是與生俱來的，是先天的，決不是第二次的、使情緒如何可以美化的工具。情緒在我們的心的現象裡是加了時間的成分的感情的延長，它本身具有一種節奏。」在這裡，他強調節奏的內在性、原生性，否認任何外來形式的支配。在〈論節奏〉中他更詳細地對節奏進行了理論性闡述，指出了新詩與舊體詩的不同在於「舊體的詩歌，是在詩之外更加了一層音樂的效果。詩的外形採用韻語，便是把詩歌和音樂結合了。我相信有裸體的詩便是不借重於音樂的韻語，而直抒情緒中的觀念之移動，這便是所謂散文詩，所謂自由詩。這兒雖沒有一定的外形的韻律，但在自體是有節奏的。」「情緒」和「節奏」的觀點不

僅為他的新詩創作奠定了堅實的理論基礎，同時也加深了他對古典詩歌的
認識。

四、郭沫若的詩歌寫作

（一）格律詩新創作

　　郭沫若自幼學習中國古典詩，古典詩的訓練是從家塾時代開始的，留
學之前所作格律詩已近百首。留日以後他的詩歌寫作雖以口語新詩為著
名，但實際上他未曾間斷過格律詩的寫作。留學十年所作古典詩達 45 首。
我們從他的這些古典格律詩中可以看到一些嶄新的書寫。比如他到日本的
那一年，去鏡浦海濱度假時所作的一首詩：

> 白日照天地
> 秋聲入早潮
> 披襟臨海立
> 相對富峰高

　　在〈自然的追懷〉中他敘述了這首詩的寫作背景。「至秋天，立刻寂
寞了。海濱於是幾乎一個人影也沒有了。而我卻開始反而一個人呆呆的裸
體著躺在海岸。那時候，陽光是溫薄地擲出一種衰弱的哀調，潮的聲音也
不能像仲夏深夜那樣施著一種寂寞的餘韻，但空氣非常的清澄，對岸富士
山的秀姿，在晴朗的清早她老早就從遙遠的雲端裡探出頭來。這一種崇高
是無話可以形容的。在這一種靈境裡當然是詩的情緒會像潮一般湧出來。」
這段追懷我們可以瞭解到他的這首詩不是憑空想像，而是依據了一個具體
的場面。這個場面完全是自然的相貌，季節、陽光、空氣、海潮、海岸的
氣氛、富士山，這些風景都是大自然呈現出的真實相貌。

　　這首詩以「秋聲」「早潮」表示聽覺的聲音；以「白日」「富峰」表
示視覺的景物。以起、承兩句的動態與轉、結兩句的靜態相對峙，以動襯
靜。不用典故，單以寫實為要。這裡的海潮和富士山是第一次出現在他的
格律詩中的風景。日本的大自然為他提供了在故鄉未曾接觸的靈感世界與
新鮮的書寫物件。2013 年他的這首詩被選進《富士山漢詩百選》。

（二）新詩寫作

　　《女神》的現代意義之一就在於它發出了現代人內心的聲音，聲音爭得了優位。我們通過《女神》的幾個特點可以清楚地看到這聲音的優位在詩中的表現。如：第一人稱「我」的連用；感歎詞、感歎符號的連用；英語原文的使用等。

　　《女神》中有幾首發想於登山的詩歌，如〈筆立山頭展望〉、〈登臨〉〈梅花樹下醉歌〉，這幾首詩歌都是郭沫若通過登山創作的。〈筆立山頭展望〉是郭沫若登九州門司筆立山時的作品，這首詩以讚美的情調謳歌了從筆立山頭展望到的門司地區發展的景象：

> 大都會的脈搏呀！
> 生的鼓動呀！
> 打著在，吹著在，叫著在，……
> 噴著在，飛著在，跳著在，……
> 人的生命便是箭，正在海上放射呀！
> 黑沉沉的海灣，停泊著的輪船，進行著的輪船，數不盡的輪船，
> 一枝枝的煙筒都開著黑色的牡丹呀！
> 哦哦，20世紀的名花！
> 近代文明的嚴母呀！

　　詩中呈現的全然是躍動的、正在進行中的景象，以第一句中「脈搏」一詞為象徵，大都會蒸蒸日上的面貌一躍展現在讀者的眼前。這是 1920年郭沫若看到的九州的工業城市門司的風景。據熊本學園大學岩佐昌暲教授的調查，門司地區在明治中期開始發展工業，到 1920 年已經成為日本最大的煤炭出產地和對外貿易基地。著名的八幡鋼鐵工廠、淺野石灰工廠、帝國啤酒廠、日本製粉工廠、朝日玻璃工廠都集中在那裡，是日本重工業和輕工業同時發展的大城市。詩裡蒸蒸日上的門司的情景以擬人形式的比喻生動地在我們眼前跳躍，如親臨場面。門司是臨海地區，擁有很大的港口，各個工廠的產品都由這裡向各地運出，一艘艘現代式輪船出入於海灣。郭沫若把那海灣比作 Cupid 的弓弩，把輪船和它行進時翻起的長長的水浪比作箭，又把這箭比作人的生命。接下來，將輪船的黑煙比作牡丹，

比作 20 世紀的名花，比作近代文明的嚴母，一連串的比喻顯然是對現代
文明的謳歌，對門司工業發展的謳歌。這裡登山與現代文明融為一體，山
頭的展望激起詩人情緒的高漲，詩中「呀」「哦哦」和「！」號的連用正
直接地表現了詩人的感慨，內在韻律直接流露。呼喚式的感歎直表詩人的
感動，最為突出。其他詩句如「打著在，吹著在，叫著在，……」則以動
詞進行式的連續追加的表現形式描寫出一個不穩定的、一直在躍動的風
景，感動與躍動相互交織，詩人的感動在這樣不穩定的、一直在躍動的風
景中被表現得更加切實，更加逼真。郭沫若在《三葉集》中強調「今人用
我們的言辭表示我們的生趣，便是新詩。」〈筆立山頭展望〉可以說是注
重內在聲音的大膽創作。

1920 年郭沫若還寫了一首奇妙的詩，〈鳴蟬〉，一首僅僅三行的詩：

> 聲聲不息的鳴蟬呀！
> 秋喲！時浪的波聲喲！
> 一聲聲長此逝了……

這首詩吟誦的完全是聲音，蟬的聲音和時間的聲音。蟬在夏天高聲地
叫，隨著秋天的到來叫得更加熱鬧，但同時也意味著蟬的生命即將結束。
本詩第一句寫鳴蟬的叫聲不斷，第二句則從浪潮般的蟬鳴中引出秋天的腳
步聲，第三句隨著秋天的加深，蟬鳴會自此消逝。僅僅三行的詩，通過聲
音表現了生命的流程。前二句用了三個感嘆號「！」，三個感歎詞。第三
句結尾用了省略號「……」，表示生命即將消失的餘音。如此簡潔的詩，
表現的內容卻十分生動。這首詩與日本的俳句很相近，俳句按不同季節選
用不同的用語，蟬是入夏季的季語，蟬或者秋蟬自《萬葉集》中就已經登
場，是日本人最喜歡吟誦的物件。蟬與秋蟬因生命短暫，在日本文學中一
直被用來表現「物哀」與無常的情緒。日本現代詩人高濱虛子有秋蟬俳句
一首：「鳴きほそりつつ／秋の蟬／雄雄しけれ」。意思是：群蟬叫聲漸
漸微細，秋蟬啊，你好堅強。郭沫若的〈鳴蟬〉在大意上與高濱虛子的這
個俳句很接近。俳句的形式一般是五言七言五言一共三節的排列。郭沫若
〈鳴蟬〉的三行形式也與俳句相近。而日本俳句的一個重要特點就是聲音
的表現，高濱虛子的俳句明顯地顯示出這一特點。郭沫若留學日本時期曾
接觸過俳句，他在《三葉集》中討論詩歌性格，以「日本古詩人西行上人

與芭蕉翁底歌句」為「沖淡」的詩。芭蕉翁乃日本江戶時代的俳諧大家，以苦澀恬淡的詩風著稱文壇。郭沫若在日本留學期間很有可能讀過他的俳諧。俳諧是發句五言七言五言與接句七言七言反覆的連歌形式，也叫俳諧連歌。郭沫若在〈詩歌的創作〉中舉了芭蕉的一首俳句，他講道：「芭蕉是很有名的俳人，在日本差不多是婦幼皆知的。他也確實做過一些很有味道的俳句，在那樣簡單的形式當中，能夠含著相當深刻的情緒世界。」他重視的是發自內心的真誠的、自由的情緒，「用極新鮮活潑的語言，極單純生動的文字，求其恰恰和自己所要表現的內容相稱。」他在芭蕉的俳句中發現了與他所追求的詩歌的本質相符合的要素。俳諧連歌到明治時代經過正岡規子的改革，將發句部分獨立，形成五言七言五言的短詩形式，叫俳句。郭沫若的〈鳴蟬〉很可能受了俳諧和俳句的影響。

五、結語

19 世紀末 20 世紀初中國的知識分子們走出家園，留學海外，在異國他鄉孜孜汲取現代科學與思想，海外的人文環境、自然風景對他們來說也都是新鮮的，在這樣的環境中，他們開始反省中國文化與社會制度，開始醒悟現代化的方向。胡適對古典詩的反省啟迪於英語的影響。魯迅的人的思想來源於日本和西方的現代思想的啟發。在郭沫若，風景的發現啟發了他感受大自然的心靈，打開了認識自我的精神之門，浪漫精神由此萌芽，詩的靈感由此孕育。郭沫若的詩歌理論從心理學、美學、認識論的角度展開，對「情緒」「節奏」的分析較之胡適已經有了一定的深度。在新詩實踐上，胡適的《嘗試集》應是現代中國最早的大膽實踐，集中的詩歌有不少是口語形式的，但在這個階段胡適還沒有完全擺脫古典詩歌的束縛，詩體和音韻上還存在著古詩歌的形式。與此相比，郭沫若《女神》時期的詩歌要比胡適的《嘗試集》來得更大膽，更奔放，更突破。言文一致的新詩運動其功績就在於它開創了新的認識世界和表現世界，將古典的文學概念、語言概念做了一個根本的顛倒。中國新文化的誕生和發展都與這個時代留學海外的知識分子的努力有著緊密的關聯。他們的體驗和努力為我們現在面臨的文化交流全球化的大課題提示著可鑒的啟示。

在「民國」重識「現代」

■周維東

作者簡介

　　周維東，1970 年生，陝西白河人。文學博士。現任四川大學文學與新聞學院副教授、《現代中國文化與文學》集刊編輯部主任。出版有學術專著《中國共產黨的文化戰略與延安時期的文學生產》等。

內容摘要

　　「中國現代文學」研究在當下遭遇的最大問題，是「現代」的焦慮，何為「現代」？由於近代中國的社會現實，它最終變成「缺失」的存在。缺失的「現代」包含著誤解和偏見，它不僅表現在文學史認知當中，也包含在當下中國人對世界的認知和接受當中。「民國」的意義不僅是一個政治共同體，更是一個文化共同體，它在時間上的確定性，為「未完成」的中國現代文學史提供了一種斷代考察的可能；作為一種用「空間」結構文學史的新範型，可以幫助中國現代文學研究回到正常的時空結構之中；而作為一個中性歷史空間，可以避免「現代」抽象空間對「人」和「文學」豐富性的壓制，從而可以最大可能彰顯中國現代文學的內在豐富性。作為一種「方法」的存在，「民國」為文學史研究中加入了「空間」維度，為中國現代文學研究打開了豐富局面。

關鍵詞：民國、現代、時間、空間、人

前言

　　在若干的文學史斷代命名中，「中國現代文學」在接受過程中無疑屬於歧義較多的一個，這種情況在許多著名文學史著就有十分明顯的表現，如夏志清、司馬長風、王瑤、唐弢、錢理群等先生描述的「中國現代文學」，差異可以用「大相徑庭」來形容。「現代」在不同群體中意義差異，緣於1949之後中國人不同的命運，不管是反思歷史還是美化歷史，他們想像的「現代」都會帶有當下生存體驗的痕跡，這可以認為是歷史進步的縮影，但其表現出來的誤解和偏見也是值得思考的內容，固然「一切歷史都是當代史」，但直接將「現代」的結果作為認識「現代」的前提，人為對歷史的遮蔽或修飾，都直接影響中國人對於未來的選擇，「民國」話語近年來在兩岸曖昧的存在方式，在某種程度上正印證了兩岸人對於「現代」的焦慮。

　　重識「現代」，需要的是正視歷史，它在現代中國的具體化便是正視「民國」。文學研究中的「民國」，不僅是個政治共同體，更是個文化共同體；它不是簡單地重新認識國民黨、共產黨在近代指導下的文學實踐，而是考察不同文學派別如何在「民國」共存發展；它的存在不是消解「現代」，而是正視「現代」曾經在中國的若干可能性，以及它們在當下的價值和意義。在「民國」重識現代，改變的是認識歷史的方式，進而在研究中更加貼近「人的文學」的現代本質。

一、未完成的現代與民國的時間意義

　　中國現代文學自學科誕生以來，出現了多種建構文學史的理念和框架，它們推動了學科的發展，但變更較為頻繁。文學史觀的變化、更迭是史學研究的必然規律，但變化太過頻繁、更迭中斷延續，卻容易造成學科發展的不穩定，不利於學科走向成熟。中國現代文學研究一再敏感地將視野投入到文學史理論，正是出於學科發展的焦慮。不過，就反思中國現代文學學科困境而言，與其急於找到一種更好、更科學的文學史框架，不如靜下心來重新審視中國現代文學的自身特點——很多文學史觀的出現都

是為了推翻或更替另一種文學史觀，至於其自身的合理性和限度，學界並沒有認真深刻反省。這樣造成的結果是，一種文學史觀在前期被全面肯定，而到後期又被全面否定，這本身便不符合學術的精神。重新審視中國現代文學的自身特點，中國現代文學研究中文學史觀念變更頻繁的問題，可以從「時間」上進行探討，問題的根本可以從中國現代文學的「未完成」狀態談起。

中國現代文學的「未完成」狀態是個相對的判斷，相對於中國文學在19、20 世紀之交的變革，新興的「中國現代文學」在一個多世紀的歲月裡雖然幾經顛簸，但終究未有終止或另立新宗的跡象。雖然為了研究的需要，文學史家分割出諸如狹義的「現代」、「20 世紀」等斷代區域，但都未能提供公認、有充分說服力的理由。從理論上講，歷史研究的物件在時間上應該處於「完成時」的狀態——唯有如此，才可能有蓋棺論定的結論，才符合科學的精神；「未完成」意味著不確定性，對不確定事物的任何判斷都只能算是「假說」、「猜想」，難以構成具有穩定性的信史。當年，一些中國現代文學的開創者認為「當代文學不宜作史」[1]，理由便是如此——其實深究起來，與之相對的「現代文學」何嘗不是如此呢？

不過，「未完成」狀態似乎並非是中國現代文學難以作史的全部原因，中國古典文學在長達二千多年的歷史發展中，期間不乏有為前朝文學作史的經驗，而且所成著述還往往成為傳世經典，諸多觀點被沿用至今。要回答這個問題，我們必須再次從中國現代文學的特點出發去考慮。相對於中國古代文學的發展歷史，中國現代文學是一種「異質性」的文學，雖然它與中國古典文學有千絲萬縷的聯繫，但在語言、思想、情感、形式、生態等等方面還是發生了巨大的變化，因此中國現代文學研究的一個重要任務，便是要探究這種「質」到底是什麼？不能回答這個問題，文學史家便難以說清這種文學之變的來龍去脈，就難以清晰地描述這種文學。中國古典文學在發展過程中，雖然「一個時代有一個時代之文學」的說法，但文學並沒有發生「異質性」的變化，因此只需沿用既有的文學理論知識，就足以說清文學的變化，也足以勾勒一個朝代的文學面貌。所以，雖然中國古典文學在發展過程中，也有為前朝文學撰史的成功先例，但在同質的文

---

[1] 唐弢：《當代文學不宜作史》，《文匯報》，1985 年 10 月 29 日。

學當中，一個朝代就足以構成封閉的文學史狀態，並非是此處所說的「未完成」狀態。

中國現代文學自發生至 1949 年，似乎構成了一個較有說服力的「完成」狀態，但就文學發展的事實看並非如此。「20 世紀中國文學」提供了另一種文學斷代的可能，但文學史史家依然無法提供其與之後文學進行有效區分的理由。是否可以依照古典文學做法，在中國現代文學之內按照政治時期進行斷代，進而得出「信史」呢？這種想法在理論上可行而且是必要的：如果中國現代文學如同古典文學一般形成自己的傳統，那麼「斷代作史」無疑非常必要。然而，斷代作史碰到的難題，依然是「新文學」的「質」的問題，即這種新型的文學史究竟如何發生？不能回答這個問題，也很難說清一個時期文學與之後文學發生的變化。

所以說，中國現代文學的「未完成」狀態和「異質性」的存在，構成其史學研究的內在困境：「未完成」狀態決定了任何對這種新型文學傳統的概括都缺乏足夠的穩定性和全面性，而「異質性」的存在使對這種新型傳統的解釋成為其史學研究的前提和基礎。這種困境在中國現代文學學科史上表現十分明顯，自這個學科誕生以來，出現了諸多文學史的架構方式和命名方式，如：「新文學」、「中國現代文學」、「20 世紀中國文學」等，每一種架構和命名都在很短的時間就暴露了其弊端和不足，都會出現文學史研究的偏頗和失衡——這是中國現代文學研究必須正視的問題。

以「民國」為期對中國現代文學作斷代研究，能不能解決中國現代文學研究的內在困境？答案是否定的。因為一旦涉及到中國現代文學的「質」，「民國文學」的封閉性就自行解體——「現代文學」的外延顯然大於「民國文學」。不過，在建構成熟的中國現代文學史條件尚不充分的境況下，以「民國」來結構文學史卻不失為很好的嘗試。與「中國現代文學史」相比，「民國文學史」是一種不同的文學史架構方式：它不強調「現代／古典」、「新／舊」文學的變異性，因此可以避免如何解釋「現代」的問題；在不強調文學變異的前提下，「民國」作為一段較為明確的歷史時期，也不存在史學研究忌諱的「未完成」狀態。當然，在民國文學史的架構下，新、舊文學的混融狀態，會模糊文學史對新文學清晰發展脈絡的展示，會出現如何跨越「新／舊」、「嚴肅／通俗」評判文學的標準問題，但這些新的問題也會激發新的思考。譬如在民國文學框架下可能出現的問

題：在現代文學已經發生的空間下，新、舊文學創作的關係探析；嚴肅文學與通俗文學的「文學性」考辯；民國體制與現代文學發展的空間探微；「左」、「中」、「右」文學所形成的文學生態問題等等——其實也是充分理解「中國現代文學」的必要基礎，是推動學科發展的新的「學術增長點」。以一直以來頗有爭議的現代舊體詩詞入史問題為例，它之所以引起爭議，不在於文學史背後的「權力」因素，而是我們找不到它在「現代」空間下的合理位置；只有我們明瞭了「新」、「舊」文學在現代空間下的關係，更深刻理解了「現代」的內涵，自然就能夠給出理性的選擇。從這些問題出發，增進對這些現代文學中的異質文學的瞭解，比簡單將之棄之門外顯然更加科學。

二、作為「空間」的民國

在「民國視野」出現的背景中，「現代性」理論框架失效造成文學史評價體系的紊亂是重要原因。作為一種被命名為「現代」的新型文學傳統，探索其「現代性」是天經地義、水到渠成的選擇，但這種本可以推動學科發展的做法，不能說沒有為學界帶來新的契機和思考，卻造成學科內部根本性的分歧。譬如，同樣是探討文學的現代性問題，有學者在中國古典詩詞中發現了「現代性」[2]，有學者在晚清文學中發現了「被壓抑的現代性」[3]，有學者卻在中國現代文學中發現了「近代性」——不具有「現代性」[4]，這就形成了極為荒誕的效果：如果中國古典文學已經具備了現代性，那麼何來古典與現代的區分呢？如果中國現代文學不具備「現代性」，那麼中國現代文學被命名的依據何在呢？

---

[2]　參見江弱水著《古典詩的現代性》，正如該書題名，作者對古典詩歌的「現代性」進行系統闡述。當然此時的「現代性」就成為了一種標準。（生活・讀書・新知三聯書店，2010 年）

[3]　【美】王德威在《被壓抑的現代性：晚清小說新論》中認為「『現代』一義，眾說紛紜。如果我們追根究底，以現代為一種自覺的求新求變意識，一種貴今薄古的創造策略，則晚清小說家的種種試驗，已經可以當之。」（北京大學出版社，2005年，第 5 頁）

[4]　楊春時、宋劍華：《論 20 世紀中國文學的近代性》，《學術月刊》，1996 年 12 期。

　　其實問題的癥結在「空間」上。「現代性」歧義產生的背後，有一個微妙的空間關係，那便是以西方現代文學為標準來參照中國現代文學。但是，「西方現代文學」是多樣化的存在，它並沒有形成某種千篇一律的標準，不同的人對其整體特徵的認識並不相同——這就形成了一個極為荒謬的結果，不同的人用不同的尺子來丈量中國現代文學，最終評價體系的崩潰是必然的後果。其實不論「西方現代文學」是否構成了本質主義的「現代性」，單純從用西方標準來衡量中國文學的做法來看，也充滿荒謬，中西文學有不同的傳統，步入現代後的發展路徑理應不同，預設中國現代文學沿著西方現代文學發展的軌跡前行，不僅是文化的無知也是文學的無知——如果文學的發展只是為了步人後塵，又豈有存在的理由？歸根結底，中國現代文學的「現代性」困境，在認識論上的癥結，便是在把握文學史時缺少「空間」思維，換句話說，學界在認識「中國現代文學」時，並沒有將之視為一個獨立的空間。

　　中國現代文學研究中，「空間」思維缺乏表現是否明顯，最突出的表現為兩個方面：中國現代文學的時空結構長期處於不穩定的狀態，文學史家常常根據對「現代」的不同理解而改變「中國現代文學」的外延；其次，「中國現代文學」對自身的定義也是「非空間性」的，它常常被視為一個「過程」，而不是一個有獨立意義的空間。[5]正因為如此，中國現代文學史研究中，時間成為異常突出的因素，學界對「中國現代文學」內涵認識的深入，常常直觀地外化成文學史「時間」的改變；而通過對文學史「時間」的調整，「中國現代文學」的內涵也就發生相應的改變。我們可以從建國後出現的有代表性的文學史著中，非常明顯地看到「現代」內涵與文學史「時間」的關係。具體見下表：

---

[5]　在「中國現代文學史」建構的敘事中，它常常被認為是一個「過程」，譬如王瑤《中國新文學史稿》中對中國新文學的定位：「中國新文學的歷史，是從『五四』的文學革命開始的。它是中國新民主主義革命三十年來在文學領域中的鬥爭和表現，用藝術的武器來展開了反帝反封建的鬥爭，教育了廣大的人民；因此它必然是中國新民主主義革命史的一部分」。（《王瑤全集》（第3卷），河北教育出版社，第35頁），如果聯繫毛澤東對「新民主主義」是中國革命一個階段的論斷，「新文學」顯然就是一個過程。再如錢理群、溫儒敏、吳福輝《中國現代文學三十年》（修訂本）中的論斷：「這樣的『文學現代化』，是與本世紀中國所發生的『政治、經濟、科技、軍事、教育、思想、文化的全面現代化』的歷史進程相適應，並且是其不可或缺的有機組成部分。（北京大學出版社，1998年，前言第1頁）

「現代」的內涵	「中國現代文學」發生時間（標誌）	「中國現代文學」終止時間（標誌）	代表文學史著作
反帝反封建	1919（五四運動）	1949（第一次全國文學藝術工作者代表大會）	王瑤：《中國新文學史稿》（1951、1953）；唐弢《中國現代文學史》（1979）
現代化	1917 年（〈文學改良芻議〉發表）	1949 年（第一次全國文學藝術工作者代表大會）	錢理群、溫儒敏、吳福輝：《中國現代文學三十年》（修訂本）（1998）
現代性	1898 年前後（甲午戰敗）	世紀末	朱棟霖、丁帆、朱曉進：《中國現代文學史》（1917-1997）（1999）嚴家炎：《20 世紀中國文學史》（2010）

　　在歷史把握中忽略「空間」維度，是歷史決定論的結果，更具體地講是現代性宏大敘事的產物。歷史決定論認為歷史具有必然性、規律性和因果性，它在現代社會的表現形式便是「宏大敘事」。宏大敘事將歷史設計成一種完整的、全面的十全十美的敘事，「由於將一切人類歷史視為一部歷史、在連貫意義上將過去和將來統一起來，宏大敘事必然是一種神話的結構。」[6] 在這種敘事面前，「空間」被不斷壓縮直至成為似有似無的「線」。從對研究的影響而言，在歷史把握中忽略「空間」之維，對文學史實的把握就不免要受到「當代思維」的影響，因為在線性敘事的習慣中，任何歷史事件都不可避免視為某個相關歷史事件的「前史」或「後史」。對狹義的「中國現代文學」而言，「前史」出現的前提是「當代」概念的出現，這意味著「未完成」的中國現代文學，被人為分割成狹義的「中國現代文學」和「中國當代文學」，由於前者並不具有獨立性，因此就會被不由自主置於「前史」地位。歷史研究雖然不可避免要受到「當代思維」的影響，但在主觀上，避免先入為主的態度也是史家的共識，因為只有如此才可能對歷史有較為穩定的看法。譬如學界對「五四新文化運動」的理解，無論是將其視為「新民主主義」的起點[7]，還是中國現代啟蒙運動的開始[8]，或

6　Dorothy Ross, "Grand Narrative in American Historical Writing: From Romance to Uncertainty", The American Historical Review, 100(1995), p. 653.

7　毛澤東：〈新民主主義論〉，《毛澤東選集》（第 2 卷），1991 年，第 662-711 頁。

8　見李澤厚：《中國現代思想史論》，生活・讀書・新知三聯書店，2008 年。

是「一體化」的開端[9]，或是「文化大革命」的源頭[10]，無一例外都是將其視為某個不同歷史時期的「前史」，正是如此，「五四」的形象才會出現如此巨大的反差，而「五四」究竟是一種什麼樣的面貌卻缺乏深入的刻畫。這正是「前史」思維的弊端。

除了「前史」思維的弊端，文學史研究「空間」意識的缺乏，可能導致對歷史發展中具有穩定性、永恆性精神產物的把握。中國現代文學學科奠基者之一的王瑤先生，就曾經對文學史研究中的習慣思維進行過反思：

> 經常注視歷史的人容易形成一種習慣，即把事物或現象看作是某一過程的組成部分；這同專門研討理論的人習慣有所不同，在理論家哪裡，往往重視帶有永恆價值的東西，或如愛情是永恆的主題，或如上層建築決定於經濟基礎之類。研究歷史當然也需要理論的指導或修養，但他往往容易把極重要的事物也只當作是歷史發展過程中出現的一種現象；這是否有所遮蔽呢？我現在只感覺到了這個問題，還無力作出正確的答案，這或者正是自己理論修養不足的表現。[11]

王瑤先生這裡所說的「遮蔽」，到底意味著什麼？這是個仁者見仁的問題。不過，從其將「歷史─理論」、「過程─永恆」對立起來的觀點看，他所要強調的是「歷史中的永恆事物」，也就是說很多被視為「過程」的東西，是不是具有「永恆」價值值得懷疑──換句話說，他是對決定「過程」的文學史觀的懷疑。從歷史哲學的角度，他要在對歷史的時間把握中，確立一種「空間」意識──如果中國現代文學是一個獨立的空間，很多被視為過程的事物是否擁有了永恆的價值呢？

9　洪子誠：《中國當代文學史》，北京大學出版社，1999 年，第 4 頁。
10　林毓生在《中國意識的危機》中認為：這種當代的文化曖昧性（或當代的文化危機）的直接歷史根源，可以追溯到本世紀初中國現代知識分子起源的特定性質，尤其可以追溯到 1915-1927 年五四運動時代所具有的特殊知識傾向。在中華人民共和國的歷史中，又重新聽到了五四時代盛極一時的「文化革命」的口號，其中最富有戲劇性的場面就是 1966-1976 年間「偉大的無產階級文化革命」，這絕非偶然。這兩次「文化革命」的特點，都是要對傳統觀念和傳統價值採取嫉惡如仇、全盤否定的立場。（貴州人民出版社，1986 年，第 3 頁）。
11　王瑤：《王瑤全集》（第 5 卷），河北教育出版社。1990 年，第 662 頁。

在今天的立場上,王瑤先生所說的文學史中「永恆價值的東西」,至少在兩個層面上值得學界深思:第一,當「進化式」的線形歷史成為過往,「現代」的內涵便不一定隨時間的發展呈現日趨豐富的趨勢;也就是說,今天的文學(包括文學制度、文學生態)並不一定比過去的文學更具現代內涵,過去的文學也不一定比今天的文學缺乏現代內涵,因此,簡單地將過去的文學視為一個過程,顯然不利於對中國現代文學「現代」內涵的揭示。與之相適應,學界應該從「空間」上把握中國現代文學的「現代」內涵,「現代」應該是由不同時期人類文明的「制高點」形成的空間結構,在這種結構下,歷史當中的每一個點都有可能成為「制高點」,就有可能成為「永恆價值的東西」。第二,與拋棄線性歷史相對應,中國現代文學也應該從中西二元對立的思維中解放出來。如果「現代」是由不同時期人類文明的「制高點」形成的空間結構,那麼「中國現代文學」的空間不可能與「中國古代文學」或「西方文學」的空間重合或被遮蔽,因為人類文明的向度並非一致,因此成就並不具有完全的可比性。因此中國現代文學創造出的在人類文明中的「制高點」,也是「永恆價值的東西」。在過去研究中,很多學者將「現代性」視為全球普適的某種標準,由此來衡量中國現代文學,得出所謂「20世紀文學的近代性」、「譯介的現代性」等看法,都是用西方標準來消解中國現代文學的獨立性。這也是對中國現代文學研究中「永恆價值的東西」的漠視。

從確立中國現代文學研究的「空間」意識的角度,「民國」的重要文學史意義在於它也是一個「空間」,雖然「民國空間」與中國現代文學的「現代空間」並不能簡單地劃上等號,但它對於增進學界對「現代空間」的認知卻大有裨益。作為兩種不同的歷史認知方式,「民國空間」與中國現代文學的「現代空間」是平行結構,雖然兩者的具體所指可能有重合之處,但它們所要展示的歷史內容卻存在差異:「民國空間」所要揭示的是一種政權形式為文學提供的生存空間,「現代空間」則是現代文學在一定時空內創造出的精神空間;如果將「民國空間」等同於中國現代文學的「現代空間」,就等於將「民國文學」視為中國「現代文學」的標準,這不僅不符合歷史實際,在認識上也犯了機械主義的錯誤。不過,在「現代」的時間邊界尚在爭議之時,「民國」至少在以下三個方面對於中國現代文學研究有不可忽視的意義:首先,它可以幫助我們將歷史物件認識固定在一

定的時空內，避免「前史」思維對歷史物件的人為變形和歪曲；其次，它將民國時期的文學視為一個獨立的空間存在，在方法論上克服了「中西二元對立思維」的思維「瓶頸」；最後，民國空間中涉及到國家體制與文學發展複雜關係的重要內容，本身也是「現代」的重要內涵之一，對這些現象的揭示也是對「現代」的深刻揭示。

三、民國視野與「人的文學」

　　「民國」在中國現代文學研究中出現的重要原因之一，在於它補充了中國現代文學研究中的很多缺失，譬如張中良先生提出的「民國為中國現代文學提供的發展空間」、「還原面對民族危機的民國姿態」等問題；李怡先生提出的「民國機制」問題，都是中國現代文學研究中的「盲點」（或是重視不夠的領域）。這些問題的出現，可以歸咎於文學史研究中「空間」維度的缺乏，因為這些問題都屬於「空間」問題，如果我們恢復了中國現代文學發生發展的空間，這些問題就可能不會成為盲點。但歷史畢竟是歷史，歷史空間的恢復只能依靠後人的想像，即使我們填補了這些盲點，其實依然可能還有很多新的盲點存在著。就恢復歷史的空間的角度，我們必須在文學史中加入「人」的維度，因為任何空間都是為人的實踐所創造，只有牢牢地把握了「人」的維度，才可能充分還原歷史的空間。張中良先生和李怡先生指出的研究「盲點」，從「人」的維度去思考，是中國現代文學史研究的基礎問題，文學是由「人」創造的，人的活動離不開所處時代的社會語境，不考慮「人」與時代的關係來談文學——至少不符合史學研究的規範；但是在既往的中國現代文學研究中，「人的文學」的傳統常常被忽略——或者說並沒有被充分體現出來。王富仁先生在上世紀 90 年代批判「中西二元對立」思維曾指出了這一問題。他指出：

　　　　這個我們過去常用的研究模式有一個最不可原諒的缺點，就是對文化主體——人——的嚴重漠視。在這個研究模式當中，似乎在文化發展中起作用的只有中國的和外國的固有文化，而作為接受這兩種

　　文化的人自身是沒有任何作用的，他們只是這兩種文化的運輸器
械……[12]

　　王富仁先生在具體分析中，指出「人」在中國現代文學發展中作用主
要體現為兩個方面──選擇和創作。具體說來，在中西既有文學傳統和文
學資源下，「人」的「選擇」推動了歷史的具體進程；「人」的「創造」
為歷史發展注入了「各不相同的個人因素」。其實這也是美國學者安德魯‧
芬伯格認為「可選擇的現代性」[13]的存在原因，正是「人」的參與，歷史
發展並非理想狀態的客觀公正，而不可避免加入了「人」的痕跡。

　　準確地說，過去的文學史研究也並非沒有注意「人的文學」的重要意
義，只是僅僅將之理解為文學的性質問題，將「人」理解成某種觀念和主
義。這就將「人的文學」的內涵偏狹化了，「人的文學」不僅是中國現代
文學的一面旗幟，也是文學史研究中的一個常識；它不僅是文學性質的區
分標準，也包含了「人創造的文學」的動態內涵。忽略了後一個內涵，就
忽略了人的具體性，就是對「人」的理解的偏狹。

　　其實，在文學研究中忽略了「人」的作用，也是對「文學」理解的偏
狹。文學研究中「二元對立」思維的背後，有一個抽象的「文學」存在，
即文學是某種樣態。正是有這種思維的存在，研究者便可以在一部文學作
品、一個文學思潮中發現「本源」的因素。這種對文學抽象理解的弊端十
分明顯，它肢解了文學（作品或思潮）的完整性，同時也僵化了文學傳承
的豐富性。

　　對「人」和「文學」的抽象理解並不僅僅是人為的結果，在某種程度
上，它可以視為「現代」歷史框架的必然局限。按照法國社會學家列斐伏
爾對「空間」歷史的考察，「現代」是資本主義「抽象空間」的表徵。「抽
象空間」是列斐伏爾根據資本主義生產方式而界定的一種社會空間，它的
顯著特點是「擦除區分」[14]，資本主義的本性，決定了資本主義的抽象空
間必然以消除各種空間性差異，實現世界空間的一致性為目標。「現代」

[12]　王富仁：〈對一種研究模式的質疑〉，《佛山大學學報》，1996 年第 1 期。
[13]　見【美】安德魯‧芬伯格著，陸俊等譯：《可選擇的現代性》，中國社會科學出版
社，2003 年。
[14]　Henri Lefebvre. The production of space. Translated by Donald Nicholson-Smith. Oxford
UK Blackwell, P48. 1991.

作為抽象空間的表徵，是構想出來的人類歷史的發展階段，它被假想為全人類的必經選擇，其內涵也被進行了本質主義的界定，否定了差異性「現代」存在的可能。在此歷史框架中，人的差異性和文學的豐富性自然便受到壓制，「人」和「文學」都變成扁平化的存在。

因此，在中國現代文學研究當中，不僅應該在認識論上加入「空間」之維，還應該注意到這個「空間」不是一個「抽象的空間」，而是一個「差異空間」。「差異空間」是列斐伏爾對資本主義「抽象空間」的批判後創造出的一種理想空間，所謂「差異空間」，即強調差異性，從而給個體充分的自由。其實，只要中國現代文學研究中體現「人的文學」的精神，中國現代文學的空間自然是一個「差異空間」，因為「人」是豐富的，只要注意到人在中國現代歷史中的具體存在，中國現代文學必然呈現出豐富性、差異性、多元性。反過來，只有我們在意識中認識到「現代」是差異性的存在，中國現代文學本身便是多元並呈的格局，「人的文學」的精神也才會在研究中得到貫徹和體現。

就「空間」的性質而言，「民國」建構的歷史時空屬較為中性的「歷史空間」，其特點是它並不強調內部事物的有序性，既不強調抽象的統一，也不強調差異的多元。就恢復「人」在文學發展中的主體地位而言，在「差異空間」尚難以建構的境況下，中性化的「歷史空間」是有效的補充。「民國文學」將「文學」回歸到「民國社會」的廣闊空間，在這個空間中，「文學」和「人」的具體性都可能得到極大還原，它有助於我們建構中國現代文學的「差異空間」。

結語：史學的「民國」與方法的「民國」

概括起來，「民國」的文學史意義可以從史學和方法兩個層面上進行考察。在史學上，民國在時間上的確定性，可以為「未完成」的中國現代文學史提供一種斷代考察的可能，這對於尚處於無限發展中的中國現代文學而言，可能是長期採用的權益之舉；其次，作為一種用「空間」結構文學史的新範型，可以幫助中國現代文學研究回到正常的時空結構之中，打破現代性「宏大敘事」和中西「二元對立」思維造成文學史認知的先在偏見，突出中國現代文學的獨立性和創造性；最後，「民國」作為一個中性

歷史空間，可以避免「現代」抽象空間對「人」和「文學」豐富性的壓制，從而可以最大可能彰顯中國現代文學的內在豐富性。

「民國」的史學意義對於具體研究而言，可以生發出許多新的研究點，如「民國史與中國現代文學」，「民國機制」中涉及到民國法律、民國出版、民國政治、民國經濟等因素與中國現代文學的關係，再如國民黨政權主導下的文學現象和文學思潮等等，或者在過去的研究中被忽略，或者有研究但考察不深入，對這些問題的深入研究，可以豐富我們對中國現代文學的認知。

「民國」的史學意義，決定了「民國文學」作為一個歷史框架在當下的必要性——甚至在未來的文學史研究中，「民國文學史」可能成為長期的斷代策略。但在具體研究中，我並不認為可以拋棄「現代」，雖然現代作為一種本質化、抽象化的歷史建構策略顯出了諸多弊端，但正如美國學者斯蒂芬・埃裡克・布隆納在啟蒙受到質疑後「重申啟蒙」一樣，「現代」和「啟蒙」作為一種「進步思想」，「保留了一種批評的維度，因為它意味著質疑現有的確定性」。[15]這種批評的維度對於當下中國來說，具有不可或缺的意義。

在「民國」的史學意義中，我們還能覺察到「民國」作為一種「方法」的存在，那便是在文學史研究中加入了「空間」維度。其實，無論是「民國文學史」、「民國史視角」，還是「民國機制」，背後體現的都是一種「空間思維」，更具體地說，都是將中國現代文學置於「民國空間」中去認知、理解和研究。這個過程，看似彰顯了「民國」，實際體現出的是「空間」精神。中國現代文學研究過去太注重時間的延續性，認識事物習慣於前後聯繫、左右參照，以便形成一個時間的敘事，這種做法導致的結果，便是對歷史物件的認識遮蔽與彰顯同在，大到整個「中國現代文學」，小到具體的思潮、流派、作家，文學史都不能為其塑造一個正面的、確定的形象。其實，這正是在文學史研究中缺少「空間」維度的弊端，如果不能在空間上把握一個物件的存在，這個物件便失去了它的獨立性和確定性，沒有獨立性的事物怎麼可能會有確定的形象呢？

15　斯蒂芬・埃裡克・布隆納：《重申啟蒙——論一種積極參與的政治》，江蘇人民出版社，2006 年，第 23 頁。

　　「中國現代文學」長期處於這樣曖昧不明的境地，作為一個獨立學科，它老是被置於中國古典文學和西方現代文學的「夾縫」當中，似乎具有自己的獨立性，又似乎不過是另外兩種文學的一個「影子」。真的是這樣嗎？問題的根本是，我們從來沒有去認識中國現代文學的「空間」，沒有認識到在這個新型文學傳統的背後，有一個更加確定更加獨立的「現代空間」──有了這個「空間」的存在，「中國現代文學」必然與「中國古典文學」和「西方現代文學」拉開了距離。

　　為了說明中國現代文學的獨立性，王富仁先生曾經創造性地提出了「對應重合論」，他以魯迅為例對此理論進行了具體說明：

> 魯迅對周圍現實的反諷態度與果戈理等外國作家對他們自己的社會的反諷態度、與吳敬梓等中國古代作家對他們那時的中國社會的反諷態度在魯迅這裡構成了一種重合的關係，由於這種重合，三者的界限在魯迅這裡已經不具有實際的意義，你同時可以用三種不同的方式指稱它，你可以說它是外國文學的影響，也可以說它是中國古代文學傳統的繼承，又可以說是魯迅個人的獨立創造，但不論怎麼說，都不意味著中外文化的簡單對立。[16]

　　其實，如果從空間的角度認識這一問題，魯迅的創造性更容易得到彰顯。魯迅的反諷與果戈理和吳敬梓的反諷最根本的差別，是它們存在的社會空間的不同，更具體地講是魯迅與果戈理、吳敬梓社會遭遇的差別，這決定了他們進行反諷的動力、對象已經包含情感的差別，直至最終審美效果的差異。不僅是魯迅，中國現代文學的很多作家的獨創性，只要在空間的範疇中去認識，都能得到更加深刻地認知。

　　在這裡，為了更清晰地說明中國現代文學研究中增加「空間」維度的必要性，很有必要對「空間」的具體內涵作更進一步的說明。「空間」不是一個假象之物，它的基礎是人的實踐活動；空間之所以應該成為歷史考察的重要維度，是因為人的實踐活動首先在空間中展開。因此，空間的第一層內涵是人的實踐活動相關聯的諸多社會因素所形成的社會關係。就文學研究而言，它便是張中良先生所要進行的「歷史還原」之後的社會空間，

---

[16]　王富仁：〈對一種研究模式的質疑〉，《佛山大學學報》，1996 年第 1 期。

也是李怡先生在闡述「民國機制」時指出的「是從清王朝覆滅開始在新的社會體制下逐步形成的推動社會文化與文學發展的諸種社會力量的綜合」[17]。其次，就人的實踐而言，它不僅在一定的社會空間中展開，同時又創造出新的社會空間。「（社會）空間是（社會的）產物」[18]，這對於文學研究的啟發意義在於，在一定社會空間中形成的文學思潮、流派、分類又構成了一個新的空間，譬如現代文學中「左／右」、「新／舊」、「雅／俗」的關係，也形成一種「空間」存在，也是文學研究的重要內容。「空間」的兩個層面內涵在具體歷史過程中形成辯證的關係，「空間」既是因又是果，既是產物又是前提，正是這個動態的過程，「空間」與「歷史」不可分割的結合在一起。

從「空間」的角度，許多中國現代文學研究的難題更容易得到合理的解決。譬如中國文學的現代之變，過去從文學的思想、語言、制度、形式等等方面進行分析，得出的結果基本上都是「傳統之中有現代，現代當中有傳統」——這種模稜兩可的說法等於沒有作出回答。實際上，中國現代文學之變是形成了一個新的文學「空間」，在這個空間中，即使是同質的文學技巧、類型，因為與周圍事物關係的變化，自身也已經發生了變化。譬如上文提到的魯迅作品中的「反諷」、再譬如飽受爭議的「舊體詩詞」、再譬如學界常提的「抒情傳統」、「中國經驗」種種，當它們出現在不同的敘事結構，文類結構、表意習慣中，與不同的精神個體相聯繫，自身已經發生了變化。

準確地講，過去的中國現代文學研究，並非全然沒有注意到「空間」，譬如「階級分析法」也注意到政治、經濟環境對文學發展的影響；「純文學」觀下的外部研究也挖掘出現代傳媒制度等因素的重要意義；包括「純文學」要將文學從政治的陰影下獨立出來，都是從「空間」出發進行的思考。但是，這些對空間的思考，都存在著各種各樣的偏狹，最終並沒有改變文學史被時間主宰的事實。「階級分析法」對文學政治經濟制度的考察，「外部研究」對文學工業的研究，都只是將「空間」理解為文學生產的「物

---

[17] 李怡：〈民國機制：中國現代文學的一種闡釋框架〉，《廣東社會科學》，2010年6期。

[18] Henri Lefebvre. The production of space. Translated by Donald Nicholson-Smith. Oxford UK Blackwell, P26. 1991.

質空間」，忽略了文學生產、空間與「人」的豐富聯繫，因此並不能對中國現代文學所形成的空間進行整體把握。「純文學」將文學視為一個獨立的空間，在「物質空間」之外認識到人的「精神空間」的存在，但它將「精神空間」與「物質空間」對立起來，忽略了「人」的完整性，因此也難以全然揭示中國現代文學的空間內涵。正是這些原因的存在，文學史研究留給了「民國」歷史文化框架豐富的闡釋空間。

書評書論

共和國看民國
──書評《民國文學討論集》

■張俐璇
（致理技術學院通識教育中心專案助理教授）

　　本書收錄自 1997 年以來，關於「民國文學」討論的論文 40 篇，以及中國「現代文學」研究述評 3 篇。從收錄的篇目來看，可以發現「民國文學」與「現代文學」既相近又相疏的關係。這裡要先談一下，關於「現代文學」詞彙的意涵所指。在台灣，無論是中國文學系所，抑或是台灣文學系所，大抵以白話文的書寫為分野，將文學研究概分為「古典文學」與「現代文學」；而在中國的文學史研究，則是有「古代文學」、「近代文學」（1840-1918）、「現代文學」（1919-1948）與「當代文學」（1949-）之分。「近代文學」起始於清道光二十年的鴉片戰爭；「現代文學」濫傷自五四運動；「當代文學」則起於「共和國」成立。而今日，在如是既定的分期下，加入「民國文學」（1912-1949）的討論，勢必重整「近代文學」與「現代文學」的劃分，是對既有研究框架的活化與更新。

一、從「新文學」、「現代文學」、「20 世紀中國文學」到「民國文學」

　　但凡一個詞彙的概念，一旦固定下來，那便缺乏新的可能。因此，「『民國』最動人也最成功的價值就在於『新氣象』與『新想像』。[1]」正如同黃子平、陳平原、錢理群等學者，在上個世紀八〇年代提出「20 世紀中國文學」的「新」概念，試圖打通「近代」、「現代」、「當代」的「分隔」

---

[1]　張堂錡，〈從「民國文學的現代性」到「現代文學的民國性」〉，李怡、羅維斯、李俊杰編，《民國文學討論集》（北京：中國社會科學出版社，2014），頁 167。為精簡文章篇幅，以下若未詳述書籍資料者，皆為本討論集論文。

狀態，將文學史進程視為一個整體，並且將中國文學的發展與世界歷史進程的「20 世紀」聯繫起來[2]；王德威在上一個世紀末提出「沒有晚清，何來『五四』？」的「新」觀點，將「晚清」視為中國新文學史的發端，「新文學」[3]的討論，因此得以向前推進三、五十年之多；世紀之交，「民國文學」也嘗試繼續打開了既有的詮釋框架，將過去「中國現代文學三十年」的討論，擴充為「中國現代文學三十七年」，現代文學的討論，不再以五四作為疆界，而是以 1912 年的民國元年，作為起點。[4]

　　也因此，之所以會出現這樣的「討論集」，大抵是中國學者意圖突破自身在現代文學研究上既有的侷限。本書分有四編，第一編即是針對「中國現代文學研究範式」的反思，收有論文 10 篇。有陳福康首倡以「民國文學」為「現代文學」「正名」，在作為「斷代史」的時間意義上，符合「中國傳統的修史原則」[5]；也有張福貴提出，應當將具有「現代性」意義的「現代文學」命名，回歸時間概念的「民國文學」。[6]意義概念的「現代文學」，與時間概念的「民國文學」，[7]前者側重「思想的現代性」，後者則被定位在「一個朝代的文學」。兩者在研究時間上的起止點不同，所提供的不同研究取徑，[8]至少帶來了幾方面的改變：一是避開了在一般意義上容易含混不清的「近代」與「現代」，以及看似將永無止盡的「當代」分期法；二是將時間幅度拉開，增加足以列入研究範疇的題材，既能包含通俗文學，不讓文學史讓知識精英話語專擅，亦囊括過去不在「現代」討論之列的民初古體詩詞[9]；三是因之留意到左、右翼的較勁與制衡關係，例如

---

[2]　張桃洲，〈意義與限度──作為文學史視角的「民國文學」〉，頁157。

[3]　「新文學」作為對近百年來白話文學約定俗成的稱謂，大抵可以追溯到 1929 年朱自清在清華大學講授「中國新文學」、編訂《中國新文學研究綱要》。李怡，〈中國現代文學史的敘述範式〉，頁 62、55。

[4]　丁帆，〈新舊文學的分水嶺──尋找被中國現代文學史遺忘和遮蔽了的七年（1912-1919）〉，頁 297。

[5]　陳福康，〈應該「退休」的學科名稱〉，頁 4。

[6]　張福貴，〈從意義概念返回時間概念──關於中國現代文學史的命名問題〉，頁 6-10。

[7]　張福貴，〈從「現代文學」到「民國文學」──再談中國現代文學的命名問題〉，頁 314。

[8]　陳國恩，〈民國文學與現代文學〉，頁 323。

[9]　范伯群語。陳國恩、范伯群、周曉明、湯哲聲、何錫章、譚桂林、劉川鄂、徐德明，〈百年後學科架構的多維思考──關於中國現代文學史起點問題的對話〉，頁 86、87。

對向來以左翼為本格的共和國來說，曾經「政治不正確」的右翼民族主義、通俗小說等文本，都因而有重新被「正視」的機會。

二、右翼視野的復歸

　　如是觀點的提出，對於共和國來說，是一相當大的改變。因為教過幾代學人的共和國教科書，大抵都是這樣進行文學史教育的：中國「現代文學」濫觴於 1919 年，開始於由無產階級領導的「五四新文化運動」和「五四新文學」。站在堅守無產階級立場的「人民共和國」視角，「民國」賴以建立的辛亥革命，是一場資產階級的民主革命；因此以「民國」重新界定文學史的分期，無疑等於是將無產階級的成就時間「向後挪」，並且承認了「資產階級民主革命」奠定了「人本主義的社會基礎和思想基礎」，這種對於資產階級的正向論述，在過去幾乎是「大逆不道的異端邪說」[10]。換句話說，因為「民國視野」[11]的納入，而得以檢視，在廣義的「現代中國」進程中，實際上是包含著三種政權形態的：晚清王朝、中華民國，以及中華人民共和國；而中國得以從「半封建半殖民地」走到今天「社會主義新中國」，正是因為有「民國」作為過渡。

　　職是之故，「民國文學」的概念，帶來了許多變與不變。如果說，台灣在 1970 年代的鄉土文學論戰，是一場「左翼傳統的復歸」[12]；那麼中國在新世紀的第一個十年，關於「民國文學」的討論，可說是「右翼視野的復歸」。這是「民國文學」所帶來的最大的「變」；而不變之處，則在於「民國文學」是「以政體與國體的改變來劃界」，仍舊「是符合馬克思主義歷史學原理的」[13]。

---

[10] 丁帆，〈關於建構民國文學史過程中難以迴避的幾個問題〉，頁 171、172。

[11] 周維東將「民國文學史」、「民國史視角」與「民國機制」等「聲音」，統稱為「民國視野」。周維東，〈中國現代文學研究中的「民國視野」述評〉，頁 191。

[12] 陳映真編，《左翼傳統的復歸：鄉土文學論戰三十年》（台北：人間出版社，2008）。

[13] 丁帆，〈給新文學史重新斷代的理由──關於「民國文學」構想及其他的幾點補充意見〉，頁 45。

三、從「民國文學」到「民國機制」

大凡創新，必有挑戰。「民國文學」之所以出現「討論」，來自於摸索，對於一個嶄新視角的立論建構；同時也來自於「命名」的問題——潛藏在字面之下，今日兩岸定位的尷尬：究竟是國體的對立？抑或只是政體的殊異？本書的第二編和第三編，便是「民國文學」研究架構的辯證與開展，各收論文 14 篇。反對最力者，當屬兩種觀點，一者認為「『鴛蝴』文學、舊體詩詞之類確實並沒有太多的文學價值與文學史意義」，應當堅守「現代文學」的「現代性」意義；二者是因為對於「共和國」來說，所謂的「民國」，指稱的是 1912-1949 年，是一「過去」的存在；但「當時的台灣和『滿洲國』都是日本的殖民地，它們實際上並不屬於『民國』，『民國文學』怎麼能夠涵蓋這些地域的文學呢？[14]」

因為攸關「政體與國體」，對於「民國文學」一詞，共和國論者顯得小心翼翼。一如 1977 年陳映真〈鄉土文學的盲點〉[15]一文，本意在於預防針式地指出「盲點」，卻反而挑破了潛伏於「鄉土文學」之下「中國結」與「台灣結」的問題；「民國文學」的提出，也有其曖昧的灰色地帶：是否得以維持大中國的一統性？在這個脈絡之下，李怡所提出的「文學的民國機制」成為可以接受的最大公約數，因為「這個概念迴避了如何對這個時期的文學進行命名的問題。[16]」李怡將「民國機制」視為「推動社會文化與文學發展的諸種社會力量的綜合」[17]。「民國機制」的提出，在相當程度上，可以說是受益於西方「文化研究」思潮，特別是 Bourdieu 的文化

---

[14] 羅執廷，〈「民國文學」及相關概念的學術論衡〉，頁 113、117。除開日治時期的台灣文學，戰後初期（1945-1949）的台灣文學，也是「民國文學」詮釋框架力有未逮之處。

[15] 陳映真，〈鄉土文學的盲點〉，《台灣文藝》革新二期（1977 年 6 月）。該文是對葉石濤於《夏潮》發表的〈台灣鄉土文學史導論〉之回應。兩者的史觀迥異，葉石濤自明鄭以降四百年的台灣歷史遭遇寫起；陳映真則以 1840 年鴉片戰爭為起點，將台灣鄉土文學置放在「西方帝國主義侵略」的脈絡下觀之。

[16] 呂黎，〈文學、文學史、文學生產方式——從兩本劍橋文學史談文學的「民國機制」〉，頁 127。

[17] 李怡，〈民國機制：中國現代文學的一種闡釋框架〉，頁 247、248。

場域理論，將「民國文學」納入社會文化關係的總體版圖，觀察其間「綜合性的文學表現形態」[18]。

四、「新時期」的「20世紀中國文學」與「新世紀」的「民國文學」

十年磨一劍。「民國文學」一詞的提出，其實並非「新」鮮事，早在上個世紀末就有「中華民國文學史」的論述；那麼何以在2009以後，風風火火了起來？是闔上這本討論集之後，值得思考的一點。誠如「20世紀中國文學」的提出，與中國在「20世紀八〇年代文化場域」密切相關[19]；因此「民國文學」之所以再次進入研究者的視野，除了有李怡、秦弓等學者的倡導與闡釋外，大抵也與當今的中國國情有關。上個世紀的八十年代，改革開放後的中國「新時期」階段，亟欲「與世界接軌」，「20世紀」成為「東西與共」的時間進程；而這種意圖「被世界看見」的想望，在2008年北京奧運，以及2010年上海世博以後，臻至高峰。如同竹內好所言，「參與世界」也要有自己的特色，[20]或者說全球化與在地化總是相伴而生的，找出「中國特色」於焉別是重要。也因此，例如李怡所提出的「民國機制」，其實就是努力返回到「自己的歷史語境之中」；並且通過「民國機制」，發現什麼是「自己的『現代』」[21]。

如果上一輪的「重寫文學史」企圖，是帶著「走向世界」的想望；那麼這一回合的「重寫」，則是「自我的回歸」。也因此，上一輪的詮釋框架是「20世紀」；而這一回新的研究方法則是「民國文學」。換句話說，此一詮釋觀點改變的背後，有其從「與世界接軌」、「被世界看見」，到回頭「找自己」的過程。特別是，這個「自己」，對於「經歷過『階級鬥

---

[18] 李怡，〈中國現代文學史的敘述範式〉，頁72。

[19] 賀桂梅，〈第四章 20世紀・中國・文學〉，《「新啟蒙」知識檔案——80年代中國文化研究》（北京：北京大學出版社，2010）。

[20] 原文中譯為「有自己的國籍又和生活聯繫在一起，這才能參加到世界共通的課題之討論中去，才能為學問的發展作出貢獻。」竹內好是針對日本歷史學界的現象——追求學術的世界性而脫離民眾生活的研究取向——所提出的建議。竹內好，〈給年輕朋友的信——對歷史學家的要求〉，《近代的超克》（北京：新華書店，2005），頁270。

[21] 李怡、周維東，〈文學的「民國機制」答問〉，頁148。

爭』年代的人們」來說，討論「人的文學」而非專注在「階級論」[22]的民國文化人，那種「『民國氣質』多少成為一個令人感嘆和緬懷的概念」[23]。因為「陌生化」（defamiliarization）的緣故，也因為「民國」所摻雜著的幾許小資情調頹靡趣味，與當前中國的市場經濟有了相應和的節奏，於是很快吹起了尋找「民國範兒」[24]的懷舊風潮。

五、民國與台灣

　　「還在使用民國紀元的台灣，被大陸人民認定承襲了民國範兒。[25]」共和國對與古老民國的嚮往，轉嫁成為一種「台灣情結」，猶如在台灣，可以見到那傳說中的樓蘭古國。

　　但是，在海峽這一端的台灣，對於「民國」又是怎生看呢？相較於共和國對於「民國文學」的熱烈討論，「台灣學界對此的反應相對顯得冷清」[26]。這種「冷清」，也是其來有自。如同此前不久，「華文文學」一詞的提出，因為概念與範疇的包山包海，[27]「去」國族疆界的大餅包小餅行徑，令許多以台灣為主體的研究者坐立難安；「民國文學」作為研究框架，不僅共國和學者小心翼翼，以台灣為主體的學者，大抵也是正襟危坐展書讀。不過，如果說「民國機制」提供了中國「現代文學」研究一有力（且安全）的視角，那麼「民國性」的觀照──「在台灣階段的民國性，保留了什麼？改變了什麼？在與台灣在地的本土性結合之後，型塑出何種

---

[22] 「原來的『社會經濟史』研究，總是將作家的『階級』屬性放在一個十分突出的位置」，而「民國文學機制」的提出，讓共和國建立「前三十年」的文學討論，不再拘泥於「階級論」。姚丹，〈以「民國經驗」激活「民國機制」──中國現代文學史研究新的可能性〉，頁187。

[23] 李怡，〈從歷史命名的辨正到文化機制的發掘──我們怎樣討論中國現代文學的「民國」意義〉，頁289。

[24] 「範兒」是北京方言，也是京劇行話，派頭或情調之意。盧素梅，〈民國熱大陸懷舊思潮正蔓延〉，《中國時報》，2014年10月11日。

[25] 葉家興，〈想我陸生夥伴們：台灣還有沒有「民國範兒」？〉，Yahoo奇摩新聞，2013年5月13日。

[26] 〈回歸文學本位，還原歷史現場〉，國立政治大學《民國歷史文化與文學研究中心通訊》第1期，2014年12月，頁3。

[27] 近期最大的爭議焦點，莫過於馬森甫出版的三冊《世界華文新文學史：中國現代文學的兩度西潮》（台北：印刻出版公司，2015）。

不同面貌的民國性呢？[28]」——則更加充實了台灣文學自身的發展，特別是戒嚴時期，國民黨的文藝政策與主導文化。

對於台灣來說，所謂的「民國」是由在中國內戰敗逃的「武裝政治移民」集團（settler group）所形構的「遷占者國家」（settler state）[29]；「民國」的「親臨」，故事是從 1949 年開始的。因此，《民國文學討論集》至少可以提供台灣文學研究對於「民國來時路」的重新認識。例如張中良提出「民國史視角」，特別留意「民國文學的生態系統」，注意到「左翼文學與自由主義文學、民主主義文學、民族主義文學同時並存」[30]的複合關係；又如抗戰時期，淪陷區、解放區、國統區的文藝對策與角力。在台灣文學研究中，納入「民國視野」，顯影的是，「民國」從南京、重慶到台北，幾度遷移，政策相隨。尤其是 1949 年後在台灣的「三民主義文藝」和「民族主義文藝」政策，幾乎是「民國文學機制」的延續物種。過去在南京、在重慶的「民族主義文藝」政策，在台北成為凝聚「自由中國」想像共同體的最佳利器：過去「抗日」與「整合國共差異」的經驗，更新為「反共」與「調和省籍矛盾」的治理效用。因此，1949 年後，當「延安精神」成為「共產中國」的重要組成；「重慶經驗」則是「自由中國」文藝體制的建立基礎。[31]

如果說「民國機制」概念揭示了中國「現代文學創造的祕密」[32]；那麼「民國性」則幫助台灣文學釐清「戒嚴時期黨國文藝政策制定的理由」。易言之，因為「民國文學」的討論，幫助理解 1949 年後台灣文化場域的複雜性，三民主義寫實主義、自由主義現代主義、社會主義現實主義等諸多意識形態，之所以角力的舊恨新愁／仇。[33]在一個「民

---

[28] 張堂錡，〈從「民國文學的現代性」到「現代文學的民國性」〉，頁 168。

[29] 此為若林正丈在 Ronald Weitzer 論點上提出的定位。若林正丈，洪郁如、陳培豐等譯，《戰後臺灣政治史：中華民國臺灣化的歷程》（臺北：國立臺灣大學出版中心，2014），頁 6、101。

[30] 秦弓（張中良），〈三論現代文學與民國史視角〉，頁 276。

[31] 張俐璇，〈重慶之民，自由之國：「後 1949」台灣小說中「民國文學機制」的承繼與演繹〉，《中國現代文學》第 26 期，2014 年 12 月，頁 89-106。

[32] 譚蘇語。王澤龍、王海燕等，〈對話：關於「民國文學機制」與現代文學研究〉，頁 235。

[33] 張俐璇，《建構與流變：「寫實主義」與台灣小說生產》（台南：國立成功大學台灣文學系博士論文，2014）。就筆者來說，開始進入「民國文學」的研究，係出自

國」，兩岸各自表述的努力中，也將漸次體現「我們如此相同卻又全然不同。」[34]

於博士論文的撰寫經驗。論文認為「寫實主義」在台灣有一「建構與流變」的過程，以 1922-2012 年間的台灣小說生產為例，至少受到殖民主義、民族主義、自由主義以及社會主義等意識形態的導引。其中最難為的章節，大抵是戰後初期以及五〇年代的黨國文藝政策，因為大凡今日的現象，多有過去的來由，因此論文追溯「民國」遷台前的文藝政策；然而這部分的資料，往往「壁壘分明」，右者（自由中國／台灣）恆右，左者（中國）恆左，在右翼為民族氣概，在左翼則為反動封建。也因此，當論文完成後，在關於「民國文學」的討論中，欣見左右「平衡」的可能。

[34] 李昂，《七世姻緣之台灣／中國情人》（台北：聯經出版公司，2009），頁 138。

民國視野：走出「現代性」研究範式的方法
——兼論《民國文學史論》叢書

■熊權

（河北大學文學院教師）

　　「民國視野」是對中國現代文學研究界一系列有關「民國」的研究總稱（下文簡稱「民國」）。[1]在當前學界「反思現代性」的整體格局之中，它是獨特的，同時又與其他研究路向發生對話。「民國」自有其運用限度，但不可否認的是，從理論宣導到研究實績已經顯示出了它的啟示與意義。目前，又有《民國文學史論》叢書這一規模性成果問世。[2]筆者不才，藉此談談對這一類研究的理解及個人想法。

一、「現代性」研究範式的意義與危機

　　從研究者首倡「民國」至今，已經超過 15 年了。[3]有踐行者將它放置在「重寫文學史」的歷史脈絡中加以考察，強調「它的出現本身就充滿了學術對話的意味……與中國現代文學史研究固有的方式形成某種延續和駁詰」。[4]筆者非常認可這種學術史之梳理，宏觀意義上的「民國」的確是一種方法論。只是，本文採取的視角不同，主要從「現代性」，這一曾經在現代文學研究領域長久居於主導地位的學術範式說起，由此瞭解「民國」研究所隱含的「問題意識」。

---

[1]　按研究者總結，中國文學研究界出現了以「民國」來重新結構、研究中國現代文學史的設想和實踐，主要包括「民國文學史」、「民國史視角」、「民國機制」三種聲音，統稱為「民國視野」。參見周維康：〈中國現代文學研究中的「民國視野」述評〉，《文藝爭鳴》2012 年第 5 期。

[2]　李怡、張中良主編：《民國文學史論》（共 6 卷），廣州：花城出版社，2014 年。

[3]　目前公認，是學者陳福康最早提出「民國文學」的設想，時間在 1997 年。

[4]　李怡：〈重寫文學史視域下的民國文學研究〉，《河北學刊》2013 年第 5 期。

　　庫恩在《科學革命的結構》提出「範式」與「危機」兩個概念，用以描述自然科學是在因循傳統與突破傳統的交替之中得以成長、發展的。[5] 這裡嘗試從範式的意義與危機兩個方面，分析中國現代文學學科的「現代性」研究。按庫恩的說法，科學家總以同時代的最高成就作為楷模，由此展開自己的研究。所以，任何具體的科學成果必然無法脫離傳統、或者說「範式」的影響。然而，當成果積累到一定程度，新的科學事實不斷出現，終究會衝擊「範式」，令它解釋某些問題時失靈，於是出現「技術上的崩潰」──這就是危機之生成。「現代性」範式也歷經了類似的意義與危機過程。值得注意的是，意義值得大書特書，危機也絕非壞事，它預示著新的可能。

　　「現代性」範式自新時期以來逐步建構成形，其意義毋庸置疑，它大大衝擊、質疑了政治意識形態所支配的現代文學研究。老一輩學人談論伴隨自己成長的現代文學學科時，總免不了感歎這是一個建立在新中國政權之下、以論證「新民主主義革命」之合理性為目的的學科，無非感歎很長一段時間內，政治限制了研究者的視野、造成短見。而「現代性」研究明確將現代文學視為一種承載「人的現代化」、「思想現代化」的語言形式，[6] 把學科研究從「革命史」框架中解放出來，難怪人們如釋重負，宣稱「中國現代文學研究將從意識形態的武器轉變為科學的、常規化的文學研究」。[7]

　　當「現代性」光芒照進政治意識形態籠罩的陰暗，在 1980-1990 年代中，學界最富活力的學術命題當屬「20 世紀中國文學史」、「重寫文學史」。宣導「20 世紀」者乒乒乓乓敲掉近代、現代、當代之間的隔離屏障，表面只是提出一個整體時間概念，實際旨在消解根據意識形態劃分的歷史觀。「重寫」者鍾情富有審美意味的文本，看似運筆輕靈實際憂憤深廣，旨在批判作為政治傳聲筒的文學。綜觀這一時段的研究，不妨形象地描繪：學

---

[5]　湯瑪斯・庫恩著，金吾倫、胡新和譯：《科學革命的結構》，北京：北京大學出版社，2003 年。

[6]　錢理群、溫儒敏、吳福輝著：《中國現代文學三十年・前言》，北京：北京大學出版社，1998 年。

[7]　曠新年：〈現代文學研究中的現代性問題〉，《中國現代文學研究叢刊》1996 年第 1 期。

人們高舉「現代性」旗幟，手持從西方引入的人道主義、自由民主等諸般
兵器，合力討伐給學科研究、也給國人心靈和生活造成巨大創傷的敵人
——政治。

　　「現代性」研究發揮示範作用，激發了海量成果。但事情總是一分為
二，它一邊開啟無窮法門一邊也產生了新問題，給後人留下思考的空間。
「現代性」攻打意識形態研究非常有效，但「拿來」之時顧不上反思、質
疑的急迫態度導致了危機種子悄悄潛藏。一旦外部環境不再是滌除「文革」
陰影的 1980 年代，而是市場經濟飛速發展的 1990 年代，這個種子借勢迅
速萌發。

　　1990 年代之後，中國社會的經濟主題逐漸壓倒政治主題。此時此地，
政治依然存在，但在形態上發生了巨大變化。它除了是主流意識形態，在
日益繁盛的市場經濟、大眾文化潮流中更化身為無孔不入的權力形態，與
資本、新科學技術聯合起來對文學、思想以至於整個社會施加壓力與破
壞。如果說在攻打意識形態專制的階段，「現代性」通過人道主義、自由
民主的眼光批判極端政治，為文學研究另闢了一個推崇個性、推崇美感的
空間。但隨著社會經濟的飛速發展，「現代性」卻無力解釋這一語境中出
現的新問題，尤其是資本全球化、文化霸權、後殖民等。因為經濟剝削、
文化侵略向來屬於西方現代化過程中的「原罪」，它與生俱來、無法克服。
從這個層面來看，「現代性」甚至就是政治與權力本身。

　　當「現代性」範式技術失靈的時候，我們才能更清晰地看到相關研究
存在誤區。最突出的，莫過於推崇「純文學」、忽視歷史研究的問題。追
憶夏志清《中國現代小說史》引發的震驚，就比較生動地呈現了這一問題。
初讀「夏史」，不少人感歎作者慧眼識珠推出了張愛玲、沈從文等「純文
學」作家，卻忘了追問一句，斥罵創造社文人是「牛鬼蛇神」，諷刺趙樹
理是給中共唱讚歌的「小丑」，難道就不是政治？確切地說，不是「忘了」
而是「顧不上」，夏志清貌似的「純文學」標準糾結著關於西方現代性的
想像，與國內潛在的政治創傷心理一拍即合。實際上，只要多一些歷史研
究的意識、詳細考察「夏史」誕生的情境，我們就能突破自身境遇，發現
作者推舉「純文學」不過是藉以否定大陸意識形態的另一種政治，談不上
什麼先進的、理想的「現代性」之體現。

　　「現代性」範式的危機昭示著，研究中國現代文學一味推崇西方現代性是不夠的，我們終將遇到自己的問題。回看學科奠基人之一王瑤先生質疑「20 世紀中國文學史」構想，的確是一針見血：「你們講 20 世紀為什麼不講殖民帝國的瓦解，第三世界的興起，不講（或少講，或只從消極方面講）馬克思主義，共產主義運動，俄國與俄國文學的影響？[8] 王瑤先生犀利地看到了「20 世紀」框架的突出悖論，既然以「現代性」作為主導思路，卻忽略了同是屬於「現代」的反殖民、馬克思主義運動等內容。

　　王瑤先生的批評同樣適用於「重寫文學史」。當王曉明先生憤懣地剖析政治戕害了啟蒙的文學，感慨現實功利阻斷了魯迅、茅盾等躋身一流文學大師之路的時候；[9] 當陳思和先生用心良苦地從「民間」尋找活力，發掘「地下」、「潛在」等寫作形態來支撐文學史圖景的時候，[10] 無論有意或無意，二者都在推舉一種遠離中國意識形態現實的「純文學」概念。

　　然而，一個時代的主體問題總會隨時間發生改變，學術範式終將面臨調整與突破。正如王富仁先生當年提出「回到魯迅本身」，很大程度上就是號召返回「純粹」的文學本身，這在 1980 年代是勢在必行、應運而生。然而世易時移，倘若還不細緻考察和反思一百多年以來中國的政治、尤其是包括政治在內的歷史文化內容，又如何能夠解釋清楚非歐美、非發達國家的我們是如何走進「現代」、成為「現代」的呢？西方現代化過程中的人道主義、自由民主等內容誠然理想，但畢竟不是內生於中國社會，可以「拿來」，不可以也不可能完全複製。

　　任何範式都不可能完美，「現代性」理當如此。它的意義是曾在一個時代之中發揮楷模作用，並且引導學界取得了空前的具體成果。當它在新形勢下出現技術失效問題之時，在此基礎上加以調整進而突破，則成為學科研究者共同思考的關鍵問題。

---

[8]　錢理群：〈矛盾與困惑中的寫作〉，《文藝理論與批評》1999 年第 3 期。

[9]　王曉明：《漩渦與潛流——論 20 世紀中國小說家的創作心理障礙》（北京：中國社會科學出版社，1991 年）。

[10]　陳思和：《中國當代文學史教程》，上海：復旦大學出版社，2008 年。

二、歷史意識與中國經驗：「民國視野」的兩個面向

　　討論「現代性」範式的意義與危機，只為說明「一代有一代之學術」，向那些「裝備零落」，但聽從內心召喚而「勉力出擊」的前輩致敬。[11]更何況，當下「反思現代性」的許多學人正是當年「現代性」研究的重鎮。接下來，通過評述《民國文學史論》叢書，本文想釐清「民國」研究也是應對「危機」而生，試圖以自己的方法走出「現代性」範式的局限。

　　作為一套叢書，《民國文學史論》的作者們討論「民國」各有視角及重點。從自我閱讀體會出發，筆者以為「叢書」主要在歷史意識、中國經驗兩個面向上，構成了與「現代性」範式的對話。先說歷史意識。「民國」作為一種命名，最早源自研究者發掘、整理史料的親身體會。「叢書」所收的《民國文學史料考論》，就由研究史料見長的陳福康先生撰寫。該書依據文學史料、文學史跡、作家行蹤與交遊、文學評論與掌故雜考四個方面，對民國文學的歷史做出了細緻入微的描畫。李怡先生等撰寫的《民國政治經濟形態與文學》一書融入「文學生產」視角，展開對民國政治、法律、經濟各方面與文學之關係的考察，也體現了強烈的歷史現場感。姜飛先生的《國民黨文學思想研究》關注一向不受重視的領域，呈現了國民黨文學思想的始源、觀念和方法，有填補史料空白的意義。周維東先生的《中國共產黨的文化戰略與延安時期的文學生產》一書，闡釋位於民國「統一戰線」政策之下的延安文學圈。該書對延安時期移民運動、土地改革、鄉村建設等歷史的考察，為解讀文本提供了富有啟示的材料。

　　前文曾提到，「現代性」範式存在特別推崇「純文學」概念、從而忽略歷史研究的問題。當然，如果一定要說「完全忽略」畢竟有失武斷，不能因為主體潮流而漠視那些堅持在史料園地辛勤爬梳、整理的學人。確切

---

[11]　王曉明描述 1990 年代上半期學人們的努力：「重返『學術史』也好，尋覓『民間』的新崗位也好，更不用說討論『人文精神』和『現代性』了，當時的提倡者和參加者誰不知道自己是裝備零落、幾近赤手空拳？然而，時代的重壓，內心的迷惘，隱隱的不甘心，來不及淡薄的責任感：正是這些聚成了一股強大的衝動，使現代文學研究不憚於手忙腳亂，依然勉力出擊。我從心底敬重這一份熱忱，我簡直想說，這就是這個學科的精魂所在。」王曉明：〈20 世紀中國文學史論‧修訂版序言〉，《當代作家評論》2002 年第 6 期。

地說，是當時的學界對歷史的爬梳整理還遠遠不夠。由於尚未建立「日常歷史」、「文化歷史」的觀念，當時大部分研究者即便重視歷史也往往只看到與主流意識形態相連的「大歷史」。這導致當年一類言論很是流行，即那些最有價值的作品不需要借助歷史（政治歷史）的展開也具有永久的文學性。張愛玲如是，沈從文如是。考慮到那個時代普遍的、揮之不去的政治創傷，這種言論歸根結蒂還是受到文學／政治二元思維制掣。

「叢書」作者姜飛解釋自己研究時說的一段話，我認為頗有啟發意義：

> 回顧國民黨的文學思想，也就是回顧共產黨的文學思想，國共各自的文學思想互相區隔而又互相映照，互為倒影而又交相發明，透過其各自的歷史和在歷史中互相纏繞的關係，我們也許會察覺，它們不是對峙、批判、鬥爭，而是同源、同構、同趨。[12]

這段話具體針對黨派文學，其實是在反思僵化的二元思維。從執著的二元區分來看，國民黨是反動，國民黨文學思想當然反動。那麼，研究反動的國民黨文學思想意義何在呢？姜飛先生從自己的研究提出了意義。他強調，國共文學實際上互相影響、同源同趨，這就有效消解了二元論。以這樣的眼光反思文學／政治的二元結構，我們也可以反駁那種宣導「純文學」的偏至：不瞭解張愛玲、沈從文所處的歷史，如何知道張愛玲專寫男女其實反對政治革命的宏大題材，沈從文建構桃源其實有意拒斥動亂不安的人世？即使專從「純文學」而言，正是傳統與現代的轉折斷裂造成了張愛玲的家族夢魘，鄉土與世界的交叉脫胎出沈從文心中的邊城。「純粹」原本來自「複雜」。

可以看出，「民國」研究所強調的是這樣一種歷史意識：突破僵化二元思維、突破「大歷史」觀念，對具體而微的歷史情形進行精細把握和剖析。相對「現代性」研究耿耿於懷的政治歷史，「民國」研究的歷史指向更為廣闊的經濟、法律、教育等社會文化內容。正如研究者所闡發：

> 在現代中國，不是抽象的地主、資本家和工人、農民展開歷史的搏鬥，而是割據的軍閥、新舊交雜的士紳和各種具體的社會角色上演著各種不同的故事，不是資本主義社會必然滅亡、社會主義社會必

---

[12] 姜飛：《國民黨文學思想研究·引論》，《民國文學史史論》（第 5 卷）。

然勝利的趨勢推動了文學，而是民國不同時期具體的政治法律制度、經濟狀況和教育環境不斷放大或縮小著文學的空間。[13]

　　強調中國經驗，是「民國」研究對話「現代性」範式的第二個層面。「叢書」所收張中良先生的《民族國家概念與民國文學》，尤其體現了面對西方的本國本土意識。民族國家概念（nation-state）源於安德森《想像的共同體——民族主義的起源與散播》一書，[14]以海外學者劉禾藉以闡釋蕭紅作品為始作俑者，[15]在國內引發了聲勢浩大的移植風潮。針對氾濫的民族國家概念，張中良先生探討民國文學的民族主義脈絡。他實證中國有自己的「民族」、「國家」，反駁了那種過分崇拜資本主義印刷業的觀點。張福貴先生的《民國文學：概念解讀與個案分析》一書，與張中良先生的思路有相似之處。該書說明之所以提出「民國文學」概念，主要為了反思學科研究中的「革命史邏輯」與「教科書模式」。在作者看來，「教科書模式」很大程度上就是「現代」的產物，所以強調「民國文學」、「共和國文學」的命名，因為它們比「現代文學」、「當代文學」更契合本土現實。

　　兩位張先生立足本土的意識值得重視，如果放置在「現代性」範式技術失靈的學術大背景之下，就更加意味深長了。在學界進入反思「現代性」研究的階段以來，公認當初把「現代性」單一地等同歐美發達國家的現代性是嚴重缺陷。「八十年代我們自稱要『走向世界』，而我們的世界圖景卻是這樣的狹窄，我們的世界想像又是如此地單一。」[16]錢理群先生作此懺悔之語，無非檢討「20世紀文學史」的構想膜拜西方現代性、忽視本土民族解放運動的缺失。在這個方面，我們並不恥於承認日本學者的敏銳。早於幾十年，他們就鄭重闡明「現代性」是多形態的，強調後發達國家有著自己的現代化歷史。只是，日本學者還是藉著對中國現代文學的研究提

---

[13] 李怡：〈重寫文學史視域下的民國文學研究〉，《河北學刊》2013年第5期。

[14] 本尼迪克特・安德森著，吳叡人譯：《想像的共同體——民族主義的起源和散布》（上海：上海人民出版社，2005年）。

[15] 劉禾：〈文本、批評與民族國家——《生死場》的啟示〉，初刊於《今天》1992年第1期，先後收入唐小兵：《再解讀：大眾文藝與意識形態》，香港牛津大學出版社1993年初版，王曉明等編：《20世紀中國文學史論》，上海東方出版中心1997年版。

[16] 錢理群：《我的精神自傳》（桂林：灕江出版社，2011年），頁187。

出了諸如「近代的超克」、「亞洲主義」等說法，[17]這還是相當令人感慨的。所以，在今天的反思路途中，國內學人特別重視向外、向內的雙重眼光。一方面是盡可能地多瞭解西方現代性的複雜，如歐美人描述的現代性多副面孔、[18]資本主義文化矛盾等，[19]另一方面就是重視本身處境，在學習他者的過程中發現自己、認識自己，追求真正的「在中國發現歷史」。

隨著「反思現代性」格局的逐漸成形，「民國」研究如此強調中國歷史的空間，足以成為其中的重要聲音之一。在這種學術範式調整、突破的大背景之下，張中良先生針對民族國家理論的反思言論尤其得以彰顯：

> 域外理論自有其特定的背景與適用空間，我們不能把……中國的學術當做西方話語的演習課堂……對於西方民族國家理論以及其他理論，我們應當立足於中國的歷史與現實，有所取捨，有所借鑒……以話語的多元性取代西方話語的一元性，以對話的平等性克服話語的霸權性。[20]

三、當下研究格局中的「民國視野」

儘管有的「民國」研究者認為「民國文學史」可以取代「現代文學史」，[21]或者宣稱「現代文學」是個應該退休的學科名稱，[22]但筆者還是贊同這一研究領域內相對保守的觀點：「闡釋優先，史著緩行」。[23]在筆者看來，這不止是一個等待、積累的問題，也事關當下研究格局的整體問題。縱觀現代文學學科的發展歷程，建國之初是意識形態一統天下，後來

---

[17] 竹內好著，李冬木等譯：《近代的超克》，上海：生活·讀書·新知三聯書店，2005 年。

[18] 馬泰·卡斯庫內特著，顧愛彬、李瑞華譯：《現代性的五副面孔》，北京：商務印書館，2002 年。

[19] 丹尼爾·貝爾著：《資本主義文化矛盾》，趙一凡等譯，上海：生活·讀書·新知三聯書店，1989 年。

[20] 張中良：《民族國家概念與民國文學》，《民國文學史論》（第 2 卷），頁 24。

[21] 參見張福貴：〈第 2 章　意義與時間：「民國文學的兩個概念」〉，《民國文學：概念解讀與個案分析》，《民國文學史論》（第 3 卷）。

[22] 參見陳福康：〈「現代文學」，應該退休的學科名稱〉，《民國文學史料考論》，《民國文學史論》（第 4 卷）。

[23] 參見李怡：〈闡釋優先，史著緩行〉，《學術月刊》2014 年第 3 期。

經歷文學／政治的二元對峙，現在進入了一個「反思現代性」的多元對話時代。在學術研究領域，差異互補勝過「彼可取而代也」，藩鎮割據勝過中央集權。

　　「民國」研究者並非自說自話，他們一邊把自己納入學術史脈絡，一邊與當下研究展開對話。李怡先生在梳理學術思路的時候提到過「新左」研究，而一篇發表在主流刊物上的文章則姿態鮮明地把「民國機制」與「延安道路」並列為兩種衝突的研究範式，[24]筆者借題發揮，說點個人想法。「新左」也好，「延安道路」也好，如果限定在文學研究範圍內，大意指向探討中國 20 世紀革命文學而崛起的學界一支。為避免引起文學之外的其他聯想，不妨以之主要採用的研究方法「再解讀」稱之。自 1993 年《再解讀：大眾文藝與意識形態》初版，「再解讀」研究理路在學界發生了不小的影響，「叢書」作者張中良先生反思的民族國家概念，就發源其中。不必諱言這類研究的短板，但動輒將不同研究樹為「衝突」雙方，有待商榷。

　　尤其應該警惕的是望「名」生義。當研究者做出如下判斷：「為何『民國機制』為其內生的『延安道路』所取代？甚至『民國機制』在當下中國出現的本身，就直接面臨著來自新左派之學者重估『延安道路』的文學史論述的挑戰。」言下之意，完全是把「民國機制」等同於國民黨的黨政機制，所以把學術研究的「民國」、「延安」按照時間先後對應黨派更迭。必須強調的是，在「民國」研究這裡，強調「民國」的空間意義，是一個有容乃大的歷史文化空間。如果一定要突出其中的黨派，那也是一個給國、共兩黨還有當時其他黨派提供了共用資源的空間。「民國」研究不僅不拒斥對革命的研究，而且把左翼文學、延安文學當作重要的研究物件。事實勝於雄辯，豈不見《民國文學史論》叢書收錄的《中國共產黨的文化戰略與延安時期的文學生產》是研究延安文學的專著，而《民國政治經濟形態與文學》也設有專論左翼文學的篇章？所以，何來「『民國機制』為其內生的『延安道路』所取代」云云？堪稱望名生義。

24　韓琛：〈「民國機制」與「延安道路」——中國現代文學史研究的範式衝突〉，《文
　　學評論》2013 年第 6 期。

　　「民國機制」起碼還是「民國」研究者的冠名，所謂「延安道路」
就有點師出無名了。筆者有限，至少目前所知「再解讀」諸人從未自稱
「延安道路」。「再解讀」在全球化語境下研究革命文學、文化並非為了
突出以「延安」命名的黨派政治，而是強調「中國」、闡揚本國本土情懷，
這與「民國」研究倒說得上殊途同歸。然而，落腳點在「中國」，其理論
資源卻基本來自「非中國」，倒是值得追問的。總之，「民國機制」不是
國民黨的黨政機制，被喚作「新左」的文學研究者也並非吹捧「文革」的
狂熱之徒。二者共存於學界反思現代性的整體格局中，以自己的方法發出
聲音。

　　最後，還是借「民國」研究者的話來結束這段閱讀《民國文學史論》
的「歷險」。早在 2009 年，李怡先生就從對「五四文化圈」的研究中提
出「民國機制」的說法，他認為「民國機制」源於一種健康的文化生態，
那就是新文化的宣導者、質疑者、反對者以及其他討論者彼此溝通交流的
砥礪碰撞，而非緊張可怕、你死我活的交鋒。他評價「五四文化圈」：

> 看似分歧、矛盾的不同思想傾向的存在恰恰證明了現代中國文化自
> 五四開始的一種新的富有活力的存在，矛盾著的各個方面的有機的
> 具有張力性的組合，其實保證了現代文化發展的內在彈性和迴旋空
> 間。[25]

　　從矛盾分歧看到張力與活力，這種眼光、思路是對二元結構的又一次
積極消解。應該說，「內在彈性」、「迴旋空間」不僅適用於評價「五四」
或者運用於具體的「民國」研究。它們對「民國」研究整體的發展、走向
來說，也非常具有意義。我想，功力和才華以及眼界和氣量，必將有助於
「民國」研究在當下學術格局中愈發壯大。

---

[25] 李怡：〈誰的五四——論五四文化圈〉，《中國現代文學研究叢刊》2009 年第 3 期。

作為方法的民國與進入民國的方法
——評《民國文學史論》叢書

■教鶴然
（台灣師範大學國文系碩士生）

　　自 20 世紀末中國大陸學界關乎「民國文學」設想初現[1]，及 21 世紀初
「民國文學」理論倡導嶄露頭角[2]，經兩岸眾學者於不同層次與面向的拓深
與延展性研究，時至今日，作為文學研究方法的「民國」在理論縱深與實
踐操作方面均已漸成氣候。前輩學人關於民國文學史觀念演變發展與研究
成果的梳理已經非常清晰，恕不贅言。而日前由學者李怡、張中良主編，
由花城出版社出版的六卷本叢書《民國文學史論》作為新世紀第二個十年
民國文學研究重要的階段性成果，用以「史」立「論」的整合性、整體性
學術眼光，充分展現了「民國」這一文學發展現象的豐富性和複雜性，為
日後相關研究的開展提供了值得深入挖掘的有學術張力的生長點。與此同
時，我們藉此有力參照也能夠更清醒地意識到民國文學史研究實踐在規避
現代文學史研究困境的同時，亦可能會面臨怎樣新的學術挑戰。

一、「著史」還是「論史」——民國文學的立論生態

　　民國時期的文學距今已有時日，自研究界首倡「民國文學」至今亦已
逾十五載，但索引自民國時期至當今學界，除周群玉在《白話文學史大

---

[1] 據李怡、羅維斯、李俊傑編：《民國文學討論集・編選前言》，北京：中國社會科
　　學出版社，2014 年版，指出「民國文學」設想最早由從事現代史料工作的上海外國
　　語大學陳福康研究員於 1997 年提出，初發表於《文學報》1997 年 11 月 20 日；而
　　後陳福康又提出以「民國時期文學史」替代「中國現代文學史」，見於〈應該「退
　　休」的學科名稱〉，《民國文壇探隱》，上海：上海書店出版社 1999 年版，頁 380。
[2] 張福貴正式提出「民國文學史」概念，並進一步闡發其命名的必要性和研究的可行
　　性，見於〈從意義概念返回到時間概念——關於中國現代文學史的命名問題〉，《文
　　學世紀》（香港）2003 年第 4 期。

綱》[3]中承接宋元明清近古文學後設第四編「中華民國文學」及葛留青、張占國著《中國民國文學史》[4]以外，鮮見成熟完備的民國文學史著。前者是民國歷史進程中成形的文學史著，在時間跨度上僅涵蓋民國時期初年的文學創作，在文學史斷代觀念上承續中國古代文學以朝代更迭為斷代方式的文學理念，因而僅能稱為「民國文學意識」[5]的閃現。後者將所論「中國民國文學史」的時間限定在「1911 年辛亥革命至民國三十八年（1949 年）」，並稱這一歷史時期的文學發展史是「中國文學從近代跨入現代的文學史……是中國這一特定歷史時期複雜的社會矛盾和急劇的社會變革在文學上的反映」[6]。由此可見，研究者一定程度上在理論層面認識到民國文學的整體複雜面貌，但在著史的實際實踐操作中仍然延續階級論與意識形態分析的傳統文學評斷觀念，並沒有真正呈現出處於民國時期歷史環境中的多元文學生態，因而也未有「民國文學史」之實。

周維東指出「『民國文學史』在大陸提出的時間不短，但成型的民國文學史著並沒有出現，因此對其意義的評估只能在理論上進行」[7]。近年來，多位學者已經注意到關於「民國文學」研究史著與論述之間存在錯層和距離。那麼，在學界對於「民國文學」相關學術理論與文學觀念的諸多「闡釋」、「討論」、「辨析」逐漸升溫之際，出現的仍是對此問題在理論上進行意義評估的「史論」叢書而非「史著」，究其原因，大抵在於當下的學術環境為「民國文學」著史時機尚未成熟。筆者以為，史著成形的前提條件應為當所述歷史時段的文學漸臻完成狀態，這種成熟或完成的狀態既指稱文學自然發展動向，亦涵納我們對於文學發展的認識深度。「民國史視角」、「民國機制」及「民國視野」等關乎「民國文學」研究的概念成

---

[3]　周群玉編：《白話文學史大綱》，群學社 1928 年版。

[4]　葛留青、張占國：《中國全史・中國民國文學史・民國文學概述》，北京：人民文學出版社 1994 年版（亦可見於葛留青、張占國：《新編中國文學史・下・中國民國文學史》，北京：人民出版社 1995 年版）。

[5]　湯溢澤：〈鮮嫩的命題，庸俗的學界——對十年來民國文學史話題的幾點反思〉，《天涯論壇》2013 年 1 月 23 日，http://bbs.tianya.cn/post-no05-258181-1.shtml

[6]　葛留青、張占國：《中國全史・中國民國文學史・民國文學概述》，北京：人民文學出版社 1994 年版（亦可見於葛留青、張占國：《新編中國文學史・下・中國民國文學史》，北京：人民出版社 1995 年版），頁 2。

[7]　周維東：〈中國現代文學研究中的「民國視野」述評〉，《文藝爭鳴》2012 年第 5 期，頁 63。

長至今，學界質疑和反思的聲音不絕於耳，如湯溢澤、趙學勇、韓琛等幾位學者都在其研究文章中對民國文學相關概念予以中肯、深入地評判[8]。不過，有爭議的議題論辯才會出現思想碰撞的火花，在這些質疑和反思聲音中，尤其不能無視的觀點有二：一是論辯中對於民國文學作為歷史與文學雙重維度交織的產物在實際操作中如何能規避文學研究落入過分強調民國時期的政治文化、意識形態等方面的窠臼中的質疑[9]，其實切中了文史互證研究方法中最難把握的「度」的問題。二是針對以民國文學史取代中國現代文學史以後，當回歸文學史研究實踐中時，可能會發現很多問題或許並沒有真正避免。譬如「通俗文學」、「文言文學」和「舊體詩詞」等如何入史的舊有問題，從表層上看是「要不要入史」的問題，在實質上卻是「能不能入史」以及「怎樣入史」的問題[10]。

　　而對於如何認識當前學界關乎「民國文學」的「著史」與「論史」兩者之間的關係問題，諸位研究者所持觀點大抵相近。學者李怡先已專撰〈民國文學：闡釋優先，史著緩行〉一文，指出「目前最需要開展的工作還不是撰寫一部體大慮深的文學史著，而是努力從不同的角度深入勘探、考察，對這一段歷史提出新的解釋」[11]，後在《民國文學史論》叢書中亦多次提及「文學史編寫的工作顯然重要卻又不可操之過急」[12]。學者張中良也表示：「一部成熟的文學史著應該有紮實的研究作基礎，毋寧腳踏實地

8　參見湯溢澤：〈鮮嫩的命題，庸俗的學界——對十年來民國文學史話題的幾點反思〉，《天涯論壇》2013 年 1 月 23 日，http://bbs.tianya.cn/post-no05-258181-1.shtml；〈對目前民國文學史話題的評析〉，《湖南社會科學》2014 年 4 月號；趙學勇：〈「視角」的限制與「邊界」延展的困境——對於「民國文學」構想及其研究視角的思考〉，《廈門大學學報（哲學社會科學版）》2013 年第 6 期；〈對「民國文學」研究視角的反思〉，《中國社會科學報》2013 年 11 月 1 日第 B01 版；韓琛：〈「民國機制」與「延安道路」——中國現代文學史研究的範式衝突〉，《文學評論》2013 年第 6 期等幾篇文章。

9　趙學勇：〈對「民國文學」研究視角的反思〉，《中國社會科學報》2013 年 11 月 1 日第 B01 版

10　周維東：〈中國現代文學研究中的「民國視野」述評〉，《文藝爭鳴》2012 年第 5 期，頁 63。

11　李怡：〈民國文學：闡釋優先，史著緩行〉，《學術月刊》第 46 卷，2014 年第 3 期，頁 12。

12　李怡：《民國文學史論·第 1 卷·總序二：民國文學史，如何立論？》，廣州：花城出版社，2014 年，頁 7。

地考察民國文學與民國政治、經濟、法律、軍事、外交、文化、教育、自然災變諸多方面的關聯，考察文學所表現的民國風貌，考察民國文化生態對民國文學風格的影響（或曰民國文學審美建構不同於前後時代的特色），然後再進行民國文學史的整合性的敘述與分析。」[13]基於上述複雜狀態，或許現在的學界氛圍並不適合產生成形的民國文學史著，「史論」為「史著」之理論準備與思想基礎，「著史」則是「論史」的檢收成果及重要意旨，正如學者張福貴所言：「『民國文學史』的建構不單是概念的探討，更是文學史寫作的實踐操作」[14]。承上，在這種情況下應運出現的《民國文學史論》叢書便頗有特殊意義，在某種程度上回答了當前學界對於論史與著史的選擇困惑。

二、立足空間，復歸時間——民國文學的雙重意涵

有學者在論及「民國文學」命名方式的學術合理性時，將其與中國古代文學中以歷史斷代命名文學的方式進行類比[15]，這種理解只突顯了以「民國文學」為史命名延續古代文學以朝代和時代分期的概念慣性，以此作為其可以被認同和接受的理念基礎，而這只是時間概念的一個側面而非全部，或許有將「民國文學」意欲復歸文學本體生長脈絡的立意簡單化之嫌。筆者以為，「民國文學」相關概念的提法在第一性意義上應屬時間性概念。張中良在《民國文學史論》總序中明確指出：「民國文學應是民國時期文學的總稱」[16]，陳國恩也曾有論稱：「民國文學中的民國，是指從

---

[13] 張中良：《民國文學史論·第 1 卷·總序一：還原民國文學史》，廣州：花城出版社，2014 年版，頁 5。

[14] 張福貴：《民國文學：概念解讀與個案分析》，《民國文學史論·第 3 卷》，廣州：花城出版社，2014 年版，頁 353。

[15] 如趙學勇：〈「視角」的限制與「邊界」延展的困境——對於「民國文學」構想及其研究視角的思考〉，《廈門大學學報（哲學社會科學版）》2013 年第 6 期，頁 19，指出：「『中華民國文學』的說法是能夠讓人接受的，比如古代文學史是從單純的時代更替來區分的，先秦兩漢文學、魏晉南北朝文學、隋唐文學、宋元及明清文學等等」；陳國恩：〈民國文學與現代文學〉，《鄭州大學學報》2011 年第 5 期，頁 82，指出：「作為斷代文學史，民國文學中的『民國』可以是一個時間框架，就像先秦文學、兩漢文學、魏晉南北朝文學、隋唐文學和宋元明清文學中的各個朝代是一個時間概念一樣。」

[16] 張中良：《民國文學史論·第 1 卷·總序一：還原民國文學史》，廣州：花城出版

辛亥革命到 1949 年中華人民共和國成立這一時段。凡在這一時段裡的文
學，就是民國文學。」[17]這是在最表層意義上對作為時間框架的民國及其
文學做出的清晰解釋，還原民國文學的時間概念旨在將現代文學學科成立
至今研究者們在其上附加的沉重的意義評價眼光洗去，還原時間也寄望新
的文學理念能經受住時間的檢驗。縱觀現代文學學科研究歷史進程，從階
級論與政治意識形態色彩濃郁的文學研究，到呼籲回歸「純粹」文學的現
代性研究範式，在這樣的主觀思想傾向指引下，我們似乎走在一條趨近文
學理想國的路上，而逐漸遠離文學發生的真實歷史情境。因此，深層意義
上作為時間概念的「民國時期」文學應指向「不包含思想傾向，沒有主觀
性，不限定任何的意義評價，只為研究者提供了一個研究的時空邊界」[18]，
當然，這也是另一種文學研究的理想狀態，但是毋庸置疑，這種理想是趨
近此特定時段文學發生之歷史真實的。

那麼，在此基礎之上，民國文學在第二層意涵上應理解為具有歷時性
的空間概念，其所關涉的文學對象都在民國時期的歷史進程中被形塑，換
言之，民國文學不僅僅是純粹文學意義的研究，也涵納民國時期宏觀文學
環境與政治、經濟、歷史、文化、社會等與文學共生的周邊因素的研究。
中國文學研究不應是意識形態化的文學研究，但遠離中國意識形態現實的
近「純文學」研究也不是長久之計。基於對學科研究歷史進程中不同階段
理念的反思，《民國文學史論》叢書作者們在一個大抵相同的「史觀」，
即「回歸最基本也最明確的時間框架上」[19]進行文學闡釋的指引下，從概
念解讀、史料考論、政治經濟形態、民族國家概念、政黨文學思想與文化
戰略等多方面、多角度勾勒出「民國文學」這一文化發展現象的立體樣貌。
其中，最早提倡民國文學視角的兩位先生所撰卷本可謂為民國文學研究提
供了範本，張福貴先生所著《民國文學：概念解讀與個案分析》以史家眼
光審視民國文學時代的文化轉型與史觀反思，以史學意識統攝民國文學史

社，2014 年版，頁 4。

[17]　陳國恩：〈民國文學與現代文學〉，《鄭州大學學報》2011 年第 5 期，頁 82。
[18]　張福貴：《民國文學：概念解讀與個案分析》，《民國文學史論・第 3 卷》，廣州：
　　　花城出版社，2014 年版，頁 10-14。
[19]　張堂錡：〈從「民國文學的現代性」到「現代文學的民國性」〉，《文藝爭鳴》2012
　　　年第 9 期，頁 49。

在文化研究場域中的前緣後世，並將宏觀概念闡發與微觀個案分析相結合。陳福康先生所著《民國文學史料考論》則立足民國社會的特殊性，在對民國時期作家、作品與文壇環境等諸多面向的史料鈎沉中，與當今文壇部分因疏於研讀史料而言辭不實的現象進行對話論辯，考辯紮實、洞察隱微。其餘四卷分別以政治經濟、民族國家、思想文化等方面為切口，藉此線索考察為我們所熟稔的現代文學歷史現場在民國視野的關照下呈現出哪些豐富的異樣細節。學者李怡等所撰《民國政治經濟形態與文學》，將民國文學空間下交錯共生的國家理想、經濟政策、出版檢查法制、商業運作等諸多因素分別與文學產生對話，將社會發展的脈動與置身其中的文學事實相結合，充分體現社會性作為文學性的重要方面如何「插入」[20]文學性並與之共振的複雜現象。學者姜飛撰寫的《國民黨文學思想研究》則更難能可貴地以一種宏觀的、包容的眼光關照兩黨角力的大文學時代，將視野投射在與共產黨對應的國民黨意識形態對文學生產的影響之上，對國民黨文學思想觀念的研究不僅能夠拓寬原有意識形態的限縮，而且能夠為與對岸學界對話尋找到新的契機。

三、「眾聲喧嘩」之後──民國文學的省思與走向

　　倘若將民國文學研究視野置於中國現代文學研究的整體脈絡之中，作為方法的民國的產生與發展經歷或許可以析讀出多重焦慮與反思。中國現代文學史觀是現代文學學科成形發展以來更新變化的，「中國新文學史」、「中國現代文學史」、「20 世紀中國文學史」、「民國文學史」等不同建構文學史學框架的理念更替出現，面對這一現象，學者周維東曾指出：「中國現代文學研究一再敏感地將視野投入到文學史理論，正是出於學科發展的焦慮。」[21]中國現代文學史觀在諸多文學史理念中影響力和接受度最為深廣，近年來新興的民國文學史觀則出於對「現代性」的焦慮，因「中國現代」與「現代文學」意義指向含混、西方現代性理論不能很好適應甚至

---

[20]　【法】羅貝爾・埃斯卡皮著，於沛選編：《文學社會學──羅・埃斯卡皮文論選》，杭州：浙江人民出版社，1987 年版，頁 134。

[21]　周維東：《中國共產黨的文化戰略與延安時期的文學生產》，《民國文學史論・第6 卷》，廣州：花城出版社，2014 年版，頁 239。

可能遮蔽中國文學現實、學界對於「現代性」過度密集闡釋並不斷上移文學「現代性」初現時限等諸多現代史觀的衍生問題，民國文學史觀直接與之對話並嘗試將文學從「現代性」的捆縛中解放出來，轉而在民國歷史文學場域中尋找新的民國意義的「現代」。然而，有學者警示我們，「民國文學」的提出或許再一次表現出了現代文學學科整體性的焦慮[22]。關乎「民國文學史」的學術研究是以對「現代文學史」中現代性之反思為基礎的，民國文學研究在自我明確和自我論證的過程中又催生了對自我的新的學術反思，在這個意義上去閱讀《民國文學史論》叢書，可以透析目前學界對於民國文學研究的反思性實踐嘗試的集大成。

　　儘管以中華民國與中華人民共和國兩個政權的更迭命名文學為「民國文學」與「共和國文學」在理論闡發上較「中國現代文學」相比有著明顯的優越性，但不可否認的是，由於民國時期文學生態天然與政治環境密切相連，文學研究內部顯在或隱含作用的政治脈動與思想導向仍是不可避免的。關鍵在於我們怎樣以一種更為寬容的眼光審視豐富而複雜的文學對象，來實現作為方法的民國的理論構想。而如何能夠在以政治時代分期的基礎上更好地融和台灣文學場域，如何處理已經完成的歷史民國與正在進行的現實民國之間的交互關係，又如何圓融現實民國與現實共和國之間的關涉國族認同等複雜因素的錯層和距離，或許又是民國文學研究能在兩岸學界得到進一步開展的重要思慮。儘管民國研究視野與方法亦有其限縮之處，但作為後輩，筆者仍然堅信「民國文學」的設想和理念，在關乎「現代性」討論的眾聲喧嘩之後，不失為一種極富生命力的有效嘗試。

22　趙學勇：〈「視角」的限制與「邊界」延展的困境——對於「民國文學」構想及其研究視角的思考〉，《廈門大學學報（哲學社會科學版）》，2013 年第 6 期，頁20。

《民國文學與文化研究》稿約

一、本刊為設有外審制度之純學術性刊物，園地公開，長期徵稿，舉凡與民國文學相關的作家作品、文學社團、流派、現象、思潮、文化等研究均歡迎賜稿。

二、來稿限用中文或英文發表，中文稿件以不超過 2 萬字為原則，英文稿件以不超過 A4 紙 30 頁為原則。稿件請以 word 檔橫排，撰稿格式參照本刊撰稿體例。

三、文章須未曾在其他正式刊物上發表。在大陸及海外刊物上發表除外。

四、一般論文來稿請附上：3 至 5 個「中文關鍵詞」、300 字左右「中文論文摘要」、100 字左右「作者簡介」、不超過 2 頁的「主要參考文獻」。特稿、書評、專訪、會議紀錄等則無須附上。

五、來稿請以 e-mail 寄送，無須紙本，並請註明服務機構、職稱、通訊地址、手機等，以便聯繫。

六、所有來稿均送請同行專家學者進行匿名學術審查。三個月內未收到錄用通知可自行處理。文章一經刊出，文責自負。

七、通過審查之稿件，於刊登後將致贈當期刊物 2 冊，不另致酬。

八、來稿請寄：

116　臺北市文山區指南路 2 段 64 號政治大學中文系　張堂錡

E-mail　minguo1919@gmail・com

《民國文學與文化研究》撰稿體例

一、格式：由左至右橫式寫作，每段第一行前空二格。

二、標點符號：採用新式標號，惟書名、期刊名、報紙名、劇本名、學位論文改用《　》，文章篇名、詩篇名用〈　〉。在行文中，書名和篇名連用時，省略篇名號，如《胡適文存・文學改良芻議》。如以英文撰寫，書名請用斜體，篇名則用"　"。

三、章節符號：各章節使用符號，依一、（一）、1、（1）……等順序表示。

四、引文：所有引文均須核對無誤。獨立引文時，每行低三格，上下不空行；正文內之引文加「　」；引文內別有引文則用『　』；引文之原文有誤時，應附加（原誤）；引文有節略而必須標明時，概以節略號六點……表示。

五、註釋：採隨頁註。註釋號碼用阿拉伯數字隨文標示，置於句尾標點符號後。註釋格式如下：

（一）首次徵引：

　　1. 專著：作者：《書名》（出版地：出版者，年份），頁碼。

　　2. 論文集：作者：〈論文名〉，收於編者：《書名》（出版地：出版者，年份），該文起訖頁碼。

　　3. 期刊論文：作者：〈篇名〉，《期刊名》卷期（年月），頁碼。

　　4. 學位論文：作者：《學位論文名》（出版地：出版者，年份），頁碼。

　　5. 報紙文章：作者：〈篇名〉，《報紙名》版次（或副刊、專刊名稱），年月日。

（二）再次徵引：

　　1. 再次徵引的註如不接續時：作者：書名或篇名，頁碼。

　　2. 同出處連續出現在同頁時：同上註或同上註，頁碼。

（三）多次徵引：如論文中多次徵引同一本書之材料，可不必加註，而於引文下改用括號註明卷數、篇章名或章節等。

六、數字：

（一）萬位以下完整數字用阿拉伯數字，如 2300 人；萬位以上之整數
　　　則用國字，如三千五百萬人。

（二）不完整之餘數、約數用國字，如五百餘人。

（三）屆、次、項等用阿拉伯數字，如第 2 屆、3 項決議。

（四）世紀、年、月、日，包括中國歷代年號用阿拉伯數字，如 20 世
　　　紀、康熙 52 年、民國 15 年、西元 2004 年 6 月等。

（五）部、冊、卷、期等用阿拉伯數字。

七、參考文獻：

　　一般論文文末一律附加「主要參考文獻」，並以不超過 2 頁為原則。
　　特稿、書評、專訪和會議紀錄則無須附上。中文書目請依作者姓氏筆
　　劃為序，如有必要得以出版時間為序，英文則以字母為序，同時以專
　　著、期刊論文、會議論文集、學位論文之序編排。中文在先，外文在
　　後。出版時間統一以西元書寫。撰寫格式如下：

（一）作者：《書名》，出版者，出版時間。

（二）作者：〈篇名〉，《期刊名》卷期，出刊時間。

（三）作者：〈論文名〉，《書名》，出版者，出版時間。

（四）作者：《學位論文》，出版者，出版時間。

第 2 輯主題徵稿：
《中央日報·副刊》與民國文學

　　「民國文學」相關研究和論述，是近些年現代文學研究領域中最受曬目的學術焦點和學術熱點。然而，不論是臺灣學界還是大陸學界，大家對「民國文學」意義的發掘目前還主要集中在歷史命名的辨證上，對「民國文學」深層價值的勘探，對「民國文學」這一闡述框架如何落實到具體的文學史實和作家作品分析上，仍稍顯匱乏。

　　《中央日報》文藝副刊其實是民國文學研究的一個很好的切入點。《中央日報》是貫穿整個中華民國歷史時段的一份重要報紙，其副刊既展示了中華民國大陸時期的文學思潮演變和更替，如革命文學、民族主義文學、抗戰文學，遷台後的《中央日報·副刊》也與臺灣的文化文學思潮有密切關聯。

　　然而，臺灣和大陸學界對《中央日報·副刊》都缺乏應有的關注，還都存有各取所需的遮蔽和遺漏，例如臺灣總是有意忽略和迴避武漢大革命時期的《中央日報》及其副刊，而大陸學界也不肯正視《中央日報》之於革命文學、抗戰文學的價值，此外，大陸學者基本沒有人關注過遷台後的《中央日報》及其副刊。

　　因此，從民國歷史文化視野切入《中央日報·副刊》的研究，就是期望把「民國文學」這一宏觀的概念和具體的文學現象、文學生產等關聯起來，把民國文學的相關探討引入一個更深的層面，通過《中央日報》不同時期、不同階段文藝副刊原始材料的整理和爬梳，分析與論述，進而考察《中央日報·副刊》和民國文學的歷史進程問題。

編後記

　　經過近一年的籌備，《民國文學與文化研究》創刊號終於問世了。對於「民國文學」議題能正式以學術性刊物集中探討，我們感到興奮且欣慰。首先，要感謝政大文學院積極協助成立「民國歷史文化與文學研究中心」，使我們能結合一批志同道合的同行，建構一個學術平台，對外發聲，這個中心的成立，使相關的學術活動——包括本刊的誕生，有了歸屬與依托；其次，要感謝學術界一批聲望卓著的學者，願意接受我們的邀請，擔任學術委員會的委員，給予我們鼓勵和指導，這是我們有信心能辦好這份刊物，使之走向國際化、前瞻化的有利條件和動力。再來，我們也要感謝所有提供稿件的作者們，以及參與審查稿件的專家們，他們的努力，使刊物的質量能得到一定的保障和提升。堅持學術立場、回到文學本位、開放思想對話是本刊的宗旨，正因為有了以上的基礎和支持，我們相信這個宗旨的達成與堅持將可以為學術界建立一個充滿潛力、生機的全新研究陣地。

　　《民國文學與文化研究》的創辦，是為了提倡一種返回民國歷史現場進行文學研究的學術理念。我們認為，在「民國框架」下討論問題，不僅可以積累一批被忽略的史料，而且最終也有助於形成與現代漢語文學相適應的研究思路和學術模式，從而擺脫長期以來受制於歐美學術範式的宿命，並與西方學界進行平等對話。

　　「民國文學」作為一個學術的生長點，其意義與價值已經得到學界的肯定。現代文學的研究，在經過早期對「現代性」的思索與追求之後，發展到對「民國性」的探討與深究，應該說也是符合現代文學史發展規律的一次深化與超越。在理解與尊重的基礎上，我們深信，學術界將可以在這方面開展更多的合作機制與對話空間。

　　在刊物內容設計上，除了一般論文外，我們採取「專題化」的方式，每輯邀請學者策劃一個主題進行徵稿，這些主題都與民國文學或文化有關，希望藉此深化研究的成果。本輯推出「國民革命與民國文學」專題，由北師大李怡教授策劃，共發表 6 篇主題論文，透過這些各具觀點的論文，國民革命的歷史意義將被進一步挖掘，民國文學的豐富性與複雜性也可以

得到充分的印證。下一輯將由西南大學張武軍教授策劃「中央日報副刊與民國文學」，這也是探討民國文學時繞不開的話題。藉由一個個專題，凝聚學界研究人力，發表新觀點與新材料，長期累積下來，定能使「民國文學」的意涵得到更為周延的闡釋與呈現。

此外，為了讓讀者了解「民國文學」研究的發展歷史脈絡，我們設計了「經典重刊」專欄，將過去討論相關議題具有啟發性與代表性的文章重新刊登。本輯刊發了最早提出「民國文學」設想的陳福康教授的文章，以及最早倡導「民國文學」研究理論的張福貴教授的文章。透過這兩篇文章，我們可以體認到此一名詞概念的生發背景與學術上的突破意義。

本輯同時發表了 3 篇書評文章，針對目前大陸學界出版與「民國文學」相關的代表性專著進行剖析與評論，他們的閱讀理解與個人看法，正好說明了「民國」作為一個方法的意義與啟示。《民國文學討論集》和《民國文學史論》是當前最集中討論與建立研究範式的著作，可以看出加入「民國文學」的討論後，對現代文學研究既有框架的活化與更新。未來有關「民國文學」的研究勢必成為出版界的一個熱點，我們非常歡迎這類具學術見解的書評文章。

本輯的 4 篇一般論文，作者分別來自台灣、大陸、日本與澳大利亞，既有中青年學界才俊，又有享有盛名的專家，在方法與視角上可謂各擅勝場。在這全球化、多元化的時代，正體現了本刊追求的開放性目標。

創刊號的出版，是一個新的開始。我們深知，其中必然存在許多有待改進的空間與值得繼續探討的議題。「交流」與「交鋒」都是讓學術前進深化的必要過程，我們不怕爭議，因為一個新的名詞與概念的提出，本來就需要更多不同觀點的交鋒，以及學術論辯的交流，加上時間的檢驗與審視，才可能逐漸被接受或理解。誠摯地歡迎學界先進、同道與年輕學者的加入，以及方家的批評指正，讓本刊的學術理想與追求熱情得以開展、發揚。

最後，要特別感謝秀威資訊出版公司對本刊出版的大力支持，尤其是發行人宋政坤先生和副總編輯蔡登山先生，他們不計成本的支持這份學術刊物，在當今嚴峻的出版環境下，這份支持格外令人動容。

張堂錡

秀威經典　　　　　　語言文學類　PG1484　新視野 14

民國文學與文化研究　第一輯

主　　編 / 李怡、張堂錡
責任編輯 / 辛秉學
圖文排版 / 楊家齊
封面設計 / 陳招財、王嵩賀
封面題字 / 唐翼明

出版策劃 / 秀威經典
發 行 人 / 宋政坤
法律顧問 / 毛國樑　律師
印製發行 / 秀威資訊科技股份有限公司
　　　　　114 台北市內湖區瑞光路 76 巷 65 號 1 樓
　　　　　電話：+886-2-2796-3638　傳真：+886-2-2796-1377
　　　　　http://www.showwe.com.tw
劃撥帳號 / 19563868　戶名：秀威資訊科技股份有限公司
　　　　　讀者服務信箱：service@showwe.com.tw
展售門市 / 國家書店（松江門市）
　　　　　104 台北市中山區松江路 209 號 1 樓
　　　　　電話：+886-2-2518-0207　傳真：+886-2-2518-0778
網路訂購 / 秀威網路書店：http://www.bodbooks.com.tw
　　　　　國家網路書店：http://www.govbooks.com.tw

2015 年 12 月　BOD 一版
定價：300 元

國家圖書館出版品預行編目

民國文學與文化研究. 第一輯 / 李怡, 張堂錡主
編. -- 一版. -- 臺北市：秀威經典, 2015.12
　　面；　公分. -- (語言文學類；PG1484)(新
視野；14)
BOD 版
ISBN 978-986-92379-3-2(平裝)

1. 中國當代文學　2. 文化研究　3. 文集

820.908　　　　　　　　　　　104022364

讀者回函卡

感謝您購買本書,為提升服務品質,請填妥以下資料,將讀者回函卡直接寄
回或傳真本公司,收到您的寶貴意見後,我們會收藏記錄及檢討,謝謝!
如您需要了解本公司最新出版書目、購書優惠或企劃活動,歡迎您上網查詢
或下載相關資料:http:// www.showwe.com.tw

您購買的書名:_____

出生日期:_____年_____月_____日

學歷:□高中 (含) 以下　　□大專　　□研究所 (含) 以上

職業:□製造業　□金融業　□資訊業　□軍警　□傳播業　□自由業
　　　□服務業　□公務員　□教職　　□學生　□家管　　□其它_____

購書地點:□網路書店　□實體書店　□書展　□郵購　□贈閱　□其他

您從何得知本書的消息?

　□網路書店　□實體書店　□網路搜尋　□電子報　□書訊　□雜誌
　□傳播媒體　□親友推薦　□網站推薦　□部落格　□其他_____

您對本書的評價:(請填代號　1.非常滿意　2.滿意　3.尚可　4.再改進)

　封面設計____　版面編排____　內容____　文/譯筆____　價格____

讀完書後您覺得:

　□很有收穫　□有收穫　□收穫不多　□沒收穫

對我們的建議:_____

_____

_____

_____

11466
台北市內湖區瑞光路 76 巷 65 號 1 樓

秀威資訊科技股份有限公司　　　收
　　　　　　　BOD 數位出版事業部

．．．

（請沿線對折寄回，謝謝！）

姓　　名：＿＿＿＿＿＿＿＿＿　年齡：＿＿＿＿　性別：□女　□男

郵遞區號：□□□□□

地　　址：＿＿＿＿＿＿＿＿＿＿＿＿＿＿＿＿＿＿＿＿＿

聯絡電話：(日) ＿＿＿＿＿＿＿＿＿＿ (夜) ＿＿＿＿＿＿＿＿＿＿

E-mail：＿＿＿＿＿＿＿＿＿＿＿＿＿＿＿＿＿＿＿＿＿